# 无尽之夏

蔡骏 著

北京出版集团公司
北京十月文艺出版社

新经典文化股份有限公司
www.readinglife.com
出 品

一

世界上有没有永恒的夏天?

我的小学与中学死党俞超说答案是YES。俞超的爸爸是一艘万吨远洋货轮的大副,造访过摩肩接踵拥挤不堪的爪哇岛,黑暗奴隶之乡的东非海岸桑给巴尔,高更自我放逐的伊甸园塔希提岛,辽阔湿热的亚马孙河,直达南美内陆马瑙斯港的莽莽雨林……赤道贯穿的国度,除了夏天,没有四季。乌木般黝黑的少女袒胸露乳,浓烈的肉桂香味环绕整座大岛,红树林沼泽中的白骨忽隐忽现,汗味、尸臭与果香混合的气味让鼻腔高潮。真正的无尽之夏。

那一年,我十六岁,在北纬31度的中国上海,距离赤道还有3440公里。

黎明之前。卫星照片下的长江三角洲最东端,突出成三角锥形,刺向黑色混沌的大海。灯光闪烁成巨大的环。黑丝带如长蛇蜿蜒而过。一边密集喧嚣,一边空旷寂寥。唯独长蛇中间的转折部,生长几栋彻夜不眠的摩天建筑。对面栖息着十九世纪以来诸多帝国的遗产。星星点点的光,犹如八爪鱼的触角,粗糙而凌乱,旺盛而蓬勃,像淤泥里长出的赤道雨林,即将盘根错节,枝繁叶茂,光芒万丈。

我看见,你像X光射线,像航空炸弹,砸碎飘着煤屑的星空云层,穿破苏州河畔火柴盒楼房。六楼正在梦见狮子。五楼挑灯夜战,九筒与一索齐飞,红中共白板一色。四楼的老妇人午夜梦回,犹在痴痴地等那出征的归人。三楼天花板下,是我家。天蒙蒙亮。我从棕绷大床上爬起,挤爆一颗新鲜的青春痘,浓烈浆汁喷射到镜子上。床头有尊石膏像注视我。挂历上的6月26日、27日、28日被红笔画了圈,写着"语文、数学、外语、物理、化学、政治"。残酷的中考刚结束,把我折磨得死去活来。打开收音机,中央人民广播电台早新闻:"1997年6月30日,北京时间上午六时整,香港回归倒计时最后一天。"

妈妈给我做了早饭、煎蛋、泡饭还有腐乳。她将一支竹笛交给我,中间拆开,分成两截,布袋子包好放入书包,今天要上台表演。妈妈让我放轻松,勿紧张。她还说,最近晚上不安全,务必早点回家。

我坐了三站公交车。我们学校后面是苏州河,对面是上钢八厂与国棉六厂。穿过"普天同庆,喜迎七一"的横幅,全校师生集合,响彻嘹亮的《运动员进行曲》,仿佛做第六套广播体操,让我直起鸡皮疙瘩。升国旗,奏国歌。校长上台讲话,历数鸦片战争以来百年屈辱,而今一朝雪耻。校长声情并茂地回顾学校五十年的光荣历史，却没有展望未来。过完这个暑假，我们学校会被拆除夷为平地，全体师生转移到另一所中学，开始寄人篱下的生涯。幸好那时我已毕业。末代校长想借庆祝香港回归来一次绝唱，尽管谁也无法阻止推土机。

下午，文艺会演开始。预备班和初一表演《我们是共产主义接班人》《歌唱祖国》《男儿当自强》《勇敢的中国人》。初二有四个女生，拎着两把小提琴、一把中提琴、一把大提琴，弦乐四重奏《梦驼铃》。我凝视台上拉大提琴的美丽少女，手心里紧攥笛子，心想自己就要出大洋相了。

聂倩带我去候场。她是我的班主任兼语文老师，二十五岁，亮晶晶的嘴唇，刷长了睫毛，发型像那年流行的王菲。她穿着红色连衣裙，胸前佩着香港回归的徽章，齐膝裙摆下洁白纤细的小腿，中跟凉鞋暴露踝关节与脚趾，涂着鲜红的指甲油。以后的二十年，她这番打扮与妆容，在我心中犹如三维投影存盘拷贝，历久弥新。

大喇叭响彻我的名字，表演曲目《东方之珠》，没有比这更应景了。我像个木头人上台，下午四点的太阳晒在脸上，我却迟迟没有吹响。操场上几百号人喷出噪声，像两千万只蚊子嗡嗡飞舞。聂老师弯腰上台，问我还在想中考吗？是，我几乎考砸了，分数未知，前途未卜。聂倩抢过麦克风清唱："小河弯弯向南流，流到香江去看一看。东方之珠，我的爱人，你的风采是否浪漫依然……"我的嘴巴与手指像巴甫洛夫的狗胃分泌出旋律。老师站在我背后，像演唱会的和声。最后一个音，我吹破了。聂倩为我鼓掌，露出白白的牙齿。文艺会演完毕，全体解散。1997年的暑假开始了。

操场重新变得空旷。我看到了俞超，他晃着圆珠笔，横在嘴唇上做吹笛状，此时无声胜有声；白雪托着下巴做花痴状，她发育得过分成熟，胸是胸，屁股是屁股，宛如十八九岁的大姑娘；小犹太恰好相反，几乎还没发育，戴着硕大的眼镜片，镜架链子挂在脖颈上，我们从不叫他真名，只叫他"小犹太"；阿健姗姗来迟，叼着火柴棍，衬衫上有几道破口，牛仔裤的洞却是自己剪的，他说路上碰到三个仇家，在国棉六厂门口干了一架。

以上，都是我最好的同学。我们五个人总是一起行动。聂老师也留下了，她说要请我们去南京路吃美式牛排。没人会拒绝老师的好意，更没人会拒绝牛排。聂倩给我和小犹太家里打电话，免得家长担心。至于俞超、白雪和阿健，要找到他们三个的家长可不容易。

我们坐公交车再换地铁。那年只有一条地铁线。我们抢到座位给老师。到了人民广场，太阳仍未落山。博物馆已建成。大剧院还没造好。人民大道洒满夕阳。颗粒极粗的大屏幕直播香港的画面。

南京路中百一店隔壁的美式牛排，聂倩预定了二楼靠窗位子，可见华灯初上的风景，步行街竖直的霓虹招牌，恍如身在香港。我只能看懂菜单标价。俞超不慌不忙，点了前菜和蘑菇汤，还有菲力牛排。其他人由老师帮忙点了，她清楚每个人的口味，七分熟还是五分熟。她给自己点了一份烤银鳕鱼。白雪要了一大瓶可口可乐，幸好这是美式牛排，不是对面的法式西餐厅。阿健和小犹太还不会用刀叉，聂倩手把手教会了他们。聂老师举起杯子，说天下没有不散的筵席，我们即将初中毕业，各奔东西，但她会继续喜欢我们五个人。

俞超代表我们五个人说，我们会永远喜欢聂老师的！他又说，早上他跟妈妈通过电话。今天香港下了一整天暴雨，但妈妈还是会去维多利亚港看烟花。三年前，俞超的妈妈移民去了香港。据说今年烟花特别多。

"国家领导人都到香港了吧？"小犹太托了托眼镜架，"听说英国王储也来了。"

白雪插了一句："王储都来了啊，戴安娜王妃来了吗？"

"戴安娜跟王储离婚了！"我关心国家大事，所有早报、晚报都不放过，"她现在有个埃及男朋友。"

"英国王妃怎么会有埃及男朋友？不过看面相，人中太短，命不会好。"白雪最爱给人算命。小犹太向她翻了翻白眼。

"别吵了，今天大家都在说那桩大案子。"俞超舔了舔嘴唇上的黑胡椒，嗓音像滋滋作响的牛排炭火，"有谁还知道更多？"

1997年，上海发生过两桩系列杀人案件。第一桩发生在春天，五角场、江湾等地，多名深夜独行的女子遇袭。满城风雨，众说纷纭——凶手有一把大榔头，专砸女人的后脑勺。另有一说，凶手骑着摩托车，如同恶灵骑士飞驰在黑夜，目标是一百个长发披肩的妙龄少女。案子迅速侦破，远没有传说那么神乎其神，只是一个外来人员的系列抢劫杀人案，民间俗称"敲头案"。

第二桩发生在夏天。6月中考前夕，我妈禁止我看电视新闻，吩咐邮局暂停订阅报纸。我每天在街边报栏橱窗前站十分钟，细细看完当日国内外新闻，亦不放过每个版的蝇头小字。社会新闻有一小块豆腐干文章，报道了一桩系列杀人案——崇明岛海岸线，接连发现三名被害人尸体。细节语焉不详，寥寥数语，云里雾里。大半篇幅呼吁市民不要轻信谣言，公安机关已成立专案组，正在加紧破案。

小犹太细嚼慢咽着七分熟的牛肉说："告诉你们啊，我小舅舅隔壁邻居单位的女同事，就是被害人之一呢。"

阿健"切"了一声，我还是公安局长小舅子的小学同学的毛脚女婿的麻将搭子呢。这还是真的，不是他吹牛。俞超说根据六度空间理论，通过六个人以上的联系，你可能会认识这个星球上任何一个人。

"听我说……"小犹太把目光放低，厚厚的镜片上闪过两团寒光。他的小舅舅家住老洋房，隔壁邻居有一大片朝南露台，经常召集狐朋狗友聚会。春节前，他在小舅舅家门口看到过那个女的，顶多二十岁，颇有姿色，扎着长马尾。小犹太跟她搭讪，得知她在苏州河边的灯泡厂上班。两天前，中考刚完，小犹太又去小舅舅家玩，看到隔壁露台上烟雾腾腾。邻居是个大龄青年，也在灯泡厂上班，刚从追悼会上回家，抹着眼泪把CD混在锡箔纸里烧成灰烬。CD烧化后有股恶臭的金属味，整栋楼的居民都把头伸出来骂娘了。听说女同事喜欢王菲，他买了正版CD准备作为生日礼物。女孩生日前一晚，下夜班回家路上消失了。半个月后，她出现在崇明岛南岸大堤外的滩涂上。他陪同家属去公安局认尸，女孩赤身裸体，却无任何腐烂迹象，只在江水和泥沙中泡得发肿。法医说死亡不超过24小时。

"吓死我了！"白雪仿佛自己被剥光衣服，陈尸在长江口的泥沙间，无数男女老幼挤在大堤上围观，热烈讨论她发育得过分良好的身材。

"陈小鸣同学！"聂老师喊出小犹太的名字，"不要胡说八道！"

"老师，被害女孩上班的灯泡厂，离我们学校只有两站路，厂门口卖羊肉串的都知道了这件事。"小犹太信誓旦旦，重复了好几遍，有如一只田鸡。

"灯泡厂的厂长，是我妈大学自学考的同学，这件事是真的。"我证实小犹太没说谎。聂老师也不响了。因为我从不瞎说八道。我妈单位发了红头文件，盖着党委和工会的图章，最近女职工不准加夜班，如果不可避免，必须由男职工陪同下班回家。

阿健的饱嗝打破沉默，喷出一团胃酸气。他问服务生要了根牙签，挑出牙缝里的牛肉残渣。他说，他家楼上住着联防队员，最近好几个通宵，联防队跟着警察巡逻，看到可疑的男人和汽车就拦下来检查。街道办和居委会也出动了,要让凶残的犯罪分子陷入人民战争的汪洋大海。阿健给联防队员塞了一包烟,听说最近两个月,先后有三个女孩失踪。她们都家住苏州河附近,或在苏州河沿线单位上班。两周后,她们才被杀害,躺在崇明岛的滩涂上。

我相信阿健说的是真的。谣言比这离谱多了。今天在学校大操场,大家没心思看文艺表演,都在众口纷纭议论这件事。有同学家里是街道办的,说遇害女孩们被大卸八块,分别藏在上海的八个郊区县,出现在崇明岛的只是人头;有同学家里是卫生局的,说凶手是外科医生,擅用手术刀肢解人体,摘取妙龄少女的器官,送给某位贵妇人延年益寿;有同学家里是电视台的,说凶手选择在香港回归前后作案,实为一名年过七旬的老者,当年国民党留下的潜伏特务,为破坏我党的大好形势。

"你不是最爱看推理小说吗?帮我们分析分析吧。"俞超对我瞪大双眼,很多人说,他的眼睛和气质很像李奥纳多·迪卡普里奥。

但我不善于跟人直视双眼。我转头看隔壁桌拿着刀叉切碎牛肉的食客们,窗外璀璨的南京路上流连忘返的女人们。好像有一头牛藏在我的胃里,一双铜铃般的牛眼,泪眼蒙眬地盯着我。我红着脸摇头:"对不起,如果连我这个中学生都能想到,刚破过'敲头案'的刑警能想不到吗?"

小犹太和阿健分外失望,白雪送给我一个白眼。聂老师去买单,消费六百七十块,人均超过一百。我提议大家都出点钱,但彼此摸摸口袋,加在一起只够吃前菜。聂老师早已备好现金,一夜之间,大半个月的工资被我们吃了。

回到人流汹涌的南京路,聂倩像姐姐带着五个弟弟妹妹。老师催促我们快回家看电视直播。我问老师你回家吗?聂倩不是本地人,她住在教育局的宿舍,老家在三千里外。

"我想一个人逛街。"她看到远处闪着华联商厦的招牌,"也许一路荡到外滩……"

"我们陪你啊。"白雪最讨厌回家了,宁愿长夜孟浪街头。

"回家!"聂老师捏了捏白雪的马尾,"1997年的今晚,在你们的一辈子里,再也碰不到了。"

阿健谁的命令都不听,但对聂老师唯命是从。他拽着白雪的胳膊说走吧。我们在南京路上分道扬镳。五个学生去坐地铁,聂倩站在熙熙攘攘的步行街,红色裙裾在风中微摆,霓虹中像团微弱的火。

刚走到人民广场,我喊肚子疼,大概不适应牛排,要去隔壁商场上洗手间。俞超说要等我一起走。我装作不好意思地摇头,说你们先去坐地铁吧,别错过最后一班,我自己坐公交车回家。小犹太急着要看电视直播,拉着俞超和阿健跟我告别。白雪说要留下来。我板着面孔让她回去。

打发了他们四个人,我转身向南京路飞奔。我看到了聂倩的红裙子,刚走上南京路与西藏路的环形天桥。她站在桥上看风景,我站在桥下看她。环形天桥四角连接四栋不同的古老商场，我总觉得通向四个不同时空。我从桥下跨过护栏，就到了南京西路。

聂倩下了天桥，经过国际饭店，来到大光明电影院。聂倩在影院门口等人，眺望对面的人民公园。她还没发现我。一个男人出现在她跟前。他的卖相不错，三十岁左右，戴着斯斯文文的眼镜，穿衬衫，打领带，像个小白领或公务员。我第一次见到这个人。他亲了亲聂倩的脸颊。她本能地躲了一下。他的左手搭着老师的后腰，手指触摸她的屁股。我的心里凉透了。不消说，他是聂倩的男朋友。

我跟着他们走进电影院，迎面一张大海报，画着个霸王恐龙，底下英文 *The Lost World: Jurassic Park*——史蒂文·斯皮尔伯格导演的《侏罗纪公园2：失落的世界》。聂倩和男朋友买了两张电影票。我等到他们进了放映厅，才到售票窗口买了张票，用掉身上最后十块钱。

影院像陵墓地宫，观众如盗墓贼，银幕似撬开的棺椁，闪烁另一个世界的悲欢离合。当年远东最大的电影厅，我坐在最后一排，放映机射出的那束光，穿越头顶，幽暗中变幻辗转，无数光子夹着尘埃跳舞，又像织毛衣缭乱的两根针头，浮出记忆里我见到她的第一眼。1995年初秋，她穿着三件套，梳着《东京爱情故事》赤名莉香的齐肩发型，踩着高跟鞋，踢踢踏踏走到讲台前。我有种错觉，老师在看着我，送给我一个人的微笑。她拿起粉笔，无名指与小指微微翘起，在黑板上写下"聂倩"。她刚从师大毕业，第一次做班主任。她给所有人安排任务：每天写日记，无论一页纸还是一句话。最后坚持下来的只有五个人——我、俞超、小犹太、阿健和白雪。我和俞超写日记不难，但像阿健和白雪这种读书像吃屎的差生绝对是个奇迹。我从流水账的记叙文到经邦济世的议论文再到半虚构故事，改写过《聊斋志异》、金庸、古龙以及西村寿行、大薮春彦的色情暴力故事。我把日记呈献给聂老师，她说日记是每个人的秘密，没必要给老师看。但我的日记本几乎每一页都能看到她的圈圈点点。我有一篇模仿《老人与海》，被她批注"模仿痕迹太重！"因为日记，聂倩喜欢我们五个人，但也仅限于我们五个人。她对人有些冷，不是那种人见人爱，像个热水袋谁都可以焐一焐的那种人。她很少发怒，即便班级出了大事。有个男生被隔壁班女生投诉闯了女厕所。人家班主任威胁要报警，聂倩却说通知家长就够了，竟把这事压了下去。相比性情中的"冷"，她的穿衣更让人冷。寒冬时节，她穿着玻璃丝袜和短裙，露着雪白大腿，当着无数男生的面奔过大操场，闯入学校图书馆。那天我刚借了套《福尔摩斯探案集》，屏着呼吸，隔着书架，偷看她的腿。严格来说，是裹着大腿的玻璃丝袜。她从书架取下两本书，把我抓个正着。我结结巴巴地说在找一本书，她便帮我一起找。那天的初中图书馆，就像香港回归之夜的大光明电影院。

十点半，《侏罗纪公园2》散场，没有第一部《侏罗纪公园》好看。亮起灯光，我远远看到聂老师的红裙子。我无声地跟在背后,从散场通道走出电影院。聂倩有些疲惫,男朋友倒是精神了。他抓着聂倩的手,走进隔壁的国际饭店。这栋1934年造起的大饭店,曾是亚洲最高建筑。我在楼下仰望,总共二十四层,其中必有某个窗户是他俩的销魂窟。

穿过旋转门,来到饭店大堂,我躲在屏风背后。聂老师和男朋友走到前台。她低着头,不想被人看到自己的脸。男朋友付了押金,拿到钥匙,抓着她的胳膊,急不可耐地按下电梯。楼层指示灯不断往下跳。电梯门打开,聂倩却后退一步,甩开男朋友的手。她的动作颇为激烈,惊到了电梯里出来的两个老外。男朋友叫她"倩倩",而她转身要走,两人在国际饭店的大堂纠缠起来。

这时意外发生了,男朋友打了她一个耳光。

我第一次看到聂老师眼里的泪花。我没忍住。我从屏风后冲出来,抓住她的胳膊,冰凉但柔软。聂倩讶异地喊出我的名字。大堂里的老外和服务生都向我侧目而来。我拽着她冲出国际饭店的旋转门。南京路的星空也在旋转。旋转门像人的命运,总在原地循环往复。每次穿过这道门的人都不同。唯独不变的是旋转门自己。

聂倩的男朋友也冲出旋转门,气势汹汹来找我算账。聂倩贴着我的耳边说:"快走啊!你打不过他的!"

1997年,我十六岁,尚是体重九十来斤、四肢纤细的瘦弱少年。这回是聂倩拽着我,一路狂奔到南京路对面。她的红裙子,我的灰裤子,像非洲原野的黑夜被偷猎者追逐的两只小野兽。

一辆出租车在我面前停下。急刹车，我听见轮胎与地面摩擦的刺耳声。这个点已没有公交车，南京路上有许多出租车，几乎都是桑塔纳普通型，简称"普桑"，有黑色的，蓝色的，白色的。只有这辆车是红色的。聂倩拉开出租车后门坐进去。我却手足无措。男朋友已穿过马路。老师将我硬生生拉进后座，她还蛮有手劲的。

司机挂上挡，抬离合，踩油门，颤抖着蹿上马路。手排挡的震动让我前仰后合。聂倩的男朋友只摸到出租车的后屁股，跟着吃了一鼻子尾气。他在南京路上破口大骂。我扒着后车窗，默默对他伸出中指。

"师傅，请带我们去……"聂倩报出我家地址，离她的宿舍很近，算是顺路。出租车司机"嗯"了一声，车子转弯离开南京路。计价器开始打表。对面亮起一盏路灯。刺眼的光穿过车窗，照出一张苍白而年轻的侧脸。通过中央后视镜，我看清了司机的正脸。他跟聂倩差不多年纪，五官端正而且干净。

这张脸让我感到恶心。

很多人都以为我天生胆儿肥。其实恰好相反。我从不敢承认，我怕黑，我怕老鼠，我还怕鬼，我怕奇奇怪怪的人，我怕一切难以解释的画面和声音。但我最怕的是深夜出租车司机。我本能地察觉到某种危险，从视网膜扩散到大脑皮层，再到毛细血管。我的胃里难受，不可名状的恶心，仿佛要把美式牛排呕吐在车上。

我问老师，南京路上那么多出租车，为什么要选择这辆车？

她说自己穿一身红色,只有这辆车是红色的,大概是一种缘分,就像我突然出现在她面前,在我最不该出现的时间和地点。后半句话让我无话可说,她已对我网开一面。

"你们在国际饭店喝咖啡吗?"

车里响起一个声音。电台里正在播报国际新闻,但不会提到国际饭店和咖啡。我看了看聂倩,聂倩又看了看前面,原来是出租车司机在说话。他的普通话不太标准,但声音很脆,像半夜饿了吃苏打饼干的感觉。

聂倩干咳一声:"哦,是啊,喝咖啡。"

年轻的司机问:"好喝吗?"

"很不错。"聂倩极不自然地笑,"美式咖啡。"

"带着弟弟出来喝咖啡啊。"出租车司机没完没了,我想拿把皮掸子塞住他的嘴。

"我是他姐姐,刚过暑假,我带他到南京路玩玩。"聂倩只能顺着他的话来撒谎。如果如实回答,怕会引起某种邪恶的误解。我很想戳穿这个谎言,但我忍住了。

"你的普通话很标准啊,不是本地人吧。"

"我老家离这里很远呢。"聂倩把头靠着窗玻璃,装作很累的样子。

司机从后视镜里看到了,便也不再多嘴。他调响电台音量,依然是香港回归的新闻,全世界都在等待今晚。出租车突然加速,后坐力将我推到座椅上。离开南京路,上海的街头空旷暗淡,寂寥落寞，像个被冷落的怨妇。唯有红色普桑，一骑绝尘。电台插播气象预报，香港今晚暴雨，却不能阻挡市民们庆祝回归的热情。我幻想出一个豪雨倾缸、灯火灿烂的世界，米字旗与港英旗尚未降落，五星红旗与紫荆花旗已经插上。数百万人涌上街头，观赏维多利亚港的烟花，其中一个是我最好朋友的妈妈。电台气象预报插播——今年第四号热带风暴"白鲸"正在菲律宾以东洋面生成，中央气象台预计"白鲸"将升格为台风，影响我国东部地区。

"我七岁时，碰到超强台风在崇明岛上登陆。"司机突然说话，他把电台音量调小了。

"你是崇明岛人？"我忍不住问他，联想到三小时前在美式牛排店里的谈话。

"嗯，岛上农村很穷，好多人跟我一样到上海来开出租车。"年轻的司机并不避讳，他的口音是崇明话，"那是1977年的夏天，崇明岛东海岸围垦大战，我跟我妈去了几天。我妈给工地上的知青和民工做饭，我天天到滩涂上捉螃蟹捡贝壳。有天清早，海滩上多了一头大白鲸。"

"鲸鱼？"

"嗯！全身雪白，好几栋房子加起来都没它大呢。成千上万人到海边看热闹。"出租车司机掌着方向盘说，"知青们都管它叫大白鲸。它还剩最后一口气，许多海鸟飞来准备吃它的肉。谁都不知道，那么大的动物，怎么会突然搁浅快死了呢？我听说鲸鱼也会有自杀的。有人说要把它送回大海。但这不可能，它是趁着长江口最大一次涨潮，搁浅在滩涂上的。知青们正在围垦填海，要把大海推到几公里外。全体知青开了个会，决定赶在大白鲸死以前，赶快杀了它吃肉。"

聂倩说太残酷了吧。司机说没办法，岛上日子太苦了，大家都想改善伙食呢。二十年前，鲸鱼也不算保护动物。十几个身强体壮的知青小伙子，用木棍绑上刀片做成长矛。大白鲸成了大刺猬，鲸鱼脑袋、眼睛、嘴巴、背脊、心脏、肚皮、尾巴甚至卵蛋上，全都插满长矛……他的叙述相当冷静，却让人身临其境。十八九岁的少男少女们，浑身鲜血淋淋，犹如刚从娘胎里爬出来。为了跟海鸟争夺新鲜的鲸鱼肉，知青们分成好几个小组，有的负责切割鲸鱼肉，有的负责锯断鲸鱼骨头，特别要切下鲸鱼脑子，因为鲸脑油很珍贵。他们在鲸脑上挖洞，派个最勇敢的党员钻进去，将鲸脑油整个取出来。第二天，整片滩涂臭气熏天，血水非但没有流尽，还有更多海鸟来啄食腐肉。农场组建青年突击队，就地支起几口大铁锅，将切成块的鲸肉脂肪熬成油。星星之火，可以燎原，这种油价值很高，只要几滴就能长期燃烧。我想起司马迁《史记》里说秦始皇陵地宫的鲛人鱼膏，燃烧千年而不衰。知青们将数百公斤重的鲸油贡献给国家建设四个现代化了。连续三天，崇明岛东海岸浓烟滚滚。东海上吹来大风，令人作呕的腥臭味从东到西席卷全岛，还影响到宝山和浦东甚至外滩。最后，大白鲸只剩下个骨架。几天后登陆的超强台风，便将它的遗迹清扫得一干二净……

聂倩对于这个故事颇为怀疑。小时候，我爱看赵忠祥解说的《动物世界》。最大的鲸鱼是蓝鲸。真正的白鲸生活在北极，没有他说的那么大。但我仍然觉得这个故事是真的。因为我闻到车厢里飘着一股气味，若有若无，但不臭，就像腐烂的栀子花。出租车在刚造好的南北高架下碰到红灯。司机关掉电台，塞了一张磁带，响起粤语歌声——

"人生路，美梦似路长。路里风霜，风霜扑面干。红尘里，美梦有几多方向。找痴痴梦幻中心爱，路随人茫茫……"

张国荣的《倩女幽魂》。聂倩的眼神微微一跳。"聂倩"跟"聂小倩"一字之差。她刚做班主任时，我们暗地里叫她"聂小倩"。她的姿色，自然不能与王祖贤相提并论，但某些时候某种角度竟也神似，比如现在。车载音响出乎意料的好，某种立体声环绕效果。也许我的耳朵出了幻觉。红灯转为绿灯，出租车载着宁采臣与聂小倩，向着兰若寺飞驰……

驶入苏州河边最荒凉的一段。河岸弯弯曲曲，司机不断换挡减速扭方向盘。距离我家不远了。我摇下车窗，吹着微凉的风。拜两岸的工业文明所赐，河水散发着重金属臭味。对面是某家医院的围墙，竖着碎玻璃与铁丝网。沿河是个废弃的码头，长满荒芜野草，还有个石头棋盘。我感觉司机在后视镜里瞥我，目光像把小刀。

突然，车头发出噪音。仿佛藏了几十只老母鸡，集体下蛋鼓噪。出租车靠边熄火。司机转了转车钥匙，再也无法点火。

他打开车内灯说:"我下去看看,请在车上等我。不会让你们多花钱的。"

他跳下车,翻开引擎盖,抓着铁钳和抹布,闷头捣鼓发动机。车窗被他摇上了。风声隔绝,万籁俱寂。挡风玻璃外,引擎盖高高掀起,遮挡我的视线,看不到司机的脸。固然满大街都是桑塔纳,我也不认为出租车司机能修复发动机——除非根本没坏。

香港回归只剩一个小时,荒无人烟的苏州河边,我和聂老师被关在车里,像被送上油锅的大排档消夜,就差旋转点火开关。我的大脑被无数伟大的侦探们占领——福尔摩斯与波罗在苏州河边喷着烟斗,金田一耕助与明智小五郎驾着小舟环游崇明岛,狄仁杰与包拯穿着公安制服与法医大褂从冰柜里拉出被害人遗体。最近两个月,先后有三名女孩在苏州河边失踪,两周后被杀害抛尸于崇明岛。若要绑架一个大活人,神不知鬼不觉地送上岛,必须有一辆车。什么车不引人注意?自然是出租车,深夜搭载单身女性乘客,使用暴力或迷药让她昏迷,捆入后备厢,穿过黑夜的上海,坐两个钟头的滚装船,渡过寥廓的长江口,登上那座大岛……

凶手就站在我的面前。

车里闷热得像个蒸笼,像煤气即将爆炸。我听到自己的心跳声,像接连不断坠落的椰子。聂倩还在等待司机把发动机搞定。她的腕表过了23点。我用力拉右后车门,但被锁住了。我大胆地压在她身上,伸手去拉左后车门。聂老师厉声问我干吗?但我还是打不开。所有车门都上了锁。我向她发誓,我不是故意的,我只想保护她逃出这辆车。

"你是不是生病了?"聂倩伸手摸我的额头,"还在想着中考分数?"

我无话可说。聂倩摇下车窗,正要对司机说话。我看到车窗下沿的黑色小开关,细细的圆柱形,我试着拔起它。车门打开了。聂倩拒绝下车。我快哭出来了,哀求她跟我下车。她跟着我下来了,就像逃出一座监狱,回到苏州河的星空下。我在心中记下了出租车牌号。

司机合上引擎盖说:"车修好了,继续上路吧。"

聂倩想要上车,却被我抓住胳膊。我的肾上腺素疯狂分泌,力道比平常大了几倍,强行拖着她穿过狭窄的马路,冲向对面黑暗的小巷子。

"放开她!"司机迎面拦住去路。他提着修车的铁钳,足够把我们的后脑勺敲个洞。

我很恐惧。但我将聂老师拦在身后。我和凶手在对峙。唯一逃向小巷的路被堵住了。如果我逃上马路,他会开车追上来。我们无处可逃。

他问我:"为什么要走?"

"为什么?"聂倩也在问我。仿佛两个成年人在挽救一个失足少年。

我在发抖,无法回答。耶稣基督弥勒佛祖大慈大悲的观世音菩萨湿婆大神,还有圣斗士星矢擎天柱忍者神龟迪迦奥特曼,也许最管用的是机器猫,谁来救救我啊?

倏忽间,两道远光灯刺入瞳孔。苏州河边驶来一辆面包车。我冲到马路中心,疯狂地拦下这辆车。面包车驾驶员下了车,是个身材魁梧的中年男人。我抓着他的手,说碰到抢劫犯。驾驶员的手很大很热布满老茧。他是我的救星。我想。

年轻的司机被逼退两步。他盯着聂倩摇头,回到出租车,重新点火发动。他摇下车窗,狠狠瞪了我一眼。

我护送聂倩逃离苏州河边,穿过一条幽暗小巷。聂老师不知该用怎样的言辞批评我,她让我自己回家。我说要把老师送到宿舍才放心。我不是没去过,但这个点,有些尴尬。

江宁路上,宿舍到了。教育局的筒子楼,青年教师的单身宿舍。刚放暑假,老师们都回家去了,整栋楼寂寂无声。二楼,聂倩掏出钥匙开门。十几个平米的单人宿舍,大衣柜、电视机、VCD,堆满图书和杂志的书架。她有洁癖,收拾得井井有条,几乎不落灰尘。

聂倩打开电风扇,给我倒了杯可乐。她打了我家电话。两小时前,我妈就急了,打电话到俞超和小犹太家里,发现他俩已经到家。我爸骑自行车到人民广场找我,徒劳无功地折返,跟我妈吵了一架。聂倩把电话交给我,我不敢接。她告诉我,我爸现在来接我回家。

"我原谅你了。以后我也没机会做你的老师了。"她走到电视机跟前,"你要看香港回归的直播吗?"

我摇头。现在是 23 点 25 分,我爸骑自行车来接我的话——剩下不到十分钟,说长不长,说短不短。我还能说些什么?我结巴了,颠三倒四地唠叨了五分钟,用了各种修辞与叙事技巧,才解释清楚今晚的出租车司机与凶手的逻辑关系。

聂倩笑了,笑得那样放肆,笑得前仰后合,几乎露出裙子领口的深沟。我觉得自己遭受了羞辱。她还把我当作个小屁孩,而不是少年,更不是男人。她摸了摸我的下巴,手指尖依然冰凉,指甲有一点点锋利。浓烈的气息从她的鼻孔冲出,像泰森的铁拳击打我嘴上的绒毛。

然后,她说:"再见。"

我很遗憾,但也不意外。电风扇一直在对我摇头。风吹动聂倩鲜红的裙裾,露出十片涂得鲜红的脚指甲,就像撒了十滴血。

"对不起。"我走出她的房间,"晚安。"

我的鼻子酸了。我想我救了她,但她不这么认为。我走到宿舍楼下。正好我爸骑着 28 寸"老坦克"自行车来了。我做好挨揍的准备。但他没动手,他把我的书包放在车篮筐里,让我坐上后边的书包架。我回头看向二楼,聂倩在窗边看我。她向我挥手,模糊的剪影。我低下头。我又不是女孩子,还坐在爸爸的自行车后面。好没面子。

路灯光影被自行车轮不断切碎。链条转动声很响,我想该加机油了。我从背后搂着爸爸的腰,脸颊贴着他后背,闻到浓烈的烟草味。那时他的身材很好，脊椎很硬，毫无赘肉。他问为什么不抓住钢架子？我说因为很久没搂过你了。因为这句话，他才没揍我。

回到家，妈妈劈头盖脸骂我一顿，仿佛要我交代受贿大洋几何？发生过不正当男女关系几何？我妈是一家大型国企的纪委书记，官拜正处级，就差要宣布执行党的纪律，对我开除党籍移交司法机关。我说在大光明看了场电影，我太喜欢《侏罗纪公园》了。

我瞄了一眼电视机，中央电视台正在直播：中英双方国家领导人已经就座。爸爸搂着我坐上沙发，恰好奏响大不列颠及北爱尔兰联合王国《天佑女王》国歌，米字旗徐徐降落。镜头对准一脸苦相的威尔士亲王查尔斯王子。

零点到了，1997年7月1日。《义勇军进行曲》奏响，五星红旗与紫荆花旗冉冉升起。

"根据中英关于香港问题的联合声明，两国政府如期举行了香港交接仪式，宣告中国对香港恢复行使主权。中华人民共和国香港特别行政区正式成立。这是中华民族的盛事，也是世界和平与正义事业的胜利。"

电视直播的中英交接仪式后，还有香港特别行政区的成立仪式。妈妈关了电视机。我敞开四肢，仰天躺在凉席上。我咧开嘴笑了。笑得那么猖狂，笑出了声。

我翻身爬起，从抽屉里找出日记本。宝蓝色的丝绸封面，内页雪白干净而柔软,仿佛躺在床上的小姑娘。我掏出钢笔,写下今日的一切,足足三页纸,最后一行——

我救了她。我很高兴。明天见。

## 二

　　但我错了,我没有跟聂倩再见,永远都没有。

　　我梦到了那头二十年前的大白鲸,变成一堆雪白峥嵘的骨头,完整排列在沙滩上,像博物馆里的史前恐龙化石。十九世纪的欧洲贵妇人们,用鲸鱼骨做成束腰和裙撑,路易十五的情妇蓬巴杜夫人发明的。张爱玲在《连环套》里说:"西洋女人的腰是用钢条跟鲸鱼骨硬束出来的。细虽细,像铁打的一般。"我接着梦到超强台风,巨灵神般的大白鲸,顷刻灰飞烟灭,只剩在滩涂上压出的一道硕大的轮廓。

　　1997年7月1日,上午八点,我醒了,脑袋很疼。石膏像在对我嘲笑。妈妈急着出门,让我记得吃早饭。爸爸光着膀子到阳台抽了一支烟。我抓起电话,拨通聂倩宿舍的号码。铃声响了许久,我的手在发抖,我只听见嘟嘟声。我没来得及吃早饭,穿上回力鞋,背着书包,摔门而出。

　　我狂奔在阳光下,如同一头年轻的牲口。到了教师宿舍,我冲上二楼，聂倩的房门虚掩，留出一道细细的缝。风从门缝里往外钻。我打了个冷噤，叫了两声聂老师，无人回应。推开门，我踩到什么东西，狠狠地摔了一跤。我的脖子还能转，看到满目狼藉的地板，堆满书和杂志。一本未授权的《百年孤独》托住我的后脑勺，避免我摔成脑震荡，感谢加西亚·马尔克斯及时相助。电话机落在墙脚。热水瓶打碎了，到处湿漉漉的。凉席一半搭在床上，一半拖在地上。只有电风扇还在摇头。昨晚可不是这副光景。

聂倩不见了。

床上没有她的体温。窗户敞开，正对一家工厂外墙。窗玻璃碎了，墙角全是玻璃碴，有两片沾着血迹。昨晚离开时，聂倩关紧了窗户。这是二楼，没装防盗栏，窗台上有个插销。除非打碎玻璃，否则拔不出来。我咬破自己的嘴唇，鲜血顺着嘴角滑落。

这是一起绑架案。两周后，会变成一起谋杀案。我记得凶手的脸，还记得他的出租车牌号码。我以为已经救了她。但我忽略了一件事——罪犯可能早就盯上了聂倩，知道她住在哪儿，即便我在苏州河边保护她逃下出租车。7月1日凌晨，才是适合动手的好时机，漫长的暑假刚开始，而她将独自度过长夜。

我输给了凶手的执着，他不放弃想要捕获的猎物。很抱歉，我没能拯救聂倩。命运像一道X射线，无论用什么东西遮挡，都不会改变轨迹，也无法逃脱它对你的穿透。我流出两团泪水，几乎滚烫地烧红皮肤。十六岁，我经常一个人偷偷哭，但从不在别人面前。不好意思，这是我的秘密。我捡起电话，想打110报警，发现电话线断了。我透不过气。虽然窗户敞开,电风扇还在摇头。好像那个人就在这里,无孔不入的空气中。

我决定去派出所报案。我饿着肚子,坐了两站公交车。那时亚新生活广场刚开业,燎原电影院还没拆。我穿过闹哄哄的小菜场,污水与鲜血横流,空气中飘满动物尸体的气味。派出所是一栋不起眼的房子,门口停着几辆警车和摩托。

我撞上个年轻女警,红着脸向她求助,叫了一声小姐姐。她带我来到办公室,找到一个正在看报纸的男人:"老田,你接待一下。"

这人跟我爸差不多年纪,脸颊两边冒着胡茬,头发乱蓬蓬,短袖警服像一团咸菜。他放下《参考消息》,头版头条还是香港回归。他掐灭手上的烟,啜了一口滚烫的绿茶,嘴唇上沾了几片茶叶,问我报什么案。

"失踪……不……是绑架。"

"谁被绑架了?"他漫不经心地问。但我感觉他的眼神,跟这里所有人都不同。

"我的班主任老师,她叫聂倩。"我报出了学校的名字。

民警放下茶杯:"真巧嘛,我女儿也在你们学校,过完暑期就升初三了,你呢?"

这并不稀奇,附近几条街上的孩子,全在我们学校读书。我很多同学的家长都是国棉六厂、上钢八厂、面粉厂还有灯泡厂的职工,其中一半已经下岗。

"快毕业了。"我不想跟他闲扯,"昨晚,我去过聂老师的宿舍。今天早上,我再去找她,老师不见了。窗玻璃被打碎了,屋里乱得一塌糊涂。"

"昨晚不都在看电视直播吗?"他用眼角余光瞄我,"你几点钟还在老师宿舍?"

我必须如实回答,这将决定警方判断罪犯潜入的时间:"十一点半。"

"那么晚?是女老师吧?"民警的声音变得低沉,我的耳根子红透了。

"嗯,我送老师回宿舍的,只待了几分钟。"

"小朋友,你等等。"民警给我们学校打了个电话。刚放暑假,自然没人接。我最讨厌别人叫我"小朋友"。但如果我是聂老师的男朋友来报案,说不定警察就会当真。

"不能立案吗?我报的不是失踪案,也不是绑架案,而是谋杀案!"

我的音量失控了,特别"谋杀"两个字。派出所好些人回头看我。发现是个中学生,大家虚惊一场,该干吗干吗去了。民警冷冷地端详我的面孔。他眼角全是皱纹,但年轻时应该卖相不错,鼻梁山根挺高的,像罗马尼亚电影里的多诺万警长。

"你这个小孩有点意思。"他掏出一张报警案件登记表。我道了声谢,接过表格和笔,填写自己的姓名、学校与地址。我写了今天早上,我在聂倩宿舍看到的种种细节,仿佛犯罪小说的第一章,先从杀人现场写起,渲染气氛,烘托环境一番。

"你的作文不错嘛。比我女儿写得好多了。"民警双手交叉站在我背后,观察我写的每一句,"别忘了填写家长的姓名和单位。"

当我写完最后一行,他用手指关节敲了敲表格,一下子喊出我的小名。

我愣了:"你认识我?"

"我叫田跃进,你爸没提起过吗?"

"没有。"我不记得我爸有过公安局的朋友。

"我还抱过你呢!那时你穿着开裆裤。"田跃进揉了揉我的头发,好像摸一团仙人掌,"饿了吗,跟我一起吃食堂吧。"

他抓住我的胳膊,像逮捕一个小偷。我无力抗拒,何况早饭还没吃呢。我拿走了他桌上的卡片,印着他的电话和CALL机号码。

派出所的食堂很小,田跃进扔出几张饭菜票,为我点了两个鸡腿,加上一大碗蛋花汤。

食堂阿姨问:"老田,带儿子来吃饭了?"他摇头说是侄子。

"小伙子,你正在长身体,要多吃点!"他给我添了许多饭。我早已饥肠辘辘,扒着饭盒狼吞虎咽。

田跃进没吃多少,笑眯眯地看着我:"我家女儿小麦啊,说什么要减肥,成天不吃东西,要是像你这样就好了。"

我都不好意思吃了。田跃进又问:"你爸还好吗?还在开卡车吗?"我想了想,反问他:"你们是怎么认识的?"

"一起扛过枪。"

没错,我爸年轻时当过兵,但他很少提及。田跃进饭后一支烟,吐出浓浓的烟雾,拍着大腿起来:"带我去你说的案发现场!"

他脱下警服,换成便装,推出一辆老掉牙的自行车,让我坐到书包架上。老爷车浑身叮当响,田跃进却把车轮踩得飞快。我坐在后面心慌说慢点啊。田跃进不搭理我,嘴里叼着烟,穿行在午后的马路,直到教育局宿舍楼下。

田跃进绕着整栋楼转了一圈,双眼如同机关枪扫射。我问他:"只有你一个人吗?没有技术侦查的警察?收集指纹、毛发、脚印……"

"电影看多了吧?"田跃进笑起来,"第一,我让你填了表格,但不等于已经立案。第二,我只是派出所的民警,不是刑侦支队的刑警。我只是利用午休时间,陪你来现场看看而已,不要想太多。"

我感觉自己被耍了:"那你来干吗?"

"我在刑侦支队干过二十年,今年才来派出所。"田跃进走上楼梯,"哪个房间?"

"刑警?"我有些小激动,"你破过杀人案吗?"

田跃进回答:"不算多。我亲手抓过十九个。"

我不觉得自己是夏洛克·福尔摩斯或赫尔克里·波罗,我更喜欢达希尔·哈米特或雷蒙德·钱德勒笔下的侦探们。眼前这个沧桑的男人,当我看到他的第一感觉,更符合我的期待——他就是能帮到我的人。

来到聂倩宿舍门口,田跃进轻轻推门进去,走路几乎没声音,没碰到屋里物件,像在勘察杀人现场。不用拍照片,也不用笔记本,他全靠眼睛记录细节。他注意到碎玻璃碴上的血迹,戴上手套,掏出小镊子,放入一个牛皮纸信封。

"喂,别告诉任何人我来过这里。我只是个派出所民警,这不是我该做的事。"田跃进把头探出窗外,"玻璃是从外边被打碎的。"

二楼外墙有根落水管,爬上来并不难。田跃进打开衣橱,聂老师的衣服几乎都在。还有日常洗漱用品,两包卫生巾。抽屉没上锁,没有现金,也没有银行存折。聂倩的钱包和身份证不见了,但留下了教师证、借书卡与公交车月票。

田跃进回到底楼,站在聂倩的窗下观察,自言自语:"她是怎么被带走的呢?"

"凶手有车啊。"我一路紧跟在他屁股后头,"一辆红色的桑塔纳普通型出租车,聂老师被关在后备厢里开走了。"

田跃进盯着我:"你说罪犯是出租车司机?"

"二十七岁,崇明岛人,我记住了他的脸。"

"你看到了罪犯?"

"是!"那张面孔似乎跳到眼前,我的胃里又感到恶心了。

"什么时候?"

"昨晚十一点。"

田跃进回到宿舍二楼:"在这里?"

"不,在国际饭店门口。我和聂老师一起坐出租车。"我眯起双眼,房间仿佛变暗几分,"他就是罪犯。"

"告诉我理由?"田跃进在楼道里点起一支烟。

"感觉……"我的身体僵直,舌头也要僵直了,"还……还有……上个月,崇明岛海岸上发现三个女孩的尸体。"

"不用你提醒,最近每天晚上,我们派出所民警都在苏州河边巡逻。"田跃进猛吸一口烟,火星烧得飞快,"说下去,昨晚十一点,红色出租车。"

我言简意赅说出了在苏州河边,最荒凉的那一段,我带着聂倩虎口脱险的经历。

"我知道那地方,离这里很近。出租车司机对你们动手了吗?或说了什么威胁性的话?"

"没有。"

前刑警摇头:"那你还是没法证明他是罪犯,抢劫都算不上。"

"我听说,三个被害的女孩,都是在那附近失踪的。我家就住在苏州河边,人人都知道这件事,这可不是谣言吧?"

"嗯。"他掸了掸烟灰,皱起眉头,"这些天,我也不让女儿出门。"

我抓狂地来回走着,今天凌晨三点或四点,天黑得如同锅底。我爬上教师宿舍二楼,用某种工具打碎窗玻璃。我的手指修长而有力,拔出窗台插销,翻身跳入室内。聂倩惊醒,一番短暂挣扎过后，她受伤昏迷了。房间因此混乱，书架倒了，热水瓶爆裂，无人听见。我带走失去反抗能力的聂倩。路边停着一辆红色桑塔纳出租车。彼时满城寂静，人们刚看完香港回归的直播而入眠。聂倩被塞进后备厢。我坐进充满栀子花腐烂味的驾驶座。我或许点了一支烟，慢慢烧到过滤嘴，点火，换挡，离合，油门，向某座大岛飞奔而去。我是出租车司机，我是凶手，我住在一座大岛上，我杀害了三个年轻女孩，聂倩将是第四个。

以上，我在田跃进面前活生生表演了一遍，仿佛一幕哑剧。

"你不是个老刑警吗？你抓过那么多杀人犯，你的眼睛就像X光那么厉害，只要盯着他的眼睛，稍微问他两句，肯定会露出马脚。"

田跃进吐出一口烟："对不起，我没你说得那么厉害。"

"就算我是错的！就算那个司机是无辜的，他也不会少块肉，大不了再找别人好了。"

他沉默几秒，一把掐灭烟头："你记住车牌号了吗？"

"我记住了！"我报出那串号码。

田跃进揉了揉我的头发说："这桩大案子，现在是市公安局刑侦总队专案组负责。我会把这些情报转达给专案组的。但我只是一个派出所民警，所以别抱太大希望。"

"如果你没能逮住那个人，今年夏天，就会有更多的女孩失踪和死亡。"

"我明白。"他的声音变得低沉，"我想逮住他。"

我捂着自己的胃说:"要当心啊,这个人极度危险。"

"不用为我瞎操心。"田跃进板下面孔,"还有个问题,你说昨晚十一点钟,你和老师从国际饭店出来,为什么?"

"老师请我们吃晚饭,在南京路中百一店隔壁的美式牛排。总共五个同学。你要是不相信,可以去问他们。吃完饭,她和男朋友去了大光明电影院,我也进去看了场电影。"

"哪个电影?"他在试探我。

"《侏罗纪公园2》。看完电影,聂老师被男朋友拖去了国际饭店。他们吵架了,她不愿意跟那个男的上楼。我带着老师逃到南京路,上了那辆红色出租车。"

田跃进闷哼一声:"看不出,你小小年纪,胆子倒还挺大的。"

"昨晚,我陪聂老师回到这里,她打电话让我爸来把我接回家了。"

"你的老师做得很好。"田跃进的手指头戳了戳我的心口,"但你这里可不像十六岁!告诉我,聂老师男朋友的名字?"

"不知道,昨晚第一次见到。"

"我会打听到的。"他的目光在我的脸上打转,"你能不能告诉我,你的嘴唇皮是怎么回事?"

"嗯?"我找到聂老师宿舍里的一面小镜子,发现有一道淡淡的结痂,暗戳戳地隐藏在嘴唇褶皱里,"今天早上,我不小心自己咬破的。"

田跃进凑近我的嘴唇,双眼冷酷地说:"1988年,我破过一桩强奸杀人案，在嫌疑犯的嘴唇上发现过类似伤痕。他一开始也说是自己咬的，但那种形状和角度的伤痕绝不可能。我们对比了被害人尸体上的牙齿，确认就是在强奸反抗过程中咬破的。一个半月后，这个强奸杀人犯被执行死刑。"

我的嘴唇皮在发抖，这双老刑警的眼珠子绝对有透视功能。最坏的可能性，就是出了冤假错案，我被当作罪犯一枪毙了。

"别再让人来了。"田跃进搂着我的肩膀，将我带出宿舍，关紧房门。

"这就完了？"我跟着他走下楼梯，追在屁股后面问。

田跃进拉平我的T恤下摆："我不会告诉你爸的，我为你保密。"

我道了声谢。他还要送我回家。我本想拒绝，但他的大手搭着我的肩膀，立马让我屈服。我坐上自行车书包架。这回他骑得优哉游哉，像荡马路看风景。

到了我家楼下，田跃进急着返回派出所："今天午休得太久，有人要说闲话了。不要再回老师的宿舍去，那地方可能有危险。还有啊，这些天别乱跑，尤其晚上。"

我问他："你怕凶手来找我麻烦？"

"应该不会吧，但还是小心点好。"

我攥着田跃进的卡片说："如果我打你电话，你会告诉我调查结果吗？"

"当然。"

"谢谢你，但我不会代你向我爸问好的，因为我不会说我见过你。"

"随你。"田跃进骑上自行车走了，穿着便装的背影，就像个中午回家吃饭的工人。

自从接触过凶手，我像被传染上了瘟疫。浑身骨头酸痛，尤其胃里翻腾恶心，就是看到红色出租车司机的第一眼感觉。我昏睡到晚上，打开电视，新闻联播加长了，全是香港回归。我爸不知何时回了家，他说我妈在开会，让我们先吃饭。他从微波炉里拿出剩菜，煮了两碗康师傅方便面。他问我上午去哪了，我说找同学们玩去了。我爸点上一支烟，漫长地发呆，烧出长长的烟灰，若非我提醒就烧到手指了。

我爸是个职业司机。他开的是一辆硕大无朋的集装箱卡车——红色喷漆车头酷似汽车人首领擎天柱，这也是我喜欢变形金刚的原因。车架子可载40尺高柜，配货毛重22吨。它是汽车界的巨无霸，陆地巡游的航空母舰。每次点火都会发出震耳欲聋的轰鸣，令人联想到斯大林格勒或库尔斯克的装甲大战。

这年春天，我爸开车撞死了一个人。出事时落着淅淅沥沥的小雨，他拉着一个集装箱去南京。集卡开到长江边的一条小路，小树林窜出一个人影。虽然踩了刹车，但下雨天路滑，车轮来不及制动便吞没了那个人。路面一片鲜红，向着长江蔓延……我爸承认，他连续驾驶十几个钟头，事发时几乎打了瞌睡。但交警没有判定他的责任，因为死者乱穿马路负全责。无人知道死者是谁。

就是个无名无姓的流浪汉，身上没有任何能证明身份之物，更没有家属来认领尸体，只能烧成灰撒了。我爸一分钱都没赔出去，驾照也没被吊销。

五斗橱的玻璃台板下，压着一张爸爸年轻时的照片——他大概二十岁，穿着绿军装，在冰天雪地吹着笛子。这是一张合影，我爸身边还有个士兵，扛着56式自动步枪。我认出了这张面孔，明知故问："他是谁？"

"他叫田跃进。"我爸又点了一支烟，烟灰缸盖住这张照片，"我们一起在黑龙江当兵。沈阳军区，第62高炮师。"

"你们关系好吗？"我的胃里很难受，正在流鼻涕。

"复员后，他分配到公安局，我当了卡车司机。你一岁多的时候，我带你去过他家一次。那时候，他的女儿刚出生。然后，我和他就没怎么再联系过了。我只听说，田跃进是个很厉害的刑警，破过好多杀人案。"

突然，我打了个猛烈的喷嚏，胃里的康师傅方便面，全被我呕吐在地板上。

7月1日晚上，我爸陪我去了街道医院。体温三十九度。医生说我是急性肠胃炎。打了针，吃了药。高烧让我的脑子变成幻灯片，不断抽进抽出聂倩的脸，偶尔也有凶手的脸。

## 三

聂老师失踪后,我大病一场,日夜颠倒,不知有汉,无论魏晋。但我坚持写日记,每日寥寥数语,记录体温和吃药,更像病历卡。我爸从菜场买了只童子鸡,在阳台上活杀给我补身体。小公鸡被抹脖子凄厉尖叫时,我听到晚间新闻:泰国宣布放弃固定汇率制,改为浮动汇率制,泰铢兑换美元暴跌17%。我家书橱摆满了小人书、历史书、科普书、地图册,还有不少老古董般的书,从《钢铁是怎样炼成的》到《安娜·卡列尼娜》,其中一半是我妈的。病后三天,我读完了张爱玲的《金锁记》,她的文字有股病恹恹的中药味,让我的体温下降到三十七度。

盘踞在我床头的石膏像,长发飞舞,须髯遒劲,原版是巴黎凯旋门上的浮雕。半年前,我爸花了两百块,把它从美术用品商店背回家。当时,我异想天开要考美术专科学校,刘海粟创办的中国最早画人体模特的地方——某种程度也是向往这个。聂倩并不赞成我去艺考,她觉得我应该读中文或历史系。但她说,如果因为老师反对而放弃,你会恨我一辈子的。我自己买了教科书和素描铅笔,每天画一幅石膏像,将这法国老头画得惟妙惟肖,竟有黑白照片的真实感。专业考试那天,我却不敢出门。我害怕失败,我只是个三脚猫,我害怕一切与人面对面的竞争,害怕在别人面前丢脸。第二天,晚自习教室,聂倩让我给她画一幅肖像。我的发挥失常,没能抓到她的精华,反而放大了某些缺点。我气得哭出来,就差把画像撕了。她阻止了我。聂倩说,她的妈妈是小学音乐老师。她从小跟妈妈学钢琴,十二岁时,妈妈死于乳腺癌,她再没碰过钢琴。她爸新娶了老婆,生了个弟弟。初中时,她离家出走过。高中在省城的寄宿学校,大学考到上海。每年寒假和暑假,她都没回过老家,也几乎不给家里打电话。她推开窗户,指着旋转的星空说——那就是你的画,那就是你的小说。

忽然,老师的脸在我脑中碎裂,仿佛剥落的面具,重新排列组合成另一张脸——凶手的脸,红色桑塔纳出租车司机。我铺开铅画纸,抄起2H铅笔,勾出这张脸的轮廓。凶手的面孔,仿佛有道光,从腐烂的栀子花里射出,自下而上贯穿。他的每根毛孔都油光闪亮,胶片般的质感。打形后用明暗描绘,尤其眼角与鼻子下的阴影,慢慢打磨出立体感。我画了整整半天,完全依靠三天前的记忆。凶手的脸,强行定格,跃然纸上,被我放在床头柜,遮住石膏像,将要伴我入眠。

晚上,爸爸看到这幅素描画像,默默点上一支烟:"这张脸好像一个人。"

"谁啊？"我的心头一阵狂跳，通常惊悚电影里才会出现这样的情节。

"被我撞死的那个人。"

"流浪汉？爸，他真的死了吗？"事实上，那个无名氏被几十吨重的集卡压成两半。我爸亲眼目送他进入了火化炉。

我爸问我："你是在哪里看到这张脸的？"

"梦里。"我不敢说实话，我怕他也会去找凶手问个究竟。我爸说这张脸让他感到不舒服，劝我趁早收起来。我想问题不在这张脸，而是我们父子共同遗传了某种敏感的基因。

我不该对爸爸说谎。当晚，画像里的那张脸，真的闯入我的梦里——凶手开着出租车来到我家楼下，悄无声息地潜入房间，凝视床头柜上他的画像。他爬上我的床，掀开毛毯躺下，从背后抱着我，抚摸我的肩膀和后背，用那双杀人的手。

黎明前，我惊醒了，内裤竟然脏了。这天是7月4日，美国独立日。气温上升到三十七度。我在午后出门，圆领T恤胸前印着古巴国旗与切·格瓦拉，那时我还不认识他，我妈从华亭路淘来的。

我忘了田跃进的警告，又去了聂倩的宿舍。上次离开时锁了门，我决定从窗户爬进去，像凶手做过的那样。刚生过一场病，力气还不够，我抓住铁皮落水管，脚底发虚地踩上一楼窗台。我的膝盖蹭到水泥外墙，鲜血滴滴答答。窗玻璃早就碎了，我不可避免地破坏了案发现场。屋子通风了三天，处处积满灰尘，倒是没什么异味。没人进来过，铺满地板的书也是原样，比如《红楼梦》盖在《简·爱》上。我相信警察不会再来了，除非他们发现聂倩的尸体。

我打开摇头风扇，坐在聂倩的床上，拂去凉席上的灰尘。风一阵阵扫来，从我的脚指头摸到脖子。膝盖结痂了。我第一次躺在她的床上。她还活着吗？还是按照凶手的作案规律，要等到绑架半个月后：7月14日或15日。昨晚没睡好，刚吃过午饭，正是最困的时候。去年，下午第一节语文课，莫泊桑的《项链》，我趴在课桌上睡着了。换作其他老师，早把我拎起来羞辱一顿。但聂倩一边念着课文，一边走到我身边，若无其事地放大声量，让我惶恐地惊醒。下课后，我向老师道歉，说我早就读过《项链》了。她说她在我的日记里看到过。

门外响起脚步声。我从聂倩床上爬下来，无声息地走到门背后。我慢慢趴下，侧脸贴着地板，透过门下空隙，看到一双红色女鞋。我的心脏像在油锅上扑扑地煎着。门外那双女鞋，原本鞋跟对着我，转身用鞋尖冲我。有人敲门，响起一个女声："聂老师？你回来了？"

白雪的声音。我泄气地开门。白雪几乎摔进门里，她盯着我的脸："怎么是你？"

"我正好路过，就来看看聂老师是不是回来了。"我不敢说是从窗户爬进来的。

"这房间怎么变成这样了？"白雪捡起地上的书和杂志，"好像小偷进来过欸？"

我顺着说下去："你看啊，窗玻璃都打碎了，小偷肯定是从这里爬进来的。"

"聂老师失踪三天了。"白雪摸了摸写字台上的灰，往我脸上吹了吹，"中考前，每个礼拜天，我都会来这里补课，老师没收过一分钱。"

我捏住鼻子扇了扇灰，抓着她说："我们走吧。"

"等一等。"她甩开我的手，走到床边，摸到凉席表面的温度，"你在这里睡午觉？"

"嗯，我困了。"

"你是不是喜欢聂老师啊？"白雪的功课一塌糊涂，对于男女关系却早熟得很。

我红着脸摇头："别瞎说。"

"我也喜欢聂老师啊，还有俞超、阿健、小犹太，我们五个人都喜欢聂老师。"白雪也躺在聂倩的床上，"有一回，我看到老师心情不好，就买了几罐啤酒和许多小零食来陪她。聂老师喝了几杯，还流了眼泪。我问她为什么，但她不说。"

白雪在床上打了个滚，爬起来打开电视机，还有VCD影碟机。我找出遥控器，按下OPEN键，里面居然有张碟片，圆形表面印着电影海报，一张白种女人的面孔，眼珠子似是红色，嘴巴被一只张开翅膀的飞蛾掩盖——蛾子有一张骷髅的面孔。这海报眼熟啊，就在我嘴边打转却说不出。我把碟片塞回VCD机箱。

白雪按下播放键:"反正闲着没事儿,我们看碟片吧!"

电视机变成蓝屏,跳出一长串版权保护的英文,所有盗版碟上都有同样的警告。片头是一只狮子的怒吼,米高梅电影公司。画面展开,浓雾弥漫的森林,字幕跳出片名——

The Silence of the Lambs

朱迪·福斯特抓着绳索爬上来了,实习期的菜鸟探员,她叫史达琳。

接着亮起中文字幕:《沉默的羔羊》。白雪拉起窗帘,仿佛漆黑的电影院,跟我一起盘腿坐在聂倩的床上。我像柳下惠似的正襟危坐。当吃人博士汉尼拔出场,白雪说那个人笑起来很恶心。她以为片名叫《沉默的羔羊》,肯定会看到那只羊,谁知解剖台上的受害者、变态杀手"水牛比尔"还有吃人博士的晚餐都粉墨登场,那只羊却遥遥无期。她问我为什么,我告诉她,羔羊就是所谓"杀坯",鸡啊鸭啊牛啊羊啊……不是在婴儿期被杀了剥皮,就是在青春期被杀了剥皮,或者在无数次被剪羊毛直到年老色衰以后被杀了剥皮……

我却仿佛看到7月1日凌晨,当我离开这间宿舍,也许聂倩睡不着了,她取出这张碟片塞入VCD,直到凌晨三四点。她忘了把碟片从VCD中取出来。然后,凶手来了。他也许在楼下或门外等待良久,等待汉尼拔博士远遁,宿舍恢复寂静,女主人刚刚入梦。

我从聂倩的床上跳起来,冲出宿舍。白雪追在后面问:"片子还没完呢？你要去哪儿？"

"对我来说已经结束了！"我跑下楼梯，将白雪和史达琳探员一起扔在犯罪现场。

我依靠两条腿，奔过三个路口，穿过拥挤喧闹的小菜场，闻着杀鱼和杀鸡的血腥味，一路冲到派出所。不时响起中年妇女的吵架声，宛如一口热气滚滚的蒸笼。吊扇有气无力，一阵阵风扇在脸上像温热的耳光。田跃进从一大堆户籍档案中抬起头，看到浑身汗臭上气不接下气的我。

过去三天，我大半在病中，却给田跃进打过十遍电话，但从没打通过。我CALL他的寻呼机，也没回电。我又打他家里电话，有个女生接听了。她的声音好听极了，让人如沐春风。她问我是谁，我报出了自己的名字。我说我是你爸战友的儿子。她说你好，我叫田小麦。田野的田，小麦的小，小麦的麦。她说她爸不在家。她问我是哪个学校的？我说我们是同一所学校的。她很高兴，便跟我在电话里多说了几句。她说爸爸不准她出门，暑假闷在家里很无聊。她答应我，会逼着她爸给我打电话的。

"小麦跟我说了。"田跃进给我倒了一杯水。我问他为什么不回电话。田跃进说最近很多人来办户口，都是外地回来的知青。有的不符合政策，跑来跟民警吵架。有人闹得兄弟姊妹反目成仇，大打出手进了派出所，田跃进忙得晕头转向。他点起一支烟，脸上皮肤有些松弛，疲惫不堪，"我联系上聂老师的父母了。今年暑假，她原本就没计划回老家。我想，你的聂老师确实失踪了。"

"聂老师说过,她不喜欢回老家,过年都不想回去,也省了春运挤火车遭罪。她宁愿一个人守在宿舍里过除夕。"我想到了另一个人,"找到她的男朋友了吗?"

"我找到了。"田跃进喝了一口浓茶,"那一晚,他跟聂倩在大光明电影院看了《侏罗纪公园2》,然后去隔壁的国际饭店。有个中学生冲出来,拽走了他的女朋友,跳上一辆出租车走了。他想把那小子抓住揍一顿。你放心吧,我没把你的名字说出去。"

我霍地一下站起来:"他有一个地方隐瞒了,聂老师不想跟他上楼去。他打了聂老师的耳光。我是保护老师逃出了国际饭店。"

"坐下。"田跃进将我按在座位上,动作幅度很小,但力道极大,让人无法抵抗,"我去了趟国际饭店,向那天值班的人员打听。你没说谎,不止一个人看到了。"

"你觉得聂老师的男朋友是罪犯吗?"我大胆提出了这种可能性。

"不。"田跃进盯着我的眼睛,像走在屋顶上的老猫,"我做了二十年刑警,我能看穿许多人的双眼。"

"那你相信我了吗?"我的手指头有些发抖,"可以立案侦查吗?那个出租车司机。"

"我们已经立案了。"

"绑架案?"

"失踪案。"田跃进将厚厚一沓户籍资料送还到档案室,擦了一把头上的汗。办公室里的人变少了,他掐灭烟头说,"根据车牌号码,我找到你说的出租车司机了。"

"他没逃跑?"

"嗯,他说还记得你,香港回归的那一夜,在苏州河边带着个女的跑了。他以为你们俩是情侣,虽然你看起来小了一点。你们是他当晚拉的最后一单生意,然后就回车队了。"

"你一定看得出他的眼睛在撒谎!"

"不,他没说谎。"田跃进倒是盯着我的眼睛,"听我说,你的判断没有道理。就凭在聂老师失踪当晚,他开出租车拉过你们?就凭他是崇明岛人?但把人带下车的是你,最后一次接触她的也是你。如果必须要抓个人来审问,那就是你。"

这番话在逻辑上无懈可击。我就是嫌疑最大的那个人。我想我再也不会回到这里了。我转身冲出派出所。

天黑了。但我不想回家。我摸了摸口袋里的硬币,用路边的公用电话打回家。我妈在等我回家吃饭,我说刚在外面吃过,晚上去同学家玩。我留在电话亭,又拨了114,查询一家出租车公司的号码。我拨出第三个电话,打到出租车公司的服务热线。我说白天坐出租车,有个小包落在车上,我没拿发票,但还记得车牌号码。半分钟后,我知道了司机所在的车队地址。我问现在可以去吗?回答是24小时都有人值班。

我买了几个油墩子充饥。坐上一辆公交车,刚过晚高峰,我还抢到一个座位。黑夜里闪烁各色灯光,阴影如棋盘格子烙在我脸上。六站路后,我来到出租车公司车队门口。

值班室的调度员查了小本子说:"驾驶员叫夏海,他还在外面开车,半夜才能回来。"

我把头伸进窗口,瞄到小本子上的名字——夏天的夏,大海的海。

"阿姨,小包里有一张准考证,今晚我必须要拿到,不然没法参加明早的英语考试。"我因为撒谎而脸红,幸好天黑人家看不清。

调度员是个中年妇女:"可我快下班了啊。这样吧,你在夏海的宿舍门口等他吧。我用对讲机通知他,让他快点回到车队。"

"他就住在这里?"

"嗯,我们车队的驾驶员一半都是崇明来的。"

调度员领着我到一栋小楼前。她让我等在三楼宿舍门口,便下班走人了。我在三楼转了一圈,有扇窗户没关牢。我爬进宿舍。我不敢开灯,依靠窗外的光,看到四张单人床。到处晾着男人的内裤和毛巾,房间四角堆满了杂物。

出租车连环杀手——夏海,你睡在哪张床上呢?我的心脏狂跳。一张床上堆着许多杂志。我从桌上捡了个打火机,用火苗照明一看,封面上全是光屁股女人,陪伴孤独的男人度过长夜。第二张床,臭得像牲口棚,我有个简单推理——变态杀手都有一定程度的洁癖,不可能睡在这么龌龊的地方。第三张床,整理相对干净,床头柜摆着几个相框,全是一家三口的合影。照片里的男人四十多岁,显然不是年轻的夏海。

最后一张床,我闻到某种植物腐烂的气味……

味道并不难闻。我用打火机照着床头,看到许多磁带,都是张国荣的专辑,从《风继续吹》《爱慕》到《宠爱》《红》,还有《夜半歌声》电影原声专辑。这是凶手的床,我听过他在出租车上放张国荣的《倩女幽魂》。我不知道该怎么办,无论是死是活,他不可能把聂倩藏在这里。我很后悔。我以为找到了一个好警察,可以解救聂倩。可惜所托非人,田跃进什么都没能办到。刚发现她失踪的第一天,我就能用这种方法找过来。但我没有。因为我害怕再见到这张脸。想一想都会胆寒。

大病初愈,我的身体还很虚弱。今天走了那么多路,爬过两层楼,小腿肚子发酸,无力地坐在床上。凉席下竟是席梦思,坐下去很舒服,仿佛陷入流沙。我用力吸着床上的腐烂味——栀子花,出租车里充满同样气味。我可以闭上眼睛,却无法闭上鼻子。气味越加浓烈,像打碎的温度计,水银泻地,无孔不入。

我竟然睡着了。也许太累了,也许因为栀子花的腐烂味。我躺在凶手的床上,做了一个短暂的梦,自然是梦见了聂倩。天上升起烟花,绽开的刹那,照亮她眼角的细纹,略微松弛的脖子,斑纹点点的脸颊。这是二十年后的聂倩,我第一次如此清晰地看见她。待到烟花落尽,她的皮肤碎裂成无数红色小字,又像蝴蝶翅膀纷纷飘落。一片蔓延的大海,潮水汹涌退却,露出黑色滩涂,银色月光刺入淤泥,掘出白骨一堆。

我惊醒了。一阵腹痛,仿佛小刀切开肚皮。我在凉席上翻滚两圈,不知为何,我的 T 恤已被翻到胸口。白天,我躺在聂倩宿舍的床上。今晚,我却在抓走聂倩的凶手的床上睡着了。仿佛与他同眠。幸好他没回来。但好运气不会再来第二次。我从窗户跳出去。

月亮高高挂着。楼道走来一个人影。我想要逃,却被对方抓住。我在反抗。但他的手很大,掌纹粗糙,布满老茧,像只铁钳,让我动弹不得。他的呼吸声很重,还有浓烈的烟草味。凶手没有他这么强壮。他叫出我的名字。他是田跃进。

墙上有盏昏黄的灯,他穿着白衬衫,面孔棱角分明,鹰隼般的目光。田跃进拉着我下楼,冲出大门。他打开自行车锁,让我坐在书包架上。昏睡了一觉,我依然虚弱,头靠着他的后背。他的脊背很硬但很热。我问几点了,他说深夜十点。我问他怎么会来这里。

田跃进蹬着自行车说:"你从派出所走后,我总觉得你会做点什么。等我回到家,给女儿做好晚饭,抽了一支烟,就给你家打了电话。你妈接了电话。我没说我是谁,只问你回家了没有。你没回家,我就猜到你来找凶手了。出租车牌号是你告诉我的。我能找到,你也能找到。小朋友,你一点都不笨,胆量也挺大的。"

"不要叫我小朋友,我不知道我笨不笨,但我的胆量嘛,非但不大,反而很小。"

"今晚有何发现?"

"嗯……凶手是个张国荣歌迷,他身上有股腐烂的栀子花气味。"

田跃进的声音就像直接穿透了我的脑壳:"答应我,不要再去找他,不要再去闯祸。不管能不能找到聂老师,这件事对你来说,已经结束了!"

半小时后,田跃进带着我回到家门口。我回到家,十点半了。掐指一算,我在凶手的床上小憩了一个钟头。我妈质问我去了哪里,我说在俞超家里玩电脑游戏。妈妈说今晚有个电话找我,听声音是中年人。我说也许是骚扰电话。我妈闻到我一身臭汗,还有烟草味,问我是不是抽烟了,我说没有。我从不抽烟,这个好习惯保持至今。

妈妈帮我打开热水器。我走进卫生间,脱了切·格瓦拉头像的T恤衫,看见镜子上有行红色的字。不是镜子,而是我十六岁的肚子,平坦苍白的皮肤上,红色记号笔的三个字——

你是谁

看着朦胧的镜面,我捂住嘴巴,几乎摔倒在地砖上。我的胃里开始恶心,抱着马桶呕吐。我擦拭镜面上的水汽。能在我身上写下这行字的人,必是凶手——出租车司机夏海,他接到对讲机通知回到宿舍。他看到了我,陌生的少年,竟在凶手的床上酣睡。他床上那股味道,不仅是腐烂的栀子花,还有某种迷药成分,让人短时间失去知觉——我猜凶手就是用这种手段,让聂倩失去了反抗能力。趁着我毫无防备,夏海完全能将我绑起来,关入出租车的后备厢。但他跟我开了个玩笑,掀起我的衣服下摆,在我的肚皮上写:"你是谁?"。

"你是谁?"

怪不得,我是被腹痛惊醒的,仿佛冰凉的小刀在割我的肚子。夏海在我肚皮上写完这三个字,便隐藏在床边的黑暗角落。而我不知不觉地醒来,既没看见肚子上的字,也没发现他就在旁边,跌跌撞撞地逃出去了。而田跃进及时赶到救了我的命。

我不想让我妈看到这些字。我抓着莲蓬头,用烟雾腾腾的热水冲洗肚子。洗了快一小时,才冲掉那不可名状的气味。凶手的气味。等到肚子不留一丝痕迹,我才穿好衣服出来。妈妈发现我脸色很不好。我说今天玩得累了。其实我妈也很累,今天从早到晚审查下属国企老总的受贿案,明早还要坐火车去北京的中纪委开会。我妈给我重铺了凉席,抱怨世风日下,现在的党员干部怎么了,为了几万块钱倒在私人老板脚下;为了风尘女子把党性原则抛诸脑后。

我看着床头的凶手画像,仿佛还躺在他的床上,鼻息里全是栀子花腐烂的气味……

## 四

我失眠了,辗转反侧,直到天明。

1997年7月5日,不到六点,我早早起床。妈妈问我怎么不睡懒觉,我不吭声,迅速刷牙洗脸吃早饭,飞也似的冲出家门。

我去找凶手。既然他问我,"你是谁?"我也要问他相同的问题。

闻着助动车的汽油味,卖蛋饼的地沟油味,早班女工的花露水味,早高峰的公交车挤得我七荤八素。我来到出租车公司大门口,只见一辆辆出租车开出来。我找到调度员,胖胖的中年妇女。她阴着脸说:"小朋友,你找夏海吧?他回崇明老家去了。"

"什么时候?"我还是装作很着急的样子,"今天我就要考试了。"

"跟你前后脚,五分钟前。"

"他的车呢?"我看着停车场里的十几辆出租车,想要找到那辆红色普桑。

"一起开走了。"

"能用对讲机叫他回来吗?"

女调度员一脸严肃:"夏海检查过车了,没找到你说的小包。你说是什么时候丢的?从哪里上车?从哪里下车?"

"昨天……"

"他昨天只做过一单生意,公司派的,从机场接客人去苏州。我这里有记录,中午从车队出发,一点钟到机场,两点接到客人,五点到苏州工业园区。"她认真地念着小本子,"回来碰到堵车,晚上九点才到车队。昨天,夏海不可能拉过你。小朋友,你为什么说谎?"

我的心头狂跳,眼前发黑,这个女调度员比杀人凶手更可怕:"其实……"

胖胖的女调度员冷笑一声:"夏海说,昨晚他回到宿舍,发现你躺在他的床上。他看你睡得很熟,不好意思叫醒你,就出去吃饭了。等他再回来,你已经不见了。"

我不敢看她的眼睛。我真后悔,昨晚洗了一把澡。否则我就撩起衣服,让她看看凶手在我肚子上写的三个红字!

"对不起!我说谎了,我只是想找到夏海。"

这个女人把我臭骂了一顿,从五讲四美诚实守信七不规范说起,上升到报假案的刑事犯罪,若非她将心比心宅心仁厚,我必将堕落成失足青年,白茅岭农场就是我的未来。而她成了我的救命恩人,堪比大慈大悲的观世音菩萨。

灰溜溜离开前，我固执地回头："夏海什么时候回来？"

她没好气地回答："他打包了行李，在外面借了房子。今年夏天，他不再回宿舍住了。"

不能让他畏罪潜逃了！我问调度员："他是崇明人吧？能把他家地址告诉我吗？"

"小朋友，你跟他到底什么关系？"

扪心自问，没有答案。但我必须编一个理由，否则无法跨过这道门槛。我想起挂在我床头的那幅素描画像，想起他潜入我家的噩梦。

"我喜欢夏海！"

不晓得为什么，我不经过大脑思考，说出了这个愚蠢的理由。

四十多岁的女调度员低头思量，脑回路转了几圈，突然瞪大眼睛："小赤佬……太恶心了……怪不得……你还睡在他的床上……哎哟妈呀……现在的小孩啊……吓煞忒人……"

她的面孔煞白，打开外面的水龙头，拿起肥皂洗手洗脸，仿佛跟我说话就会传染上什么不治之症。

当我红着脸后退，女调度员翻开另一个小本本，吼了一嗓子："崇明七姑娘村，别让我再看到你了！"

我没有道谢，连滚带爬地逃出去。我在烈日下奔跑，心底重复"崇明七姑娘村"。或许，凶手正开着红色的普桑出租车，向着崇明岛，向着七姑娘村疾驰而去。我不晓得那是岛上何处，是否靠近抛尸的海岸？

清晨七点。气象预报37摄氏度,连风都带着赤道的灼热。这个夏天,我决心登上崇明岛,去七姑娘村,去救我的老师。警察不相信我。就算田跃进相信,但一个派出所民警又能做什么?崇明岛那时是上海最贫困、落后与闭塞的角落,它是上海的西伯利亚,是长三角的天涯海角。我能一个人到达这座陌生的大岛,穿过酷热的农村田野,抓到残忍的凶手吗?太阳下,我看着自己细细的胳膊。那个人,至少杀了三个女孩,他不怕再多背一条男孩的性命。

我一个人无法完成这项任务。

但我不是一个人。我们是五个人——我、俞超、白雪、阿健、小犹太……老天做证,一个都不能少。我们都是聂老师最喜欢的学生,我们每天坚持写日记。聂倩失踪那一晚,她还请我们吃过美式牛排。我们不仅欠她一顿牛排。我们将一起出发,渡过寥廓的长江口,登上长条形的绿色岛屿,前往大海与滩涂下的白骨墓地。

第一个是白雪。

从出租车公司出来,我便给她打了电话。白雪不像我,她不担心中考的分数,知道自己考得稀烂,除了语文,估计门门红灯。数学在她眼里就是天书,答题卡全是猜的。她也没指望读高中,能进个商业职校,将来在百货公司站柜台就不错了。

酷暑的午后,聒躁的蝉鸣像钢锯来回撕扯耳朵。我站在西宫门口,捧着两包薯条配番茄酱。在28寸自行车、铝皮饭盒、游戏机房的时代，上海有沪东与沪西两座工人文化宫。东宫在大杨浦工业区，西宫在苏州河工业区。这是我们的"东宫·西宫"。

白雪迟到了十分钟。她穿着白T恤和牛仔裤，一米七的个头全在两条长腿上。她的皮肤像她的名字，近乎透明，可见青色的皮下血管，我担心她会像雪人似的在烈日下融化。绕过上海工人三次武装起义的雕像，来到西宫主楼。底楼是舞厅，楼上有人才市场，下岗工人再就业的所在，后面还有邮币卡市场与花鸟市场。她问我是要去主楼背后的游戏机房，还是二楼的台球房，我说去人工湖上划船吧。

"划船？"白雪挺起早早发育的胸脯，"你以为我们还是小朋友吗？"

"嗯，我们就是小朋友。"

她嘻嘻一笑，牵着我的手，上了一艘铁皮小船。我和她面对面，各持一支船桨，划破水面。我经常独自来到西宫，到这片水边发呆半日，哀怨自怜地看着倒影。太阳躲到云中，水面变成浓稠的深绿色，飘着厚厚的浮萍。我把两支船桨握在手心，穿过桥洞，白雪放肆地平躺下来。我眺望湖岸上的亭台楼阁，再看对面的她，好像一场漫长的梦。

"你说世界上有没有永远没有尽头的夏天呢？"白雪自问自答，"如果有的话，那会不会有永远没有尽头的暑假呢？"

每年暑假，白雪都要回东北。每次回家，她都老高兴了，坐三天三夜的绿皮火车到哈尔滨，再换乘一整天的长途汽车，来到黑龙江边的农场，跟爸爸妈妈一起度过凉爽之夏。但今年她回不去了。她爸打来电话，说农场效益不好，大半年发不出工资，他和妈妈去了俄罗斯，倒卖羽绒服。一开始只在远东地区，后来沿着西伯利亚大铁路越走越深，越过伊尔库茨克与贝加尔湖，到了新西伯利亚与鄂木斯克。他们计划在秋天前，到达叶卡捷琳堡与喀山，在冬天前到莫斯科的中国市场赚票大的再回家。

"留在上海过暑假不好吗？"小船儿停在桥洞下，我也双手抱着后脑勺躺下了。

"我讨厌上海。"白雪往绿色的湖水吐了口唾沫。她爸是上海知青，她妈是东北人。她出生在黑龙江生产建设兵团。对岸是老苏联，江东六十四屯。初一那年，她才从黑龙江转学到上海，寄居在姑姑家的三层阁楼。在阴雨绵绵的上海话世界里，她的东北话像晴朗的太阳。姑姑听说她暑假要留在上海，脸色越发难看，总觉得白雪是来抢一个户口名额，将来拆迁多分一笔钱。为此兄弟姐妹吵过好几回。相比上海的酷暑，白雪更不能忍的是上海的寒冬。她在黑龙江出生，零下几十度，仍然天气干爽，晚上可以缩在温暖的火炕上。而上海的冬天每个毛孔都冰冷阴湿，像剪刀慢慢将你绞碎。她跟表弟住在阁楼顶上，只有屋顶天窗为伴。自己搭出来的小木床，都不够她伸直双腿的。她总是半夜冻醒，满脸鼻涕与眼泪。

白雪没好气地抱怨："从前我当表弟是小孩，经常抱着他睡。最近他发育了，经常搞得床上脏兮兮的。"

我想她表弟每晚睡在表姐身边,面对发育过分良好的雪白身体,怕是被姐姐催得早熟的。但我一本正经地建议她跟表弟分开睡吧,白雪瞥着我,眼白侧漏:"分开睡?睡到哪里去?总共屁股大点的地方,难道要我睡到姑父的床上去?那家伙才是不怀好意呢!怪不得姑姑不给我好脸色。她要是再埋汰我啊,我就动真格的,把她家里的两个男人都给撩拨勾引了。"

"求你了!不要这么龌龊!"我从小船上弹起来。

"你管得着吗?"她从我手里抢过船桨,划出桥洞下的阴影,回到灼热的阳光下。深绿色的浮萍退散,水面反射犹如《星球大战》的光剑,让我睁不开眼。

"喂,你收到夏令营的通知了吗?"白雪又问我。每年暑期,学校都会组织夏令营,就是去周边城市旅游。

"嗯,前天收到的,今年是太湖。"西宫的人工湖上,我摇着船桨前进,就像吴越春秋的范蠡,一叶扁舟载着西施,穿过东西洞庭山之间的水道。

"通知上说自愿报名,每个人收交通费、食宿费180元。7月10日到12日,三天两夜。"白雪凑近我,"你要去吗?"

我反问:"你去吗?"

"想去啊。今年夏天,我回不了东北,太没劲了,正想怎么从姑妈家里逃出来呢。我刚好来完大姨妈,轻轻松松,没影响!"

这话说得我分外脸红,但对白雪来说,讨论生理期就像讨论嗑瓜子一样稀松平常。

"我不想去太湖。"

"你想整个暑假都关在家里?"白雪对我伸出了小拇指。

我眯起眼睛,眺望西宫树冠后的天际线:"我想去崇明岛。"

"崇明岛?"

"嗯,白雪,你见过大海吗?"

"见过啊,我最爱看美国电视剧《海滩护卫队》了。"她把手伸到一池碧水中,仿佛身处于夏威夷海滩,"那些救生员的身材太棒了,看得我流了好几回鼻血。你们男生肯定也爱看啊,里面的美女都穿比基尼,那个胸和屁股啊……"

我无法想象白雪绘声绘色的描述:"我问你亲眼见过大海吗?摸过大海吗?"

"哦……没有!"白雪摇头,她的一口东北话像锅炖肉砸到我脸上,"刚来上海的时候,我以为能亲眼见到大海了,却只能看到苏州河与黄浦江。"

"嗯,在上海,要看到大海,必须走很远很远的路,比如去崇明岛。"

"要比太湖还远吗?"除了黑龙江的两岸,白雪对于地理完全没概念。

我用手指比画一下:"去太湖可以坐火车与汽车,但去崇明岛必须坐船。白雪,你来选吧,太湖与崇明岛,都是去看水,一个是内陆淡水湖,一个是长江口与东海,你到底选择哪一个?"

白雪不假思索地回答:"我要更大的那个。"

"更大？"

她将双手张开挺着胸脯说："就像男人喜欢女人更大的胸，我当然选大海啊。"

"那你选崇明岛？"

"错了，我选你！"白雪将手指着我的鼻子，"如果你去太湖，我就去太湖；如果你去崇明岛，我就去崇明岛。"

我脸红着说："好，就我们两个吗？"

白雪瞪着我的眼睛，手指头在小船边的水面上画着8字，突然将水滴弹到我的脸上，笑盈盈地问："俞超能去吗？"

"当然。"我才不会吃醋呢。如果俞超问她同样的问题，也会得到同样的回答。

她指了指头顶的艳阳天："我想晚上跟你们一起看星星，俞超会说出银河系里的每颗星星，会给我们找出北斗七星、猎户座和仙女座。"

"还有谁？"

"阿健啊，有了他一块儿去崇明岛，就不用担心碰到坏人了，他不是最会打架吗？"

"小犹太呢？"

"嗯，虽然他没什么用，但我们可以欺负他啊！一路上就会很有意思。"白雪大笑起来，几乎把小船折腾翻了，"你、我、俞超、阿健、小犹太……我们一起去崇明岛！"

"好，五个人，去看海。"

小船再次穿过桥洞,黑影覆盖了我和白雪的双眼。穿出桥洞,一条鲜红的鲤鱼从船桨边溜过,鱼眼从水下瞥着我,嘴巴咕嘟咕嘟。晴空打了个霹雳,乌云遮盖太阳,转眼落下瓢泼大雨。我仓皇地脱下上衣,盖住白雪头顶,两个人挤在一块儿。巴掌大的西宫人工湖面,开满炮仗落地般的水花,一如狂风暴雨中的大海……

## 五

第二个是阿健。

除了吃喝嫖赌打架斗殴，阿健毕生有两个爱好，一是斗蟋蟀，二是踢足球——都跟赌博有关。每年暑假将尽，他总是深夜叼着手电筒去抓蟋蟀。那时的上海郊区，不过是彭浦新村以北，三分之一工厂、三分之一田野、三分之一建筑工地。我原本对蟋蟀毫无兴趣，但看了《聊斋志异》的一篇《促织》，便迷上了蒲松龄笔下那只小孩灵魂所化的小蟋蟀，"形若土狗，梅花翅，方首，长胫……"我跟着阿健抓过一次蟋蟀，每人带着竹筒，一夜间可捉到数十只，可堪一战的只有寥寥两三个。秋天是斗蟋蟀的好时节，一众青皮后生乃至中年人头碰头脚挤脚，将两只蟋蟀装在陶罐中，蟋蟀草如斗牛士的红斗篷，让秋虫开牙厮杀一番。亦有人坐庄开盘，玩家少数日进斗金，多数倾家荡产。

而我迷恋上足球，大概也是受到阿健的影响，不自量力地跟着他踢野球。我们这支乌合之众的球队，有个惊世骇俗的名字——"大自鸣钟索多玛120天队",自然拜我所取,前者是我们经常出没的地名,后者是帕索里尼的杰作。当时我并未看过这部电影,只是听说过,当即惊艳不已,有某种不怒自威的神圣气质。凡有人问起这名字来历,我一律回答:意大利社会主义革命主旋律科教片。

7月6日,我给阿健打了电话。我翻出一套球衣,阿根廷的蓝白间条衫,抱着一只瘪了气的足球,穿着盗版NIKE球鞋出门。我、阿健、俞超、小犹太和白雪,顶着烈日,分别乘坐公交车、自行车、助动车以及步行,抵达光新路体育场。

身高一米八的阿健踢中锋,俞超控制中场,我打边后卫。剩余都是阿健的跟班小弟。小犹太的身板太弱没法踢球,他和白雪做了后援团,背了一铅桶的盐汽水到场边,以免我们在四十度高温下中暑。

这些日子,午后都会风云突变下场大雨。从烈日到暴雨,犹如从便秘到拉稀。我们被大雨逼得狼狈逃窜。看台下,五个人坐成一排喝盐汽水,雨幕像一堵透明的墙,球场变成肮脏的大海。

"你们想去看海吗?"

白雪的头发滴着水,解开领口的小扣子,胸罩带子在衣服下忽隐忽现。

"上海没有海。"俞超淡淡地回答,"我爸是个海员,他说每次远洋轮船开出黄浦江,要从长江口走很远,才能进入真正的大海。"

"听说在崇明岛可以看到海。"白雪轻轻伸出胳膊,勾着俞超的肩膀。我和她商量好了,由她提出去崇明岛。白雪稍微风骚那么一点点,就能把他们的魂都勾没了。

"崇明岛?"俞超打了个喷嚏,他借了条毛巾,搭在光溜溜的肩上,"我还从没去过呢。"

"我想去!"我举手,赤着半身,暴露旺盛的腋毛,望着球场上空灰茫茫的天空,"我想去看海。"

"不行,我爸不会同意的。"小犹太抓起T恤,擦拭镜片上的雨水,"我听说啊,去崇明又远又麻烦,又不是什么旅游景点。"

"我爸也不会同意的。"我装作灵机一动,"你们收到夏令营的通知了吗?不是要去太湖三天吗?我们就说去夏令营,学校老师带队,家长肯定同意的。"

"还能问家长骗到180块交通费和食宿费……"小犹太美滋滋地算计,又打了个冷嚏,"不行!不行!要是被我爸发现啊,他会打断我的腿!"

"我想去崇明岛!"阿健的手指关节敲了敲小犹太的脑门,"我就生在那座岛上。"

这倒是第一次听说,白雪勾着阿健粗壮的胳膊问:"岛上好玩吗?看得到大海吗?"

"不知道。老早啊,我爸妈都是知青,在崇明岛的农场插队落户。我刚生出来没几天,我妈就拿到了回城名额,我爸很快也回来了。我再没有去过崇明岛。读小学的时候,我问过我妈,为什么不带我回到出生的地方看看？我妈抽了我一个耳光，她说她永远不要再回到那个岛上。"阿健从裤子口袋掏出一包牡丹烟，可惜被雨淋湿了。他把香烟一根根剥开，脚下堆满金黄色烟叶，"现在我懂了，就像我爸在白茅岭，等到他从山上下来，最好一辈子都不要听到白茅岭三个字。"

白茅岭就是劳改农场，上海人都知道，远在两百公里外，江苏、浙江、安徽三省交界之处，曾有狼群出没的荒凉山区。严打那几年，阿健和小犹太的爸爸都在上钢八厂上班。阿健的爸爸路过单位澡堂，有个女工正在洗澡，不知有意无意，他闯了进去。那个女工年轻漂亮，正在跟厂长的儿子谈恋爱，人家说他不但耍流氓，还意图强奸。他被法院判了强奸未遂，发配到白茅岭，吃了七年牢饭。

在那之前，阿健家太太平平。他还当过二道杠的中队长。爸爸吃了官司，上了山，往后的路就不同了。把他养大的是外公外婆，但也只是"养大"而已，就像养一只鸡，一只猫，一头牛。阿健像野牛一样长大，每次有人管他叫强奸犯的儿子，他都会冲上去拼命，哪怕对方人多势众，打得他浑身乌青，他也会抓住其中一个痛击，直到人家闻风丧胆。小学五年级，他终于留了一级。我们都是十六岁，唯独阿健十七岁了，看着就像社会青年。

"阿健要去崇明岛。"白雪盯着俞超，"你呢？"

"你们去吧，我不去。"他的嗓子有点哑了，像一团被大雨浇灭的炭火。

"那你要去太湖的夏令营？"

"我也不去。"俞超走出体育场，"我在托福补习班上课，准备年底的考试。从周一到周六，每天六小时英语课。要不是今天老师生病，我肯定跑不出来的。"

"俞超，你真的要去美国？"白雪追在他后面问。

"嗯，我叔叔在美国，已经帮我找好了高中。"俞超走到体育场背后，大雨在地面绽开水花。

光新路体育场隔壁是铁路线，高墙外长满鲜艳有毒的夹竹桃。一列火车呜咽而来，铁轨与机车轰鸣声中，我打了个荡气回肠的喷嚏。昨天刚淋过雨，我可不想再病一场。我问体育场的看门老头借了条毛巾，擦干净头发和全身，买了把破阳伞撑回家。

当我回到自家楼下，有个男人拦住了我。他撑一把硕大的黑伞。无论是人还是伞，都比我大出了不少。他很高，笔挺的衬衫配着领带。我认出了这张脸。他是聂倩的男朋友。

"聂倩在哪里？"他也认出了我。

"我……我不知道。"我撑着伞，在大雨中后退，好像我不是在自己家门口。那天带着聂倩逃跑的勇气，如今烟消云散。

他恶狠狠地看我，但没有动手的意思。他是通过我们学校老师找过来的。7月1日，他就发觉聂倩失踪了。他去过宿舍找她，但是房门紧锁。三天前，有个姓田的警察找到他，问了许多关于聂倩的事。

"我是个体面人，不会做不体面的事。"他拉了拉我的球衣下摆,"请告诉我,你跟聂倩什么关系?"

我努力不让自己结巴:"我是她的学生,她是我的老师。我的作文写得不错,聂老师经常拿我的作文在课堂上念。"

"那天晚上,你为什么会在国际饭店?"

"聂老师请我们五个同学吃美式牛排。"接着我必须撒个小谎,"然后,大家都回家了,我一个人去大光明电影院看电影《侏罗纪公园2》。看完电影出来,正好碰到你和聂老师,我很好奇,跟进了国际饭店。我看到你打了她,以为老师遇到坏人了,就把她拉了出来。"

他轻轻地哼了一声:"我不相信。"

"我知道你在想什么。"我已用尽全身的勇气,"但最重要的是,我们要把聂老师找回来。她现在非常危险。你能帮忙一起找吗?"

"我找遍聂倩了,还去过她老家,找到她爸爸家里。"他告诉我,他在银行做经理。他跟聂倩谈了两年恋爱,我们学校的政治老师做的介绍人。他们准备今年夏天领结婚证。新房子在静安区正在装修。酒席都预定好了,选在国庆节,在国际饭店订了三十六桌。

他在炫耀,在我这个穿着阿根廷球衣的瘦弱少年面前。上海人用"有立升"来形容一个人的实力,因为电冰箱立升越高越好。男人就像一台电冰箱,可以储存很多食物,还能让女人保鲜,尽管总有变质的一天。

"今天,我刚把酒席退了。如果你还能碰到聂倩,请代我转告一声,我不想跟她结婚了,我也想明白了……哈哈哈,我脑子被枪打过了吗?干吗跟你说这些?"他盯着我,羞辱我,碾轧我,他居然笑了,"我来找你,只想看看,你到底是什么样的人?好吧,我相信你了。你还是个毛头孩子,聂倩怎么可能跟你鬼混在一起?她又不是发情的母狗。"

"你再说一遍?"其实,他怎么侮辱我,我都可以忍耐,但我不能忍受他侮辱聂倩。

"哪能?"他推了我一把。我的伞落到水塘里。我的双眼和鼻子都在抽搐,我很想揍他。但我刚踢过半场足球,在大雨中走了很远回家,根本没力气打架。

这时候,我爸骑着自行车回家了。他摘下雨披,冷冷地看着对方。聂倩的男朋友一声不吭地离开,撑着大大的黑伞,嘴里竟还哼着歌。

我爸问我,他是谁?

我说不认识,大概是个精神病。

回到家,我打开阳台的铝合金窗,满脑子都是聂倩男朋友的脸。某个角度看他挺帅的。如果,没有被我发现的那些秘密,没有他最后说的那几句话。凡是精神正常的人都会觉得,聂倩应该嫁给他啊。我家对面那栋楼,就像我家这栋楼的镜子。每一层每一个窗户每一个封闭的阳台,仿佛遗传了同卵双胞胎的DNA。对面三楼阳台有个少女在弹琵琶《十面埋伏》,但我们互不相识,连萍水相逢都不是。可在那些完全相同的阳台和窗户里，又会藏着哪些各不相同的秘密呢？就像《安娜·卡列尼娜》开篇的那句话。

这天晚上，我妈问我，要不要去太湖的夏令营？她常去那边的疗养院，一度用来双规腐败分子。她劝我跟着老师和同学出去散散心，不要闷在家里发神经。她怀疑我前几天生病，是因为等待中考分数的压力。这也没错，整个暑假，我不断在脑海中重做一遍考卷。妈妈塞给我 180 元，让我去缴费报名。而我心里盘算着怎么分配在去崇明岛的路上。

虽然，我已说动了白雪和阿健，但只有三个人远远不够。我必须等待小犹太和俞超，只有五个人凑齐了，才能一起出发去崇明岛。就像圣斗士星矢、紫龙、一辉都凑齐了，怎能漏了阿瞬和冰河呢？

# 六

第三个是小犹太。

为什么叫他小犹太？以至于二十年后，我几乎忘了他的真名。我归纳出三点：一是他长得实在瘦小，发育比所有人都晚，明明已经十六岁，看上去还像小学预备班，都说他像只兔子或仓鼠，也就是"杀坯"；二是TVB剧《大时代》，人人都爱周慧敏的"小犹太"。其实粤语版里她叫"悭妹"，所谓"小犹太"是说她勤俭节约斤斤计较，反而是贤妻良母的同义词。我的同学小犹太，便是出了名的吝啬鬼，从没见他请过一次客，大家都说他一分钱夹在屁眼里可在人民广场转三圈，正巧与周慧敏的"小犹太"撞上了；三是小犹太自己说的——他的外婆是犹太人，生在维也纳，二战期间躲避纳粹大屠杀，从欧洲逃难到上海。他的妈妈是二分之一犹太人，他自己则是四分之一犹太人。这说法让人存疑，他除了有双大眼睛，精打细算，一毛不拔铁公鸡，看不出哪点像犹太人。他又说中国人的显性基因太强大，把他的犹太基因掩盖住了。

光新路体育场踢球的次日，7月7日，星期一，小暑。卢沟桥事变六十周年，恰好整整一个甲子。我给小犹太打了电话，想去他小舅舅家里玩，了解更多灯泡厂女工被杀的事。小犹太在电话里尖叫，问我要知道这些干吗，我说我可能碰到过凶手。半小时后，小犹太给我回电，他说小舅舅热情邀请我们去他家玩，恰好灯泡厂上班的隔壁邻居新近下岗在家呢。

小舅舅家的老房子高大堂皇，仿佛欧洲贵族山庄，曾是某位大名鼎鼎的国民党特务头子宅邸，后来被七十二家房客的劳动人民瓜分了。小犹太的小舅舅戴眼镜梳大背头，三十好几还没结婚，在文艺出版社上班。他听说我有写文章的才能，鼓励我将来给出版社投稿。小舅舅有个硕大的书架，摆满一整套三联版"飞雪连天射白鹿，笑书神侠倚碧鸳"，梁羽生的《白发魔女》《七剑下天山》《萍踪侠影录》；古龙的陆小凤、楚留香、小李飞刀、七种武器系列；温瑞安的《四大名捕》《白衣方振眉》系列……金、古、梁、温四大名家聚齐，还有一套还珠楼主的《蜀山剑侠传》。另一排书架，则有全套福尔摩斯、阿加莎·克里斯蒂、埃勒里·奎因兄弟，又有横沟正史、江户川乱步、森村诚一、松本清张、夏树静子，最后是荷兰汉学家高罗佩的《狄公案全集》。最高一层书架上，我还发现了《金瓶梅》《肉蒲团》《灯草和尚》《曼娜回忆录》《查莱泰夫人的情人》《秘戏图考》……小舅舅尴尬地笑笑说，这是他多年来的学术收藏，仅供专业人士考证研究。

我们敲开隔壁邻居房门，大家都叫他阿毛，年纪与小舅舅相仿,也是个邋遢的单身汉,面容憔悴,满脸须髯。小犹太叫他阿毛叔叔,看来并不陌生。阿毛叔叔从冰箱里拿了三根雪糕给我们吃。小舅舅带给他一套卫斯理的书,新近从文庙淘来的,关照下个月必须还书,不能转借给别人。我心想这位小舅舅可以去学校对面开租书店了。我们有一搭没一搭地聊天,阿毛叔叔正在看阿诺·施瓦辛格的《终结者2》,碟片质量一般,一片片的马赛克。小舅舅很会说话,滔滔不绝地聊着天下大事,从香港回归到亚洲金融危机再到波黑内战,小犹太的话痨有家学渊源。阿毛叔叔心情不佳,他说自己走了霉运,先是心仪的女生被杀了,再是被单位通知下岗,炒了几年的股票还被套牢,不知前途几何。再不济,趁着年轻力壮,穿上保安制服当"黑猫"赚赚铜钿也可以。

恰好《终结者2》的碟片卡住放不动了,阿毛叔叔到露台上抽了一支万宝路。大露台上种满花花草草,可以眺望整排里弄的屋顶。阿毛叔叔说他见到婉仪第一天就喜欢她了。我问婉仪是谁,他说就是被害的灯泡厂女工。这名字让我想起末代皇后,或者满清格格。他打开皮夹子,婉仪的照片就在自己身份证后面。照片里的婉仪穿着红裙子梳着长头发。她的穿着打扮还有发型、气质甚至面架子,都跟聂倩有几分相似。小犹太倒吸一口凉气,狐疑地盯着我。婉仪是去年秋天分配到厂里的。阿毛把许多新同事请到家里来玩,却是项庄舞剑,意在沛公。这个露台可以晒太阳、烧烤、唱卡拉OK。婉仪年纪虽小,却不傻,一眼看穿了阿毛的心思。她是浦东本地人,独养女儿,家里有楼上楼下大房子,等着张江高科征地拆迁分一大笔钱。阿毛跟她相差十来岁，婉仪点到为止。灯泡厂在苏州河边，人烟稀少而荒凉，老职工没人肯加夜班，只能派新进厂的年轻人。但婉仪家太远了，坐公交车要两个钟头。阿毛经常骑自行车等她下班，将她送到人民广场的夜班车终点站，眼见她上车才告别。

我插了一嘴："阿毛叔叔，如果没人送婉仪，那她怎么回家？"

"出租车或者黑车。"他一眨眼抽了五根烟，仿佛一根行走的烟囱，两只眼眶都发红了，"先到人民广场，再坐夜班公交车。她家里做房东收租金，每月能收万把块钱。她爸给了她好多零花钱，想让她辞职回家，早点结婚生孩子。但她不乐意，她要先上几年班，成人高考拿到大专学历，再去外企上班自食其力。"

"哎呀，婉仪真有上进心呢。现在许多女孩子总想着不劳而获，要求房子票子，物质得咪⋯⋯"小犹太的小舅舅至今单身未婚，显然囿于"物质"二字。

"婉仪失踪那天穿着红裙子，就是我皮夹子里那张照片。她上夜班，我说好要去送她。但我的自行车轮胎爆了，等我补好轮胎赶到厂门口，婉仪已经不见了。我想她是坐出租车回家了。其实，她爸妈在家等了她一夜。天亮后，恰好是她的生日，到处都找不到婉仪，想起苏州河沿岸流传的杀人案，厂里去公安局报案了。我找了她半个月，在苏州河边贴寻人启事，直到她躺在崇明岛长江大堤上⋯⋯"阿毛叔叔已经哭得稀里哗啦。

小舅舅大胆地问："阿毛，你上次说，你们去公安局认尸，婉仪身上没穿衣服？"

"嗯，只盖了条白被单。但你别想歪了，法医说了，她没被人侵犯。"阿毛叔叔的语气不佳，仿佛死去的美人遭到了语言上的侮辱。

"对不起，可能我看多了……"小舅舅抽了自己一耳光，我猜他想要说香港三级片。

"后来，我还被公安局关了24小时，同事们都怀疑我在跟婉仪谈恋爱，自然我成了嫌疑犯。还好许多人证明我没有作案时间，那天我从厂里回家，跟几个邻居通宵在露台上打大怪路子。"

阿毛叔叔还在抹眼泪，而我看着婉仪的照片，貌似聂倩的容颜，失踪时穿的红裙子，苏州河边的小道，半夜出没的出租车，想必也是红色的……

小舅舅请我们和阿毛叔叔一起在楼下的王家沙里吃了小馄饨和锅贴。小犹太拉着我告辞了。他察觉到了什么。走到苏州河边，荒凉废弃的码头旁，像许多动画片里演过的那样，小犹太的镜片上闪过一道寒光，冷笑道："你拖着我来打听灯泡厂女工的死，因为你觉得聂老师也被同一个凶手绑架了？所以你才要去崇明岛？因为她们的尸体都是在岛上发现的？"

我愣了。但我无法否认。

"你绝对疯了！"小犹太摇着头后退，仿佛面对凶手本身，"我哪里都不去，我就待在家里，我不会跟你去崇明岛的。"

小犹太转身沿着苏州河跑了。但我不死心，我跟在他身后。他的背影像只小兔子。他去小巷里买漫画书，又去灯泡厂对面买冷饮。他爬到桥上看苏州河的风景，一个人，劈情操，直到被河里的臭味熏得受不了。经过江宁路桥的造币厂门口，小犹太拐到桥洞底下。

三个社会青年跳出桥洞，迎面拦住小犹太。我认得他们，也是我们学校出来的，分别叫长脚、大胖、甲鱼——三人体貌特征如名。他们经常守在学校门口，欺负低年级学生。有一回，小犹太被这些家伙搜光了身上的钱，剥掉了手腕上的香港电子表。第二天，小犹太号啕大哭。聂老师带上阿健和小犹太，召唤了校篮球队的先发五虎。六条大个子，将长脚、大胖、甲鱼堵在小弄堂，撩起袖子准备大干一场。聂倩搂着小犹太面对三个流氓，逼迫他们道歉，发誓再也不欺负小犹太。离开前，她轻描淡写地说："我大学室友的爸爸是公安局的处长，负责劳动教养行政处罚。"于是乎，长脚、大胖、甲鱼每次见到小犹太，都像见到瘟神似的逃窜了。

今日情况不同，三个家伙如胡汉三卷土重来。小犹太没敢反抗，乖乖掏出几十块钱。长脚还不满足，抽了小犹太两个耳光。大胖将他推倒在地，甲鱼踩着他的胸口，嘻嘻笑着："杀坯！你叫啊？把你的老师叫来啊？听说她失踪了耶！她把你扔下自己逃跑了吧？"

"聂老师没有逃跑！"我从桥洞后面钻出来，大吼一声，"放开他！"

我为自己的冒失而后悔。阿健、俞超和白雪都不在,小犹太跟兔子、仓鼠没啥两样。而我一个人要对付他们三个,每个都比我身高体壮。我的后背心沁出冷汗,被长脚和大胖逼到桥洞角落,像被鬣狗逼到悬崖边的小羚羊。我从地上抓起一根两尺多长的钢筋,划过水门汀的地面,竟打出几点火星,如同史泰龙的《第一滴血》。

长脚知道我在虚张声势,绘声绘色地说:"学校外边都传遍了,你们四男一女,成天跟聂老师一起玩耍。她被你们搞大了肚子,不晓得哪一个埋下的种?只能偷偷跑去外地打胎了。"

"去死吧。"我怒了,热血冲上脑门,把钢筋当作沙子龙的断魂枪,从长脚的脖子边擦过。他没想到我会动真格的,吓得面如灰土,逃之夭夭。大胖和甲鱼也屁滚尿流地逃命了。

我的双手发抖,钢筋掉下砸出清脆声响。我坐倒在地喘气,这才感到后怕。小犹太躺在地上不起来,太阳穴红红的一片。刚才他被长脚打倒时,眼镜片在地上磕碎了,玻璃片划破眼角。摘下啤酒瓶底般的眼镜,小犹太仿佛换了一张面孔。我要送他去医院,但他说要回家。小犹太走不动路了。他从小晕血。我只能把他背在肩上,幸好他分量轻。他只剩下一张嘴巴了,一路上嘀嘀咕咕,咒骂长脚、大胖与甲鱼不得好死,从出门被车撞死到得麻风病再到被731部队人体试验,他又不敢大声说出来,生怕被人偷听到。

我背着小犹太走到一排老式洋房,解放前是日本纱厂宿舍,爬上摇摇欲坠的楼梯敲门。他的血滴滴答答落到我的白衬衫上,像绽开的山茶花。我以为他快死了。门开了。一个穿着睡裙的女人,面孔很白,比普通人的轮廓立体。

我不是第一次见到小犹太的妈妈。她是街道医院的护士。读中学以来,我几乎每次感冒发烧,都是她给我打的针。我遇到过很粗暴的护士,板着后娘面孔,让你把裤子脱下来,如果脱得太多,又骂你不要脸。但小犹太的妈妈不一样。打针本身并不疼,但看着护士将药剂注入针筒的过程,却让人不寒而栗。她总是对我笑盈盈地完成注射准备工作。刚发育的我,看到同学的妈妈,脸红得不敢脱裤子。她便帮我拉下裤子,趁我分心的刹那,将针头扎入屁股。我像被蚊子叮了一口,几秒钟酸麻过后,便触到她的手指和酒精棉花。我低头道谢,提起裤子,捂着屁股,一瘸一拐出去。她还关照我记得吃药喝水早睡别再打游戏了哦……

半年前,我发现街道医院注射室的护士换了人。原来虹桥新开了一家日资医院,收费贵得要命,都是日本人去看病。小犹太的妈妈扔掉铁饭碗,跳槽到日资医院去打针。小犹太在班里吹嘘过,日本人的医院多么高级,就像有部日剧《回首又见他》里演的那样。他妈的工资每月四千块,比在上钢八厂做科长的他爸多了三倍。小犹太学会了几句日语,啊里嘎多、斯古伊、钢巴逮,幸好没学会雅蠛蝶。没过几天,人人都说小犹太的妈妈被日本医生看中,白天穿上护士服打针,晚上脱下护士服陪睡。

小犹太的妈妈看儿子脸上的伤,耷拉下来的睡裙领口,几乎让我偷看到没穿内衣的胸部。我红着脸躲到一边。屋里还有人，两个头上插着卷发棒的女人，还有个皮肤白白的年轻男人。桌上摊着麻将牌。边上有一本日语初级教材。女主人赶走了麻将搭子。我和她一起把小犹太抬到床上。她用酒精给儿子伤口消毒，用小镊子拔出碎玻璃。幸好伤口不深，无须缝针。小犹太被裹了一圈白绷带，像电视里英勇负伤的八路。

小犹太家虽小，却搭了个养仓鼠的透明房子——两只仓鼠，公的叫努尔哈赤，母的叫叶赫那拉。小犹太并非一无是处，他那双手巧得很，凭空用塑料玻璃板、硬板纸、钢丝还有可乐罐头做出了一个庞大的仓鼠房子，按照《成长的烦恼》西佛一家的美国洋房为蓝本，楼上楼下客厅厨房卧室卫生间一应俱全。小犹太是数学课代表，光画图纸就用了三天三夜，每个厘米每个仰角俯角算得清清楚楚。我们每次到他家下四国大战，与其说是观赏仓鼠，不如说是观赏仓鼠在这鬼斧神工的三层楼玻璃房子里的生活。

我看着两只仓鼠在楼上楼下乱窜以及交配而发呆，小犹太妈妈拽着我的手，从抽屉里取出一盒巧克力，外包装上全是平假名和片假名。她将这盒日本原装巧克力送给我："谢谢你，保护了我儿子。"后来很多年里，我一直记得她的声音，有一点点像林志玲，酥酥的，糯糯的，不是台湾口音，而是苏州口音，带一点昆山腔。仿佛一粒巧克力塞在嘴里，让我的心脏跳得厉害，也腻得可怕。

为报答这盒日本巧克力，我说出了长脚、大胖、甲鱼。躺在床上的小犹太突然说，是他自己不小心摔倒磕伤的，不关那三个人的事。我说他们明明拦住你敲诈勒索。小犹太说是他主动把钱掏出来，委托那三个人去买游戏卡。要不是他妈在旁边，我真想抽小犹太耳光。为了他，我差点用钢筋戳死长脚，还跟那伙流氓结下了梁子。

"你要保护好自己！"小犹太的妈妈皱皱眉头，转身对我说，"你也是。"

"嗯。"我不敢看她的眼睛，仿佛看一眼魂灵头就没了，"再见。"

小犹太从床上爬起来说："妈妈，我还能去太湖夏令营吗？"

他妈同意了。她说明天就能拆绷带，过几天就没事了。小犹太问他妈要了180块，说明天去学校缴费。他又说："妈妈，我能跟我的好朋友说句话吗？"

"别太久，让他好好休息。"小犹太妈妈按了按我的肩膀，我的屁股却生出刺痛感。

我走到床边，耳朵凑到小犹太嘴边，听到他遗言般的气声："我答应你，去崇明岛。但我只去看海。"

这一夜，婉仪给我托了梦。她从阿毛叔叔的皮夹子里走出来，保持照片的二维形态。明月高悬，夜半乌啼，婉仪薄如一张纸片，走在三维的苏州河边，跟聂倩一样红裙加身，衣袂飘飘。她坐进一辆红色出租车，像块硬板纸广告牌，整个平放在后备厢里。红色出租车沿着苏州河疾驰，穿过外白渡桥，穿过虹口、杨浦与江湾五角场，在吴淞口坐上一艘滚装船，横渡苍凉辽阔的长江口，直抵巨大的长条形岛屿。十几天后，她被抛入长江与东海汇合之处，仍然是二维形态，只是不见了红裙子，赤条条地像《花花公子》杂志女郎，漂浮在潮汐与浊浪之中……

# 七

第四个是俞超。

我们五个人之间,他和我曾经好得如胶似漆形影不离。我俩从小学三年级就认识了,都是闷闷的那种怪咖,喜欢泡在学校图书馆。我抓起凡尔纳的《海底两万里》,他捧出阿西莫夫的《基地》——长大后我才明白他是装逼。俞超喜欢玩兵人,硬塑料材质的那种小兵模型。他经常口袋里揣了一把兵人带到学校,在操场上煞有介事地摆开阵势,一边德军,一边苏军。他在地上画个X形,说一条是伏尔加河,另一条是顿河,斯大林格勒在中间。俞超常跟手里的小兵人说话,自称有特异功能。我对此将信将疑。有一度流行各种大师与异能人士,每次有大师们的"带功讲座",大礼堂或体育馆总是人山人海。五年级,我和俞超偷偷挤进去。那位大师声称协助美国打赢海湾战争,运筹帷幄,决胜千里,一口真气让萨达姆百万雄兵灰飞烟灭。大师明码标价,每人十块钱让他摸顶,包治从前列腺炎到乳腺小叶增生直到阿兹海默症等各种顽疾。摸到俞超的头顶，他指着大师的皮带说：你的拉链开了。大师提起拉链，称赞这小子眼睛有神，要收俞超为徒，向他传授宇宙真气。霎时间，多少人哭声一片，就等着拜师学艺治病救人，竟让一个小毛孩占了先机。俞超幽幽地说，戈尔巴乔夫同志托我带个话，请卡扎菲上校别瞎七搭八了。大师魂飞魄散，转身逃往后台。全场几千号人一片大乱，我和俞超躲在大人们的腰部以下，脚底抹油溜了。事后俞超说他是故意吓唬那个骗子的。

多年以后，戈尔巴乔夫同志尚健在，卡扎菲上校却在故乡被俘身死。我特别想念俞超，想念他在十二岁那年的预言。那位被俞超吓跑的大师，一度蛰伏，后又粉墨登场，表演变蛇戏法，跟女明星合影而身价百倍，两年前落得千金散尽、凄凉病死的结局。

俞超到底有没有特异功能？或者说，他小时候有没有特异功能？我不知道。

7月8日，我给俞超打电话，问他："有空吗？我想到你家来玩。"俞超说只能晚上了，白天要去上托福补习班。这天是周二，两天后就是太湖夏令营，聂老师还剩下七天生命，我必须攻克最后一道难关。我叫上了白雪、阿健和小犹太去俞超家玩。小犹太刚拆了绷带，太阳穴上涂着红药水，像只被打上标记的活体实验品。

俞超住在一栋小洋楼里，隐藏在黑魆魆的梧桐树影间。他家曾经是大资本家，在法租界放租几十栋石库门，如今只剩这一栋老楼，住着俞超和爷爷两个人。三年前，俞超的妈妈跟聚少离多的海员丈夫离婚。俞超的外公在香港很多年，五十年代公私合营移民过去的。他妈符合单程证的条件，嫁给一个香港外科医生，做了一对小姐妹的继母。

两年前，白雪第一次来这里玩，便对这楼上楼下艳羡不已，拽着俞超的胳膊说，过几年我就嫁给你吧？俞超说那是不可能的，我迟早要去美国，要么嫁给我爷爷吧？白雪说，那你奶奶呢？俞超说，1966年上吊自杀了，就在你的头顶。他指着一根弯曲的房梁，仿佛奶奶依然含冤悬挂在半空，绷直的脚尖晃悠摩擦白雪的脸颊，吓得她连做三天噩梦。

客厅有个废弃的壁炉。灯光昏暗，木头家具的霉烂味，地板嘎吱作响。一只大老鼠哧溜窜过，差点被白雪踩到尾巴，幸好她住的阁楼也常有这种小动物光临。俞超家里有许多稀奇古怪的好东西，黑非洲丰乳肥臀的木雕，抹香鲸的巨大牙齿，各种手工的船舶模型，半新的东芝彩电、松下录像机、日立洗衣机、西门子冰箱……俞超爸爸是万吨远洋轮船的大副，走遍了地球上每一片海洋，从北冰洋到婆罗洲，从波斯湾到百慕大。除了能看到外面的花花世界，他还能带回来不少好东西。许多中国船员都干过这事儿，并不丢脸，毕竟是捡不是偷。外国人不擅于修理电器，或者说很懒，往往出了小毛病就把旧的一扔了之。俞超说，发达国家清理垃圾要花钱雇人，有人为省钱，偷偷摸摸把旧电视机、电冰箱扔到街边。海员能够堂而皇之地把这些东西搬到船上，不用付一分钱关税带回家。日本的电压是110伏，俞超家里装满了各种变压器。问题是功率越来越大,夏天经常跳闸。

俞超有一台 IBM 电脑,卧式主机横躺在桌上,显示器压在主机上。1997 年,全进口的 IBM 原装机,超过许多中国人一年的工资。小犹太战战兢兢地摸着电脑:"这也是从美国的港口捡来的吧?"

"我叔叔在美国买给我的生日礼物。他是软件工程师,在微软公司上班,你们知道微软总部在哪儿吗?"

小犹太摇头:"我只知道微软公司的老板比尔·盖茨是全世界最有钱的人。"

"华盛顿州,雷德蒙德,西雅图附近。"俞超按下 Power 键,电脑轰鸣着启动,屏幕上先跳出 IBM,然后是黑屏上一堆字母与数字光标,再是 Windows 95,蓝天上的四格窗户,最后是深蓝色桌面,"这台 IBM 电脑用了英特尔 486 处理器,16 兆内存,1.2G 硬盘。还有调制解调器,就是 Modem,你们要上网吗?"

那时需要 Modem 拨号上网,嘟嘟嘟响很久才连接上。每一分钟都在计算电话费,上网必须看着时间。千万别一觉睡醒还连在线上,电话费账单就要人命了。俞超用鼠标打开 Outlook97 邮箱,收到一封英文邮件。

"写什么啊?"阿健对于英文一窍不通,他只认得 26 个字母。

"一个德国网友。"俞超阅读邮件正文,碰到不认识的单词,还要查字典,"德国人的英语比我好太多了。为了年底的托福考试,我正好可以练习英语读写。"

"男的女的?"这是白雪关心的重点。

"她叫艾娃,是个女生,已经读高中了。今年暑假,她要去西班牙的大加那利岛度假。"

小犹太望洋兴叹:"哇,西班牙!外国人的日子真好,我这辈子都没机会去欧洲了!"

白雪朝他白了白眼:"我爸妈倒是去了欧洲,在俄罗斯倒卖服装。"

"那个不能算欧洲!"俞超纠正了她。

他打开一个英文网页,原来是 YAHOO。今晚网速不佳,门户网站的主页有许多图片,打开速度极慢。为了节约电话费,俞超果断退出。他又急着投胎似的打开 ICQ,弹出小窗口跟人用英文聊天。俞超的昵称是 Clark Kent,这是超人的名字。对方昵称是 Eva,我明白了:"她就是艾娃?你的德国网友?"

"嗯,我们就是在 ICQ 上认识的。"俞超在键盘上打出一行打招呼的英文。

"什么是 ICQ 啊?"小犹太问他。

"三个犹太人发明的,意思是 I SEEK YOU。"

"原来这就是上网啊?没意思!还要付那么多电话费?有毛病啊?"阿健不耐烦了,"俞超,你的电脑里有游戏吗?"

"网上冲浪对你来说是暴殄天物!"俞超对 Eva 打了一行 Good night,便关掉 ICQ,中断 Modem 拨号,"你们玩过沙丘吗?"

俞超将光盘塞入电脑，屏幕上出现四个大字：DUNE，背景是深蓝色宇宙与一颗土黄色星球……小犹太和阿健坐在电脑前，俞超手把手教会他们入门。白雪搬了把小板凳坐下看热闹。

"《沙丘》是美国科幻小说，共有六部，得过星云奖和雨果奖。"俞超退到房间另一头，阴森的壁炉边，他看着我说，"对了，我还在想聂老师的失踪，你说她到底去哪里了呢？"

"也许是崇明岛。"

"为什么？"俞超托着自己下巴，灯光打在他的脸颊上，就像弹开的水滴。

"不知道……第六感？"我故作神秘，"说不定，我也有特异功能？"

"对不起，我没有特异功能——那是我小时候的胡说八道。"

"真的吗？"我走进俞超的卧室，就像自己家，"兵人在哪里？"

不待主人回答，我从床底下拖出个大皮箱子，扬起厚厚的灰尘。打开箱子，露出一堆金属兵人——十九世纪的灰色军装，美国乡村宽边帽，扛着带刺刀的滑膛枪。既有光着下巴的年轻人，也有满脸卷毛胡子的大汉。灰大衣的军官举着佩剑。还有士兵擎起大旗，红底破布上深色大叉，画着十三颗白星。这是南北战争兵人，十三颗星代表南部联盟十三个州。他们是罗伯特·李将军麾下的南军，战死于葛底斯堡战役。"文化大革命"抄家，红卫兵发现这一箱兵人，说是里通外国的证据，而且是串通美国奴隶主,残酷压迫黑人奴隶,有《汤姆叔叔的小屋》为证。皮箱子被扔进苏州河,这是反种族主义的伟大胜利。兵人消失了十多年,直到俞超出生那天,竟奇迹般地回到了这栋房子里。

1995年,我和俞超的最后一次儿童节。他邀请我到他家玩耍南北战争兵人,模拟葛底斯堡战役。他神秘兮兮地告诉我——唯有兵人,永不背叛。那一晚,俞超的爸爸在五千公里外的印度洋。他是万吨远洋货轮的大副,航行在赤道海域,永无止境的夏天。货轮满载着中国生产的自行车、服装、运动鞋,从上海起锚经过新加坡和科伦坡,前往蒙巴萨与达累斯萨拉姆交换剑麻、咖啡和非洲鸡翅木。后半夜,一场海啸毫无预兆地袭来。这艘中国货轮在印度洋面上消失了。一种说法是苏门答腊岛的海底地震引起的,另一种说法是原本要在孟加拉湾登陆的热带风暴,突然调转方向,擦着马尔代夫扫向索马里外海——那是个极度危险的国家,摩加迪沙"黑鹰坠落"之战后,美国人已吓得屁滚尿流地撤退了。一年后,沉船被打捞上来。船员遗骨早已不见,通常的说法是粉身碎骨或葬身鱼腹。

"小时候,每次我爸出海,我都担心他。我爸说,他有特异功能,能预知所有危险,不管是台风、海啸、暗礁、大雾还是战争。不但爸爸有特异功能,爷爷也有,我家祖传的基因。所以,我也有特异功能。"俞超将兵人们收回皮箱子,"如果,爸爸真有特异功能,怎么没能预感到海啸?为什么不提前躲到避风港?所以,我再也不相信了。我不能把这些兵人带去美国。你是我最好的朋友，如果你喜欢，我就送给你了。"

"你不是开玩笑吧？那么好的宝贝。"

"爷爷说他看到这些兵人，就会想起我爸，与其留着伤心，不如送给有缘分的人。"

我把兵人捧在怀里，仿佛捧着个炸药包，憋了一整晚的话必须要说了："俞超，你跟我们去崇明岛吗？"

"哪一天？"

"7月10日，后天，学校夏令营去太湖的日子。"我看着正在电脑前打游戏的阿健、小犹太和白雪，"他们三个都决定去崇明岛了。"

俞超摇头说："那几天我都要上英语补习班。年底要考过托福，才能去美国读书。我叔叔给我安排好了西雅图的高中，在微软总部雷德蒙德附近。叔叔一辈子都不会结婚的，也不会有小孩，他会负责我在美国的一切。"

"只逃课三天不可以吗？"

"我从没逃过课。"俞超从小读书就好，参加过全国奥数比赛，老师们都说他聪明，继承了爸爸妈妈的优点。他爸死后，他发疯似的读书，跟我们一起玩的机会变少了。他只等跨越太平洋，告别拥挤窒息的第三世界。

"俞超，我们五个人必须一起行动，不能少了你！"我不知道怎样才能说服他，这种理由都不能说服我自己。我有些黔驴技穷了。

"超儿,你去吧。"不知哪来的声音,像盛满馊饭的铅桶发出的。

俞超打开台灯:"爷爷,你没睡着啊?"屋子太大了,我才发觉幽暗深处的躺椅,坐着个白发老头。我对俞超爷爷印象不深,估计有八十岁了。老爷子的存在感很弱,每次我们来玩,他总是坐在角落,时而看书,时而打瞌睡,让人觉得他刚在睡梦中老死。

俞超说,爷爷早年留洋归国,加入中共地下党,成为潘汉年麾下得力干将,刺杀过76号的汉奸特务。解放后吃过不少苦头,被发配到柴达木盆地挖矿背尸体,八十年代恢复离休干部待遇。俞超的父母离婚,爸爸死在印度洋,叔叔远在西雅图,大屋里只剩爷孙俩相依为命。爷爷不想让俞超去美国,他会变成孤老头子,默默死去,无人问津,直到变成腐尸。

老爷爷向我招手,双手摆动的姿态,就像上海租界孤岛、跑马场或国际饭店的舞厅,伪装成资产阶级小开的地下工作者。我忐忑地走近躺椅,俞超爷爷伸出皮肤松弛的手,像根树皮交错的枯木,搭在我的手腕上,仿佛老中医搭脉。他的手冰凉,我好像被僵尸抓住,想要挣扎却怕一用力,那把老骨头就会当场散架。老爷爷盯着我的眼睛,他的双眼浑浊发黄,滚动厚厚的眼屎。我忙不迭地躲开他的目光。这双目睹过整个二十世纪的老眼球,一定看穿了我的秘密。当他那五根手指松开,我的皮肤产生了某种灼烧感。

俞超的爷爷又抓住孙子的手,操着宁波口音:"超儿,你的运气真好,有这样一个好同学。你不是喜欢看海吗?跟同学们一起去崇明岛吧。1933年,我在吴淞中国公学读书,长江对岸就是崇明岛。那年暑假,我十六岁,跟着四个同学乘船到崇明岛上,步行到东海边,第一次看到日出。"

"爷爷……"俞超把头靠在爷爷的胸口,"我答应你,去崇明岛看海。"

老爷爷闭上眼睛,似乎又睡着了。人就是这样的,岁数越大越糊涂,少年时的记忆却格外清晰。

俞超推了推他:"爷爷,跟你一起去崇明岛的四个同学,后来怎么样了?"

"一个从军报国,1942年战死于缅甸;一个在1950年死于镇压反革命;还有个去了台湾,做到台大校长,几年前死于癌症;最后一个,就是你的奶奶。"

老爷子说罢,闭上眼睛,发出淡淡的鼾声。

# 八

最后一个是我。

1997年7月9日，星期三。昨晚从俞超家出来，我、小犹太和阿健一块儿把白雪护送回家。我特意睡了个懒觉，为明天去崇明岛远足而养精蓄锐。早上八点，我家的电话响了。

"谁啊？"我还没睡醒，声音沙哑。

"我是田小麦。"女孩子的声音，电话里很好听。

"田小麦？你是……民警田跃进的女儿？"我一骨碌从床上爬起，"你怎么知道我家电话的？"

"不是你留给我的吗？让我爸给你回电话。"

"哦。"前天夜里，我给田跃进打过电话。田小麦接的，她说爸爸不在家，正在派出所值班。我刚要挂电话，田小麦却抓着我聊天，煲起电话粥。她说一个人在家无聊。我问，你妈也在单位值班吗？她说，我妈早就死了，然后电话断了。

此刻，田小麦在电话里问："我们去环球乐园好吗？"

"什么意思?"我头晕了,"我们?你跟你爸要去环球乐园?"

"我爸?你开玩笑吗?"田小麦大笑起来,"我们,就是你和我啊。"

我明白了,但我心慌:"你要我陪你去环球乐园玩?"

"是啊,我一个人在家闷死了!"

"为什么找我?你可以找你的同学啊?我们都没见过面好吗。"

"我们是一个学校的,肯定见过面。"田小麦嗔怪道,"不去就算了。"

"等一等……你是说真的吗?不是恶作剧?你要什么时候去?"

"现在!我已经穿好衣服鞋子,准备出门了,你呢?"

一个半小时后,我来到嘉定南翔,环球乐园门口。这家乐园去年刚开张,我跟俞超、阿健、小犹太和白雪来玩过。三年后,乐园因为门可罗雀而关门大吉。至今依然是片废墟。

我穿着蓝T恤,牛仔裤,白球鞋,在太阳下傻站着,直到有人拍我的后背。扎着马尾,头戴鸭舌帽,身穿白色网球裙的女生。她是田小麦,我们在电话里约定好了双方的穿着。她尚介于女孩与少女之间,几乎还是平胸,脸上有淡淡的粉刺。她也端详我的脸,忽然说:"香港回归文艺会演,你在学校上台吹过笛子,《东方之珠》?"

我谦虚地说自己吹得很烂。田小麦笑着说:"你吹得蛮好!那天啊,我也上台表演了,你记得我吗?"

"你?"我定睛一看,脑中浮起四个抱着小提琴、中提琴和大提琴的小美女,"《梦驼铃》?"

"对啊,我就是那个拉大提琴的。"

"哇,你拉得真好听!"

我们各自买了门票,她没有要我请客。一进门是个辉煌的大门楼,好像柏林的勃兰登堡门,一比一的山寨。如同攻克柏林的红军,我们穿过勃兰登堡门,来到布达佩斯城堡,翻越阿尔卑斯山,在亚平宁半岛见到摇摇欲坠的比萨斜塔、永恒之城罗马的大斗兽场,最后抵达胡夫大金字塔与狮身人面像之下。

"金字塔真大啊!"田小麦仰着脖子赞叹。

我在旁边说:"这个是十比一微缩的,真正胡夫大金字塔比它大十倍。"

这座乐园山寨了全世界的名胜古迹,我们一起走过青铜时代与铁器时代,又从荷马史诗跨越到古希腊罗马,直到欧洲中世纪与大航海时代。我跟她保持距离,拉手这种事是绝对禁止的。一来刚见面岂可造次?二来她是警察的女儿。果然她说,上学期有个男生跑到她家楼下唱了首《你知道我在等你吗》,她爸爸下楼去跟他谈了谈心。田小麦不晓得他们谈了什么,但那个男生从此没敢跟她说过一句话。

她向我保证,我们一起来玩环球乐园这件事,绝对不会告诉她爸。她又补充一句:"否则的话,你会被揍的。"

我觉得这是一种威胁,我爬上古巴比伦的空中花园,对面矗立着一比五微缩的泰姬陵。十年后,我去印度旅行,看到了真正的泰姬陵,让人窒息的白色大理石的圆顶,那才是世界上最美的建筑,没有之一。

"我在想,既然是巴比伦大城,却少了一样东西。"我极目远望嘉定的田野,想象成美索不达米亚的沃野,"通天塔。"

田小麦在我身边坐下问:"通天塔有多高?"

"跟天一样高。"我抬起右手,指着上海的晴空烈日,仿佛千万不同肤色的人们,正在搭起一座永无止境的脚手架,直通苍穹之上,"后来那座塔倒塌了,因为造塔的人们听不懂彼此的语言。"

"你是说,我们要好好学英语吗?"田小麦推了我一把,将我从臆想中拯救出来,"我想起了《太空堡垒》,也像你说的通天塔一样,但人们说着不同的语言,对抗天顶星人入侵。"

"你也喜欢《太空堡垒》?"我盯着她的眼睛,85版美国动画片《太空堡垒》,几乎是我的爱情故事启蒙。

"嗯,反复看过三遍,还会唱里面的歌呢。"

"原来我们的共同爱好还不少,"我的双手抱着后脑勺,几乎躺倒在空中花园的平台,"小麦,你爸有没有跟你说起过我?"

"我问过他,天天打电话要找你的坏小子是谁?"

"喂,我怎么是坏小子?"

"他是派出所民警,当然要跟坏小子打交道喽。"田小麦嘻嘻一笑,"我爸说,你是他战友的儿子。我出生刚满月,你们全家就来看我了。而你也来了,只比我大一岁,还穿着开裆裤,尿湿了我家的地板。"

"这个……"我的耳根子都红了,"我不记得了。"

"其实,我们早就认识了啊。你还说你不是坏小子?刚见面就对我耍流氓。"田小麦大笑起来,须臾又转为严肃,"但我爸关照我——不要跟你聊天,更不要跟你见面。"

"你爸说的没错,你不应该跟我见面。"

"喂,你要找我爸,是不是为了聂老师的失踪啊?"

"你怎么知道?"我从地上弹起来,看着她乌黑的眸子。

"聂老师也给我们班上过语文课。她说你们班有五个学生,坚持写了两年日记,既有优等生也有差生。她提过你的名字,说你的作文非常好。她还夸你喜欢阅读,看过很多中国和西方的名著,要我们都向你学习呢。"

我装作谦虚道:"可我中考砸了,你可别像我一样偏科。"

"聂老师失踪了,你是她最喜欢的学生。你爸跟我爸是出生入死的战友,而我爸曾经是破杀人案的刑警。我用小脚指头都能想出来了。难道不是失踪,而是谋杀?"

这个初二女生盯着我的眼睛,就跟她爸一样。而我像个被审讯的嫌疑人:"如果你真想帮我,就让你爸给我回电话!"

"他一直没有给你打过电话吗?"

"一个都没有!"

"我爸是故意的吧。"田小麦总比我了解田跃进。她把手背在屁股后面,网球裙下的一双雪白大腿,在我眼前晃来晃去,"也许我爸有了新发现,不想让你知道。这是警察的纪律。从前我爸办杀人案,在家熬夜看卷宗,等我早上一觉睡醒,他还在桌上红着眼圈,香烟屁股从烟缸里满出来了。我问他是怎么回事,他凶巴巴地把我赶走了……"

我想着她的话,遥望着泰姬陵完美的圆顶而发呆。田小麦在我身边坐下:"喂,明天,学校去太湖的夏令营,你去吗?"

"我不去太湖,我去崇明岛。"一秒钟后,我为我的脱口而出追悔莫及。我不是大意或粗心,而是天生不善于说谎,要么脸红心跳,要么干脆避而不谈。

"你去崇明岛干吗?"田小麦果然像嗅到血腥味的鲨鱼似的追过来了。

"我……我是去看海。"至少我这句也没说谎。

"我也想去看海。"

我真想抽自己耳光:"你不知道,去崇明岛很麻烦,坐渡船就要几个钟头,至少要在岛上住一两晚。你还是个小姑娘,太不方便了,不要胡思乱想。"

"切!我是小姑娘?那么你呢?你是大叔吗?"

她的咄咄逼人让我词穷墨尽。我看到太阳下自己十六岁的身影,悻悻然说:"你去太湖的夏令营吧,跟老师和同学们一起玩吧。"

"我爸不准我去。"田小麦的声音变得很低,仿佛沉没到空中花园地底,"几个月前,有人给我爸寄了匿名信,夹了许多照片,都是在我放学回家路上偷拍的。"

"你爸抓过很多罪犯，担心坏人威胁你？"

田小麦的眼眶有些发红："今年暑假，他说有个坏蛋刑满释放了。他让我哪里也不要去，就待在家里看书写作业，也不要跟同学们来往。你知道吗？我爸脑子有病，他穿着警服找到我所有同学，警告他们不要带我出去玩。无论男生女生都被我爸吓到了。"

这让我很是同情："你爸病得不轻！"

"是啊，我爸就是个暴君，希特勒，墨索里尼，还有金轮法王鸠摩智！"她最近肯定在看《神雕侠侣》。

我差点笑出来："你们班主任老师不管吗？"

"我们班主任的老公要迁户口，我爸在派出所帮过忙。老师告诉同学们，说我的身体不好，除了上学，平常不适合出门。如果发现有谁带我出去玩，就要找家长告状。但这是胡说八道，我的身体可好呢。"田小麦在我面前蹦蹦跳跳，"他搞得我一个朋友都没有了！别人放暑假出去玩，而我像被关在劳改农场。我打电话给同学们，他们都像碰到瘟疫一样。今天早上，我实在憋不住，就找你来玩了。哎呀，我要回家了。要是他打电话回家，发现我偷偷跑出去，我就要倒霉了。"

一颗饱满的泪水，从她的眼角迸裂而出。十五岁女孩的皮肤很有张力，让这颗眼泪停留很久，在太阳下熠熠发光。我受不了小姑娘掉眼泪，第一次抓起她的手，走下巴比伦空中花园："喂，别哭了,让人看到可不好,人家会误会的。"

"误会个屁!就是你在欺负我。"她已哭得梨花带雨,让我一路低着头,像被警察押送的流氓犯。

离开环球乐园,我请她吃了南翔小笼包。我们一起坐公交车。到了我家小区门口,田小麦说她家就在前面那条路口。原来我们住得那么近,也许上学路上经常能见到。

炎热的午后,我闷在家,吹着空调,注视床头的画像——凶手的素描。我开始收拾旅行包,此行会遇到许多困难,务必小心谨慎未雨绸缪。人说细节决定成败,也许多一根心思,就能救下所有人的命。

晚上八点,我正要写日记,有人敲门。我打开门,看到田跃进的面孔,我想我完蛋了。

田跃进穿着老头衫,手提一袋西瓜,古怪地盯着我。我感到古人说的"股栗"。难道田小麦回家后,被老爸发现出去游玩的迹象?比如鞋底板的泥土。专破杀人案的刑警,最擅长发现这种秘密了。田跃进表面装作拜访老友,虚伪地带上西瓜。我正要说我是无辜的,田跃进说:"你爸在家吗?"

今晚只有我和我爸在家。我妈还在北京的中纪委会议。我爸愣住了,尴尬地向田跃进笑笑。他就是这样的性格,赤膊兄弟也不过如此。我爸让我泡两杯茶,关照多放点茶叶。他掏出一包中华烟。两个男人坐下抽烟、喝茶、寒暄。我在看电视,有意把音量放小,竖着耳朵偷听。田跃进遵守了承诺,没提过聂老师,就当我和他完全不认识。

田跃进看到玻璃台板下的照片，我爸和他年轻时穿着军装的合影。他说起三十年前，老三届各奔东西，有人去新疆，有人去云南，有人去江西，还有人去崇明岛。只有最优秀的青年才能参军。我爸和田跃进坐了三天三夜的绿皮火车，从上海来到黑龙江，气温从十五度降到零下十五度。两个上海兵被分配到高炮师，操作同一门59式57毫米高射炮。那时中苏交恶，黑龙江是真正的前线，对岸就是苏修社会帝国主义。田跃进天天盼着打仗，高炮才有用武之地，打下苏联米格战机，打过黑龙江，横扫西伯利亚，解放莫斯科，朝圣红场列宁墓。第二年，苏修没能打成，打美帝的机会来了。彼时越南战争如火如荼，沈阳军区高炮62师分遣队奉命抗美援越。我爸和田跃进坐了七天七夜的火车，从万里冰封的黑龙江启程，自北而南穿越中国，西出友谊关，直达炎炎夏日中的红河平原。高炮62师的阵地在太原，不是山西太原，而是越南太原。这是北越山谷中的小城，也是战略要地，还有中国援建的越南最大的钢铁厂。出国作战是秘密任务，所有人摘下领章帽徽，换上越南人的绿色大檐帽。高炮62师在越南战斗了大半年，击落超过一百架美国战机，牺牲了数百人。我爸和田跃进一起捕获过跳伞的美国飞行员，一个活蹦乱跳的美国俘虏价值连城，能为巴黎和谈增加谈判筹码，也能为美国人民的反战运动加一把火，犹如拒服兵役的拳王穆罕默德·阿里。他俩得到师部的表扬，田跃进顺利入党，这是他复员后被分配到公安局的原因。

我问我爸,原来你是个战斗英雄啊,为什么从不跟我说呢?我爸摆摆手,都是过去的事了,没什么好说的。我又问,越南的夏天长吗?我爸说,太长了啊,部队在越南的半年,全是夏天,前三个月干热,后三个月下雨,差点得了疟疾。

"那才是永远没有尽头的夏天呢。"田跃进又点起一支烟,我家仿佛成了瘴气缭绕的越南丛林。

我爸拿刀切开西瓜,让我和田跃进一起吃了,自己却一片都没吃。他说国有运输公司效益不好,驾驶员也要下岗了。算来算去,没有比我爸更适合的了——几个月前开车撞死过人,你不下岗谁下岗啊?不过嘛,如果我妈出面走动走动,再送两条中华,说不定能躲过这一劫。但我爸已经决定,下个月买断工龄走人,告别红色集装箱卡车,这辈子再也不开车了。

我把电视机音量调大,抓起窗台上的变形金刚,在擎天柱与集卡之间变换形状。我爸说还记得我穿开裆裤那年,带我去田跃进家做客,看望战友刚出生的女儿。田跃进说女儿读书很好,门门功课都是前几名,就是不听他的话。我爸又问他,刑侦支队忙不忙啊?田跃进笑着摇头说,已经不是刑警了,现在在派出所上班。如果我家有啥小事情,比如邻里纠纷,尽管打他电话。

既然如此,我爸便放开问了:"能不能帮我查个人?"

田跃进放下茶杯:"说吧,如果在我们派出所辖区内,没问题。"

"一个流浪汉,三个月前,被我开车撞死了,我想知道他是谁。"我爸说起被他撞死的无名氏。他已念叨了无数遍,让我妈再托关系查查,请亲戚朋友们帮忙,那个流浪汉究竟是何人?好像古时候的英雄好汉最爱说"刀下不留无名鬼"。我妈说你有毛病啊,干吗心心念念要查出死者身份,难道要让对方家属堵在我家门口才算满意?

外地发生的交通事故,公安局命名为无名氏,民政局垫付了火化费……田跃进表示办不到。我爸说对不起,麻烦你了。

"当地公安留下死者的头发了吗?"田跃进说,"有一种最新的技术,叫DNA检测,比指纹和血型还要准确。"

"没有。"我爸摇摇头,"但我留下了他的骨灰。"

这我还是第一次听说,忍不住问:"你把无名氏的骨灰留下来了?"

"嘘!你妈还不知道呢。"我爸用手指头戳了戳我的嘴巴,"不准说出去。"

"我的妈呀,你不会把骨灰藏在我的床底下了吧?"我赶紧趴到床底下,除了俞超送给我的兵人箱子,还堆了不少杂物和垃圾,被我拨弄几下,升起一团烟尘。

"藏在我的集装箱卡车驾驶室里,只有一小罐头,我从火葬场拿回来的。我想将来找到家属,就能转交给人家。"

我拽着我爸问:"你不是不开车了吗?别的驾驶员发现屁股底下藏着一罐骨灰,会不会来找你算账?"

我爸将电视机音量又调小了:"既然人是死在这辆车的轮子

下,骨灰也应该藏在这辆车里。"

田跃进掐灭最后一根烟:"你为什么一定要把无名氏的骨灰还给家属?"

"因为那个魂在跟着我。"

1997年的夏天,我爸总是看到无名氏的魂。有时骑在他的背后,有时躺在我的床上,有时从床头柜的石膏像里钻出来。每当我爸回到单位,走进车库触摸他的红色集卡,便仿佛有一只手抓住他的胳膊——那只手并不安装在任何人的肩膀上,而是被车轮压断飞出来的手。我爸说,车祸发生后,死者有只手无论如何都找不到了。一个半月后,尸体已经火化,人们才从事发地二十米外的鱼塘里,捞起一只被黑鱼啃得只剩骨头的右臂。

田跃进回头张望着房间,魂没看到,只有蓝色烟雾缭绕:"劝你把骨灰扔了吧。"

我爸不吭声,我提醒他一句:"但你可千万别把骨灰带回家啊。"

"大人讲话,小孩不要插嘴!"我爸狠狠瞪我一眼。

"你儿子很聪明,但要看牢他哦。"田跃进话里有话。他看到我家电视机柜下有许多VCD,便问有没有好看的片子借给他。我爸挑了一张尼古拉斯·凯奇与肖恩·康纳利的《勇闯夺命岛》。他说这是美国越战退伍老兵官逼民反的故事。我觉得我爸的归纳能力真强,一句话概括了整部电影的精髓。

田跃进起身告辞,他看到我床头柜的素描画像——凶手的脸。

他认出了这张脸。他盘问过出租车司机夏海，刑警对于人脸的记忆力是超强的。田跃进夸奖这幅画不错。他来摸我的脑袋。看似轻描淡写，但我能感到他手指上的力道，就像一巴掌扇上来。我赶紧低头避开。我爸骂了我一句，说这小孩那么大了还怕生，不登台面。田跃进呵呵一笑："这幅画能送给我吗？"

我爸说好啊。他早就看这幅素描不顺眼了，让他想起被撞死的无名氏，几次要把它烧了，但都被我保护下来。我害怕一旦丢失这幅画像，就再也无法单凭记忆画出凶手的脸。我爸像送瘟神似的把这幅画像送给田跃进。我心里怕得要命，我准备明天把画像带去崇明岛，代替罪犯照片，方便大家辨认。

我爸让我下楼送送田伯伯。今晚颇为闷热，我的后背心全是汗。我陪田跃进走到小区门口。他攥着凶手的画像，我总觉得画里的眼睛瞪着我，让我一路不敢喘大气。田跃进也没说起过田小麦。我不晓得，他到底是来找我还是来找我爸的。

田跃进停下点了一支烟。他将烧红的烟头沾上凶手的画像，黑夜里像绽开一朵温热的花骨朵，不断变幻奇妙的形状，仿佛一个女人打开的身体，又似法医室里被解剖的器官，最后在他手上化作灰烬。一片烟屑飞过我的双眼，有些呛入鼻孔，让我咳嗽。田跃进什么话都没说，但我想他说得够明白了。他骑上自行车，晃晃悠悠地滑入夜里，像一条入水的泥鳅，甩下一团泥浆在我脸上。

现在是深夜十点，距离我出发去崇明岛还剩十个小时。

## 九

1997年7月10日，清晨七点。闹钟像聂倩的手指，揪着我的耳朵起来。我蹲在马桶上好久，酝酿出两坨大便，路上要方便可不方便了。昨天半夜，我妈从北京坐火车回家了，她给我做了早饭，加了两个煎蛋。她以为我要去太湖的夏令营，给我翻出衣服裤子和新买的运动鞋，为我戴上一块斯沃琪手表，虽说只是绿塑料的，但也是 Made in Swiss。我妈还准备了两个苹果和一包牛肉干，吩咐我不要一个人吃，要跟同学们分享。

七点四十五分，我准时出门，狂奔到小区自行车棚。前天我缠着我爸买了一辆自行车，24寸的永久牌，浅绿色车身，油光锃亮。我说等我长大以后，我会给他买辆小轿车开。为了这次海岛远征，我做足了功课。崇明岛是中国第三大岛，面积1200平方公里，超过整个香港特别行政区。从岛的最西端到最东端有七十多公里，我可不想在烈日酷暑中步行那么远。我跨上自行车坐垫。旅行包背在肩上，放篮筐容易被人抢。深呼吸，我蹬起一对脚踏板，像扣下手枪扳机，将自己发射出枪膛。

斯沃琪走到八点整。我刚骑出小区门口，便听到有人叫我名字。女生的声音，吓了我一跳。我使劲揉眼睛，期望把她揉没了，却只揉下一大团眼屎。

她是田小麦。

她也骑一辆自行车，红色的22寸女式自行车。我拧着眉毛看她，心中念叨："出师未捷身先死，牡丹初放却先残！"前半句天下无人不知，后半句来自一位晚清革命党人的绝命诗，我从一本旧杂志里看来的。

"我们走吧。"田小麦也斜挎一个旅行包，白色运动服，头顶鸭舌帽，马尾从帽子后晃下来。相比昨天在环球乐园的初中生，仿佛长大了两岁。

"去哪里？"我的牙齿在打战。

"崇明岛啊！难道你还去太湖的夏令营？"田小麦嘻嘻笑着。

"你爸真的会打死我的！"我想起昨天深夜，田跃进就在这个地方，烧掉了凶手的素描画像，"昨晚他刚来找过我。"

"哦，我不知道。我可是守口如瓶，没跟我爸提起我们见过面，更没泄露过你的崇明岛计划。"田小麦往前蹬了两步，自行车龙头跟我并排，"今天清早，我爸参加市公安局轮训去了。训练科目是射击和格斗，对他来说太简单了。他要去两天三夜。他在冰箱里给我留了两天的饭菜，关照我在家里别动，任何人敲门都别开。"

"原来你早就想好了,趁你爸不在家的两天,要出去野?"我骂了两句脏话,"你我萍水相逢,别给我惹麻烦!"

"你可以骂我,但请别涉及我妈!"田小麦面色像她爸一样冷峻,让我心头发毛,她拍着车龙头说,"这辆自行车,以前我妈骑它上下班。"

倏忽间,我拼命蹬起脚踏板,24寸的永久轮子飞转,带起一阵风吹乱街头报摊。我必须甩了田小麦,在八点二十分赶到西宫门口,在八点三十分集结出发。我的计划要分秒必争,稍有半点懈怠与差池,都将导致前功尽弃。但我的自行车水平相当烂,我爸对于给我买车颇不放心。我越想摆脱田小麦,越是骑得歪歪扭扭,好几次龙头差点失控。

田小麦像抓贼的警察,蹬着22寸小红车追上来。早高峰的街头,许多人骑着自行车与助动车上班,看到她追赶我的样子不明就里。田小麦追上了我。她没对我怎么样,只是在我屁股后头骑着。也许我可以故意绕路,但我看一眼斯沃琪,没时间跟她玩捉迷藏了。

冤家!按照原定计划,我向西宫骑去。两辆自行车,一个鲜红,一个淡绿,就差下一场雨。

上午八点二十分,我们准时到了西宫门口。白雪正坐在白色的女式自行车上等我。她穿着红T恤,牛仔短裤,露出雪白的长腿。她夸耀自己天生晒不黑,没戴遮阳帽;接着是阿健,胯下28寸"老坦克",几乎跟我爸那辆一模一样,男式车架子中间的坚硬横杠,像海明威歌颂过的硬汉;俞超来了,戴一顶纽约洋基队的棒球帽,骑一辆捷安特山地车,台湾原装全进口,黑色铝合金车身,粗壮的轮胎,夜行车灯、变速器和减震系统。骑着它碾轧过 1997 年的中国街头,仿佛开着保时捷敞篷车招摇过市。阿健问他,这辆车得要一千还是两千啊?俞超说这是他妈从香港带回来的礼物。

小犹太还没来,白雪说他是不是怕了?还是被他妈抓住送去太湖的夏令营了?话音未落,一辆 20 寸女式自行车来到西宫门口,仅仅比童车大了一圈,小犹太骑在车上,满面通红:"我来啦!"

五个人聚齐,才注意到多了一个田小麦。她笑着露出牙齿,向每个人打招呼。白雪狐疑地问,她是谁?我不知如何解释。田小麦大方地自我介绍:"你们都是初三二班的吧?我也是二班的,但比你们低一年级,过完暑假就读初三了。"

"喂!你是不是会拉大提琴啊?"小犹太凑近了看她。

她点头做了个拉琴的动作:"香港回归的文艺会演,我是弦乐四重奏里的大提琴。"

俞超和阿健也凑过来了,他们都说记得田小麦,经常在大操场上看到她。

"她也要一起去崇明岛吗?"白雪咬着我的耳朵问。

我刚说"没有……",田小麦就抢话道:"没错,我跟你们一起去崇明岛,一起去看海。"

我还没发话,小犹太便代表我们五个人欢迎了田小麦,又为她分别介绍——行侠仗义横行江湖的阿健,马上要去美国前程似锦的俞超,倾国倾城万人迷的白雪,精通文史哲美音的我,最后是聪明绝顶盖世英雄的小犹太。

白雪悄悄问我:"你是怎么认识她的啊?"

我搔搔后脑勺,再看手表已走过了八点半,顺势大手一挥:"出发!"

1997年7月10日,星期四,上午八点半。四个男孩,两个女孩,六辆自行车。我们从西宫出发,向长江入海口的大岛而去。太阳自东向西,刺着我们的双眼。路线是我选定的,沿苏州河顺流而下。十分钟后,路过河边最荒凉的那一段。我按住刹车停下,阿健问我怎么了?我看到废弃的码头野草丛中,躺着一副圆形的石头棋盘。

突然,三辆自行车斜刺里杀出来,撞到我的前车轮上。本来我的平衡能力就差,连人带车被撞倒在地。我看到了长脚,他的脚真够长的,一只脚撑着地面,一只脚踩着28寸的脚踏板,就像人腿与车轮组合的怪兽。紧跟着长脚的是大胖和甲鱼,犹如威震天背后的声波与红蜘蛛。几天前在桥洞下,我为保护小犹太差点用钢筋戳死长脚,这回狭路相逢。长脚抽出自行车的U型锁,粗大的钢铁家伙,足够敲开小孩的脑壳。大胖与甲鱼各自掏出钢锉和老虎钳,他们就等着向我报仇呢,苏州河这一段是他们的地盘,如今我自投罗网而来。我回头看一眼小犹太,这小子连同他妈的20寸已逃得无影无踪。

"你可以侮辱我,但不可以侮辱我的朋友!"阿健说话了,手里捏着一块板砖,嘴里叼着根火柴棍子。这句话来自吴宇森的《英雄本色》,小马哥落魄时的台词。

长脚看到阿健,脸色就发白了。如今我们有六个人,虽说有两个女生,还有个没用的小犹太,但阿健的气势就压倒了他们。阿健经常抄板砖打架,只要不动刀枪,最多在派出所关两天。

倏忽间,长脚一把揪住俞超的脖颈,将他拽到自行车边上。俞超的体重跟我半斤八两,不是长脚的对手,两条腿在地上乱蹬,纽约洋基队的帽子也掉了。大胖和甲鱼提着钢锉和老虎钳虚张声势。我们这边有两个女生,长脚为了男人的颜面,反而还得硬撑。

苏州河边这段行人稀少,就算有人路过,看到少年打架,也都低头赶路,无人敢蹚这浑水。阿健不是不敢拼命,而是怕长脚狗急跳墙伤了俞超,耽误他去美国读书可不作兴。谁都未曾料到,俞超自己挣脱了长脚。他从包里掏出一把瑞士军刀,拉开锋利的刀片,对准长脚的咽喉。我第一次看到俞超拿刀子对准别人。他的脖子通红,刚才被长脚勒破几道口子。我很害怕,比我自己拿着钢筋去刺长脚还要害怕。我怕那家伙立马就会没命。

要紧关头,田小麦推着自行车轮子分开双方,厉声喝道:"谁都不准动手!我爸是派出所民警,他正在过来的路上,你们给我老实点。"

我赶紧把俞超拽开,附和一句:"她没说谎!"

长脚吐了口浓痰在地上:"碰上你们六个,算我今朝触了霉头!"

他收起 U 型锁,大胖、甲鱼也骑上车,三个家伙一眨眼没影了。

田小麦仿佛联合国秘书长化解了波黑战争。阿健问她:"你真是派出所民警的女儿?"她撇着嘴不回答。白雪吆喝道:"小犹太人呢?"

"我在这儿!"隔壁小巷子里,小犹太骑着他妈的 20 寸女式自行车出来了。

阿健赏给他两个爆栗子,小犹太哎哟叫唤着:"对不起,我想找人帮忙来着。"

"帮你个头啊,缩卵!"阿健骂骂咧咧地骑上"老坦克"。

我看小犹太又快哭出来了,便搂着他的肩膀,让大家不要骂他。此地不宜久留,谁知长脚那伙人会不会喊帮手呢。

十二个轮子骑得飞快。跟在阿健的 28 寸与俞超的捷安特车轮后,我的自行车也越骑越稳,仿佛手里的不是龙头而是方向盘。我看到苏州河北岸碉堡般敦实的四行仓库,我小时候外婆家所在的老闸桥,童年时住过的江西中路。苏州河水面上波光粼粼,短暂掩盖了化学污染的金属色。装满水泥和黄沙的铁壳船,轰鸣着穿过幽暗桥洞,在河堤上卷起浑浊的浪涛。

外白渡桥到了。阳光穿过桥上纵横交错的钢铁网格。六辆自行车在桥栏边停下。隔着波光粼粼的黄浦江,对面是叫浦东的处女地。东方明珠电视塔已经矗立,金茂大厦即将结构封顶,这两位是鹤立鸡群的鹤,剩余的自然是鸡了,隔江眺望更像一堆怪兽。我提醒大家别光顾着看风景,距离那座岛还有千山万水呢。但若在此投下一个漂流瓶，顺流而下，在黄浦江上拐过两个 S 形，穿过杨浦大桥和复兴岛，从吴淞口进入万里长江，今晚便能飘到崇明岛，我们此行的目的地。

进入密如蛛网的虹口街道，没走几步就迷路了。小犹太说，是不是鬼打墙了？转了一个钟头，我才看到路边有块牌子——鲁迅故居，山阴路132弄9号，不起眼的三层红砖小楼。我"嘘"了一声，鲁迅显灵，能为我们指路吗？托了先生的福，六辆自行车骑到鲁迅公园，又绕到虹口体育场。大家都说饿了，我在东江湾路找了家面馆。小犹太提议凑钱，各自点了辣肉面、鳝丝面、雪菜肉丝面。田小麦请我们喝了一大瓶雪碧。小犹太对她百般殷勤，又是搬凳子又是递筷子。白雪用力踩向小犹太的脚面，害得他一声惨叫。

吃饱喝足，我却迟迟没有动身，绕着弯子暗示田小麦，说此行艰难困苦，你瞧刚出发就迷了路，到了岛上不知会有多少意外，让她趁早知难而退，乖乖回家去吧。田小麦却霍地一声起来说："出发吧！"

烈日下，六个人不得不放慢速度，长途骑行务必懂得保持体力，何况还有两个女生。经过大连西路、四平路和同济大学，来到五条大道延伸的五角场。俞超赞叹这格局就像51区外星人基地。而从太空看五角场，像个硕大的五芒星，围上蜘蛛网形状的棋盘格。路过古老的江湾体育场和刚被废弃的江湾机场，尚是大片旷野。我们即将进入另一个上海，也是另一个中国。到了军工路，靠近黄浦江的集装箱码头，到处是集卡。我爸以前常走这条路拉货。我吩咐大家小心，千万不要靠近集卡，大车转弯时有死角，常有骑自行车或助动车的做了轮下鬼，这都是爸爸反复告诫过我的。

跨越蕰藻浜，抵达吴淞客运码头，已是下午四点半。每个人都骑得汗流浃背。最后一班去崇明的渡轮是五点整。总算赶上了。我们六个人凑钱，阿健和俞超去排队买票。码头外停着好几辆警车，几个穿绿色制服的警察，让我心里发毛。田小麦急着去上厕所。一艘渡轮抵达码头，下船的都是岛上居民，如同堤坝上一次小小决口，推着自行车挑着扁担汹涌而来。

阿健买回六张船票。我突然说："把小麦甩了！"白雪一惊，心领神会。我拍着俞超后背，猛冲向渡轮码头的检票闸口。白雪拽着小犹太，各自推自行车往里走。阿健不明就里，只能跟着我们。兵荒马乱。下船与上船的乘客，如同长江与东海潮水相撞，溅起一团团浊浪。穿过铁网格的栈桥，我们逃难似的登上渡轮。拥挤的船舱充满乡村气味，混合汗臭、鸡粪、化肥、螃蟹、咸鱼以及白切羊肉的味道，仿佛能产生浓烈的化学反应，差点让鼻孔爆炸。

俞超抓着我的胳膊问："田小麦呢？为什么不等她？"

"她不能跟我们去崇明岛！"我只说到这里为止，不想解释。

隔着船舷栏杆、栈桥与码头的检票闸口，我看到了田小麦。她被上船的人们推搡，仿佛潮水中飘摇的浮标。她会害死我们的。我并不讨厌田小麦。我甚至喜欢她好听的声音，喜欢她坐在巴比伦空中花园的姿态。但这件事与她毫无干系,就像两条平行的射线,齐头并进,但永不相交。还有五分钟开船,而船票攥在我手里。她推着红色22寸自行车在码头上奔跑,凄惶地寻找我们五个人。她扯开嗓子大喊。我猜她在诅咒我。

俞超挤到我身后说:"田小麦好可怜啊。"白雪说:"喂,我第一次发现你也那么冷血。"阿健低声吼道:"天快黑了,她是个初二女生,一个人怎么回家呢?碰到流氓怎么办?"我的嘴唇皮也在发抖,码头上抓狂的田小麦,正向检票的阿姨解释,但是手里没票怎么说都没用。她已经哭出来了,隔着铁栅栏巴望着轮船,就像监狱里的囚犯。但我还是铁石心肠,就像一只冷血的蜥蜴。对不起,田小麦。

突然,小犹太掰开我的手指,抢走唯一没被撕过的那张船票,窜到了船舱门口。开船只剩三分钟,船员不准再下人了。小犹太从船员腋下钻出去,如沉船前逃亡的老鼠,哧溜一声冲过钢铁栈桥。从没见他跑得这么快,径直飞奔到码头上,田小麦从栏杆缝隙里接过船票,最后一秒钟通过检票闸口。她的眼泪还挂在腮上,一只手推着自行车,另一只手被小犹太拽着。俞超和阿健在船舷上高喊,为小犹太和田小麦加油。白雪也豁出去了,她袅娜地扑到船员身上发嗲,祈求晚几秒钟关舱门。渡轮鸣响三声汽笛,螺旋桨打出滚滚浊浪,船舷的橡胶轮胎与码头慢慢分裂,暴露出底下泥腥味的黄浦江水。

小犹太与田小麦狂奔上栈桥。22寸红色女式自行车的前轮,仿佛力拔千钧的攻城锤，撞破即将关闭的舱门，飞越正在分离的码头与渡轮。田小麦先跳进来，接着是小犹太——他几乎坠入码头边缘的空隙，还是阿健拉住他的胳膊，硬生生拉上船舷。周围人都吓坏了，被白雪阻拦的船员面如灰土，大骂我们这群小孩子不要命。他说前几年有人因此坠入黄浦江，三天后打捞出水，已被螺旋桨搅拌成了五香肉丁。

轮船离开码头，呜咽着被推入江心。田小麦松开双手，自行车哐当一声砸在地上。我走近她，尚未来得及说"对不起"，脸颊上已多了五道手印子。耳光清脆响亮，像交响音乐会的铜钹声，船舱里上百号人都听到了。几秒钟后，我才感觉耳根子嗡嗡鸣响，几乎听不到声音。田小麦打了我耳光，她大口喘着蹲下，抱着肩膀开始哭。

我告诫自己，她才十五岁。我转身离开，挤到渡轮的圆形船头，吹着江风与浪花。前方是吴淞口，左边是宝钢，林立着哥特式尖顶般的烟囱，仿佛巴塞罗那、维也纳、科隆、布鲁塞尔、米兰的大教堂集体搬家而来；右边是高桥，罗列着月球基地般的石油罐头，好似将阿西莫夫、克拉克、海因莱因的小说翻拍了一遍；中间是樯橹如林的水道，奔腾着刺入长江的胸口。渡轮像个老外婆迈出吴淞口，原以为会看到传说中泾渭分明的三夹水，可惜被船头劈得粉碎的黄浦江水是黄褐色的；左侧的万里长江深褐色；右侧的辽阔水域则是浅褐色。界限难辨，混沌汪洋，深不可测，百转千回。就像渡轮背后的这座城市，浩浩荡荡地淹没所有沉船中的白骨。

我们横渡长江，自吴淞口向西北而行，前往崇明县城的南门港。右前方可见一座绿色的狭长岛屿，那是长兴岛。江面百舸争流，一艘装满集装箱的巨轮，缓缓逆流而上。船舷喷着巨大的字母 MAERSK，十几层楼高的集装箱遮住阳光，让我们的渡轮陷入阴影。仰望对面甲板上堆积如山的集装箱，几千个玩具积木般的立方体，搭建成一个硕大的立方体，又像水面上移动的曼哈顿岛，戳满了帝国大厦与世贸中心双子塔。数不清的五颜六色的箱子，仿佛一千零一夜的道具，装载整个世界进入中国。或者说，一半装着美国，一半装着日本。当我们的渡轮与这艘集装箱大船相会而过，我感觉与日本与美国与全世界擦肩而过。

"我向你道歉。"不知何时，田小麦已站在我背后。

"这句话应该我对你说。"我的脸上还疼着呢，神经一抽一抽的，这小妮子的巴掌很有力道，必有其父的遗传，"是我把你甩了。"

"你就那么怕我爸吗？"她已擦干泪水，被风吹得发干起了皮屑。

"我才不怕他，我怕的是你……"我低头看江中浊浪，小时候坐黄浦江上的渡轮，我最爱看这风景，"你会破坏我的计划。"

"我问过俞超和小犹太了，他们都不知道你有什么计划，除了去看海。"

"最好别知道。"我得管住自己的嘴，"否则，你会后悔跟我们上岛。"

田小麦用胳膊肘撞了撞我:"你不会去找聂老师吧?"

我闪身后退,在拥挤的船头踩中别人脚,尴尬道歉。

"我猜中了?"田小麦咄咄逼人地靠近。我仓皇逃离船头,刑警的女儿着实可怕!

我穿越整个渡轮,挤过黑压压的船舱。俞超和白雪在叫我,阿健和小犹太也来了,他们跟在我后面,来到船尾栏杆边。这里的风也很大,吹得白雪一头乱发飞舞。夕阳流满鲜血,铺在辽阔翻腾的长江上,像一口煮沸的大火锅,裹挟着青藏高原虫草、巴山蜀水的麻椒与花椒、火烧赤壁的焦香四溢、金陵故都的鸭血粉丝、水漫金山的滚滚泥沙……

"等我去了美国,就再也见不到这样的风景了。"俞超低声说。

"美国没有长江一样的大河吗?"

"有啊,密西西比河,自北而南纵贯美国大平原,从路易斯安那州的新奥尔良流入墨西哥湾。"俞超没事就关心美国的一切,"密西西比河也很伟大,但跟长江比差一点。尤其是新奥尔良附近的河口规模,相比上海的长江口差老远了。更不会有崇明那样大的岛。"

小犹太没在意俞超的嗟叹,他把头探出船舷,面色惨白地退回来:"哎呀,这底下的水有多深呢?"

"深不可测!"俞超故意吓唬他,又一本正经说,"我爸每年出海都要从这里走,长江口主航道水深不到十米,他说必须要有疏浚船挖开江底泥土,让航道变得更深,至少 $-12.5$ 米,让万吨巨轮直达南京长江大桥下。"

"如果船沉了怎么办？"小犹太又乌鸦嘴了。

"游泳呗。"阿健做了个扩胸运动，他是浪里白条。

我想起自己还不会游泳，这很糟糕。阿健点上一支红双喜，火星在风中迅速燃烧，没抽几口就烧到过滤嘴了。白雪说在东北，黑龙江对岸俄国人的烟，有巨长的过滤嘴，因为冬天风雪大，免得烧着了手。我退回到船舱。看着六辆自行车，不要被人顺手牵羊了去。田小麦躲在人群中，张望金灿灿的长江。天色越发昏黄，船舷右侧出现大片陆地，但没有山峰棱角，只是一条墨绿色的地平线，横亘在天地江海之间。这座岛真大啊，左右两边完全看不到尽头，仿佛亚洲大陆的一部分。

渡轮抵达崇明岛南门港，月亮刚好从江海升起。系缆绳，下锚，靠岸，船舷与码头之间的橡胶轮胎亲密拥吻。我们六个推着自行车下船。月亮从东海方向上升起，潮汐渐渐涨上堤岸，江面上一团白影荡漾。俞超信口背了一首唐诗："春江潮水连海平，海上明月共潮生。滟滟随波千万里，何处春江无月明。江流宛转绕芳甸，月照花林皆似霰。空里流霜不觉飞，汀上白沙看不见。江天一色无纤尘，皎皎空中孤月轮……"白雪不合时宜地拆台："酸！酸得牙都倒了！"

今年春天，聂倩在晚自习给我们上课，窗外恰好有一轮明媚春月，她便吟出这首唐诗。她说张若虚一生籍籍无名，全唐诗中只留两首，不像李白、杜甫、白居易、李商隐的风光，但"江畔何人初见月？江月何年初照人？人生代代无穷已，江月年年只相似。不知江月待何人，但见长江送流水"便已孤篇盖全唐。聂倩笑着说，若我死，请将我葬在长江入海口，春江花月夜下。

别了长江月，出了南门港，便是七百年的崇明县城。跟在吴淞码头一样，出口处停着几辆警车。公安局正在搜捕整座崇明岛。我们绕过警察，进入乡村小镇般的县城。骑行一下午，渡过茫茫长江，六个人都饿极了。找到一家街边小店，阿健点了醉螃蜞与白切羊肉，又要了崇明老白酒。饿了便觉皆是人间美味。阿健和白雪的酒量都好，俞超和小犹太也禁不住诱惑喝了几口，我则滴酒不沾。田小麦大方地喝了一杯，说味道甜甜的不错，不像她爸的白酒那么辣。老白酒其实是米酒。我为大家科普，中国白酒是元代由阿拉伯传入，故而诗仙李白与三碗不过冈的打虎武松，全靠这米酒十几度的后劲呢。葡萄美酒夜光杯已是西域了啊。我提醒他们勿要多喝，米酒虽甜，后劲却不小呢。

一语成谶，酒足饭饱，俞超和白雪都有些醉了。阿健和田小麦分别架着他俩，推着自行车，走在黑魆魆的县城街道。我通过电话黄页预订了一家私人小旅馆。在一排打烊的饲料商店尽头，门脸颇为简陋。前台就是个小板凳，有个阿姨在看电视，红着眼圈，吐出两片瓜子壳，说身份证拿出来。我愣了一下才听懂。我说我们都是中学生，还没领身份证呢。阿姨又问户口簿呢？我说我们出门旅游哪想到带户口簿？阿健掏出几张皱巴巴的钞票，说我们又不是不付钱。阿姨看了看我们四男二女，还有微醺的白雪，皱眉头说现在这世道啊,男小囡女小囡都乱来了,前些天还有家长找到旅馆来闹事,说他们家孩子在这里开房,搞大了肚子要打胎,没有身份证可不行呢。阿姨毫不领情,一门心思盯着电视机,还掏出手绢来抹眼泪,原来是清朝装扮的电视剧。田小麦说,哎呀,这不是《两个永恒之新月格格》吗?阿姨哭得稀里哗啦,连声说新月可怜来兮的。田小麦说我最喜欢这个演员了,《鬼丈夫》的乐梅、《青青河边草》的杜青青。阿姨连拍大腿,小姑娘识货啊!说罢,阿姨扔出三块钥匙牌。我们正要上楼,阿姨伸出头来喊,小姑娘啊,玩管玩,裤带子不要松哦!

我在田小麦耳边说:"嘿!原来你是琼瑶剧迷啊。"

"我爸暑假不让我出门,只能天天关在家里看电视。六个梦,梅花三弄,还有两个永恒……"她向我挤了挤眼睛。

田小麦和白雪一个房间,我和俞超一个房间,阿健和小犹太一个房间。黑乎乎的天花板和墙壁,不时有蟑螂列队窜过。我和俞超轮流洗了把澡。俞超已被崇明老白酒醉倒,脑袋一沾枕头就睡着。我给家里打了电话,告诉妈妈我住在太湖的西山岛上。然后,我从旅行包里掏出宝蓝色丝绸封面日记本,记录我们跨越江海,来到崇明岛的第一日。

我关了灯,躺在床上。烈日下骑行一整天,骨头都要被拆散了。我睁着眼睛,每个毛孔都在放大,身体起伏飘摇,仿佛躺在小舢板上,随波逐流,行无辙迹,居无室庐,幕天席地,纵意所如,俯仰宇宙,暗夜无星……

## 十

　　殷人铸造青铜器刻画甲骨文的年代，长江口在今日扬州镇江一线，上海全境尚在水面以下，游弋着中华鲟、白海豚、卵巢剧毒的河豚。当我们的祖先开始在巴蜀、江汉、湘湖、豫章、江淮之间定居，筚路蓝缕，薪火相继，江水变得浑了些，重了些，泥沙俱下，滚滚东逝。愚公未必能移山，长江却能移动大地，亦能塑造海岸。唐朝第一个皇帝，高祖李渊武德年间，玄武门之变，大半个唐朝的泥土、砂石、骨头、腐殖质，奔流自峨眉天下秀，青城天下幽，剑门天下险，夔门天下雄；夹带岷山的千里雪，定军山的枯枝，卧龙岗的茅庐，瞿塘峡的无边落木，八百里洞庭的鱼骨，黄鹤楼头的铃铛，张天师龙虎山的败叶，浩荡两万里，直下春江花月夜的广陵潮头。轻浮的那一部分，渴望周游世界，潜入东海与太平洋；沉重的那一部分，思恋故国河山，便留在江南与江北，长江与大海之间，堆积成一片小小沙洲，此为崇明岛的诞生。沉沉又浮浮，浮浮又沉沉。日升月落，星辰变幻，两岸猿声啼不住，大半个中国被揉碎了，搅和了，你侬我侬了，捻一个你了，塑一个我了，再捏一个她了，一齐打碎，用水调和，将沙洲捻成一座大岛；又像陶工手里的坯子，时而拉长，时而搓短，时而转得滴溜溜圆，终在窑火里烧成今日的长条形状。若按现代人类走出非洲的十万年来划分，不过一昼夜间。若按地质时代划分，简直眼皮一眨的"滴答"。制造这座大岛的原材料，不是土生土长，而是万里跋涉；不是天长地久，而是无中生有。这座岛的每一部分，都是中国历史的每一部分，也是中国地理的每一部分，更是数以原子计的中国的重新排列组合。

1997年7月11日，我在这座岛上睁开眼睛。俞超只比我早醒五分钟。打开小旅馆的窗户，县城不见高楼。两条街外，便是绿色旷野，还有南门港的轮船。上午必须休息，考虑到昨日的骑行，谁都不是铁打的人。

大家聚在我的房间。阿健和我坐地板，俞超和小犹太挤一张床，白雪和田小麦挤一张床。才过去一夜，两个女生关系大有改观，异常融洽，小姐妹般开着玩笑。昨晚白雪被老白酒后劲放倒，田小麦必是好生照顾了她一宿。

"我梦见了聂老师。"白雪神秘兮兮地瞪着双眼，她自称神婆，擅长算命。她不会无缘无故做梦，就像荣格与弗洛伊德研究的那些个异梦，要么关乎力比多，要么关乎集体无意识。

"聂老师在哪儿？"俞超和小犹太同时问道。

"一个黑乎乎的地方。"白雪睁着眼，但瞳孔黯淡无光。我相信她什么都没看到,也许是算命人骗钱的小伎俩,但当时我们都相信她,就像玩笔仙碟仙,"靠近大海,有很多船,还有废墟……"

"你果然是来崇明岛找聂老师的。"田小麦盯着我,她是代表她爸提出的疑问吗?

不到八平方的旅馆客房内,仿佛升温八度,闷得要把我煮熟了。小犹太的眼镜片反光,他早已发现我的秘密,却是欲言又止。我狠狠盯着田小麦。带她上岛是个大祸害,迟早要把我们都害死。早知如此,昨天在吴淞码头上,我就应该狠狠心,把最后那张船票撕了,不要捏在手里让小犹太抢了去。

我回答:"今晚到了目的地,我就告诉你们原因。"

阿健叼着火柴棍问:"你还没说今晚的目的地是哪儿呢?"

"七姑娘村。"我怕万一说透了,适得其反。

每个人要检查各自装备。我打开旅行包,除了换洗衣服、两个苹果、一包牛肉干,还有崇明地图。我还带了笛子,因为笛声能在旷野中传出去很远。白雪带了一堆衣服和花露水、蚊香片,还有瓜子、话梅、薯片,甚至卫生巾,说要以防万一;阿健带了两支手电筒、一条红双喜香烟,还有打火机;小犹太竟带了一副四国大战军棋,计划在星光下打着手电筒下棋;俞超除了瑞士军刀,还有一台CD随身听,日本索尼D-777,他按下播放键,戴上耳机,唱出张学友的"朋友,我永远祝福你……"

我们五个人都带了日记本。谁都没忘记聂老师。我很欣慰。俞超的日记本是他妈从香港带来的,封面是《星球大战》的黑武士。他的字是我们五个人里最好的，练过颜真卿法帖的缘故。小犹太的日记本是他爸单位发的，印着"上钢八厂"与"全世界无产者，联合起来！"他写的蝇头小楷，让人头晕眼花，我们刚把头凑过去，就被他紧张兮兮合上，看什么看？白雪的粉色日记本是自己买的，封面上《乱世佳人》的费雯丽忧郁而坚定，里头连续几十页都是林志颖与金城武。阿健最为简单粗暴，一本黑面抄，乍看像盖世太保神秘的小本本，笔迹歪歪扭扭，像鸟篆文或蝌蚪文，记账式的泡妞、打架、踢球以及斗蟋蟀的日常……

田小麦也打开旅行包，除了衣服和洗漱用品，还有各种药片和创可贴。她带了一副漂亮的望远镜。她说这是军用的，也是她爸的宝贝，适合野外使用，更适合在岛上看海。

退房离开小旅馆。午饭后，田小麦买了六支光明牌雪糕。她很会收买人心，六个人叼着雪糕，心满意足地骑上自行车。

崇明岛在地图上的形状，像一尾长条状的大白鲸。冲向大海的东岸像鲸头，深入长江的西岸像鲸尾。崇明县城则在白鲸下腹部。如果是雄鲸，那就是卵蛋。要从卵蛋的县城走到脑门的东海岸，则要穿过白鲸的盲肠、大肠、小肠、胃囊、肺叶、心脏、气管、食道、颅腔……我根据地图比例尺算过，尚有五十公里之遥，足以从上海走到姑苏城外寒山寺。

七姑娘村，就在这头大白鲸的心脏。我们从卵蛋前往心脏。午后，气温徘徊在三十六度。岛上有风，无论江风还是海风，加上四面环水的小气候，都让这座岛比大陆凉快一点点，但也只是一点点。我看着手表,每隔十五分钟,停下喝水撒尿休息,比昨日兴头上慢了不少,这样才能持久。这边风景独好,让人走走停停看野眼。天上白云点点,不见一丝一毫阴霾,旷野万里,未见三层以上房子。满眼尽是碧绿稻田,我等四体不勤五谷不分,尚未学农,仿佛到了另一星球。早稻刚收,水田里刚栽下晚稻,犹如波光粼粼的沼泽地。绿油油的秧苗,按照俞超的说法如接收外星人信号的天线,齐刷刷插在水面上。田里不时有农夫或农妇劳作,偶尔能见乌黑水牛。白鹭从长江飞来,停在水稻田里栖息。农家竖着稻草人吓唬鸟儿,稻草人穿着五颜六色的衣服,白雪说像东北农村送葬的纸人。公路上冷冷清清,经常前后只有我们六个。偶尔可见桑塔纳、小货车与面包车。但我爸开的那种集卡从未见过,倒是拖拉机碰上好几部,被我们的自行车一一超过。

骑行了一下午,整整四个钟头,经过新河、堡镇。按照原计划,穿过白鲸的肚肠与胃囊,经过肋骨与胸腔来到心脏。当夕阳晒到屁股后,水稻田被晚霞涂抹成金山银海,前头耸立起一座人烟稠密的村庄。俞超的捷安特山地车骑得最快,接着是阿健的28寸老坦克,我和白雪并排骑在中间,田小麦和小犹太落在最后。我们拐进乡村小道,过了一座水泥墩桥,蜿蜒曲折的河流间,到处是两三层的错落小楼。每家每户院前种着翠绿的果树,到秋天就能结满金黄的橘子。

七姑娘村。

通常在推理小说中,这样的村庄总被幽暗迷雾笼罩,犹如康沃尔半岛的牙买加客栈,简爱与罗切斯特伯爵的桑菲尔德庄园。当我们六辆自行车,骑入村中心的十字路口,却听到天空响彻孟庭苇的《风中有朵雨做的云》与《冬季到台北来看雨》。电线杆上装着大喇叭,四周挑起大灯,黄昏的自然光与白炽灯,混合成盛大嘉年华的效果。穿着红色制服的农村铜管乐队,各自吹着圆号、长号、大号,敲着大鼓、小鼓、钹、锣、三角铁,列队欢迎我们这些远道而来的陌生人。文官下轿,武将下马,我们只能下车推着走。小犹太说我们六个像鬼子进庄,俞超说像纳粹德国的巴巴罗萨行动,我说这是福尔摩斯与华生探访巴斯克维尔庄园。路边全是花圈,白纸黑字不是千古就是驾鹤,中间镶嵌大大的"奠"。许多院子门口挂着丝绸被单,上海人叫被面子,只有办丧事才会收到这种礼物。白雪低声说,妈呀,这村子是不是出了大屠杀?还是刚被一颗陨石砸中了?村委会门口,上百个村民搬着板凳坐下,黑色帷幔两侧挂着挽联,右边是"魂归九天悲夜月",左边是"芳流百代忆春风"。

　　天彻底黑了。葬礼司仪登场,竟是个浓妆艳抹的中年女人。她刚举起麦克风,模仿中央电视台春晚的调调,说着拙劣的普通话:"各位尊敬的来宾……"便被大喇叭发出的刺耳啸叫打断,好像亡魂骑在电线杆子上抗议。原来是村长八十老母出殡,在农村便是喜丧,所谓红白喜事,亦是收红包礼金的好机会,自然要大操大办,招待村民宾客,又从江北请来一支马戏团助兴。司仪请上一只骑着儿童自行车的猴子。村民们掌声一片,却跟街头猴戏没啥两样。又来一头笼子里的黑熊。岛上并无猛兽,村民们头一回亲眼见到狗熊,鸦雀无声。黑熊病恹恹的,背毛稀稀拉拉,打开笼子也毫无威风,在驯兽员的鞭子下蹒跚几步,原来还是个瘸子。狗熊表演了鞠躬、打滚还有匍匐前进,便在气喘吁吁中收场。白雪在东北见过熊瞎子,她说这马戏团的狗熊活不了几天。第三个登场的是一匹白马,背上骑着个十二三岁的男孩,在马背上闪展腾挪,各种高难度姿态。四盏大灯照耀下,白马是那么矮小瘦弱,只有小孩才能骑乘驾驭。它的两只湿润的大眼睛,正在酝酿滚烫的泪水,仿佛向我求救。

马戏散场。空地上架起音响,有个大妈抱着麦克风,声情并茂地高唱《牧羊曲》。32寸的电视屏幕是比基尼美女的MV画面,旁边堆满花圈和挽联,竟毫无违和感。村长老母的葬礼进入高潮。露天摆开几十张圆台面,全体村民夏夜乘凉般入座,痛饮老白酒吃白切羊肉。大家轮番上台唱歌,皆是荒腔走板。我们几个不敢引人注目,更不敢坐下骗吃骗喝,只能忍着肚子饥饿。

音响里传来一段熟悉的前奏,我的脑子瞬间短路,听到一个女孩的歌声:"让青春吹动了你的长发,让它牵引你的梦。不知不觉这城市的历史,已记取了你的笑容……"

竟是田小麦抓着麦克风,站在露天舞台的灯光下,屏幕上放着1991年台版电视剧《雪山飞狐》MV……虽是劣质的音响,但这首《追梦人》仍让我心里发抖,仿佛盛夏夜里飘出一大团雪花儿。田小麦的声音太好听了,怪不得每次打她家电话,我总舍不得挂掉，挂了也会把电话抓在手心，在脑中重播两遍。俞超和小犹太的下巴都快掉下来了。白雪瞪着双眼，双手抱在胸口作少女状，想是被歌声征服。一曲唱罢，田小麦放下麦克风，翩然下台。四周掌声雷动，村民们都以为这小姑娘是村长请来唱堂会的童星。

又有人上台点了一首《涛声依旧》，这不是阿健吗？他唱歌也是一流，经常带女生们去卡拉OK玩耍。"月落乌啼总是千年的风霜，涛声依旧不见当初的夜晚……"阿健唱完一首不罢休，想是要跟田小麦飙歌，又点一首张国荣的《夜半歌声》，符合今晚办白事的主题。他唱得出神入化，犹如毁容前的宋丹萍，崇明岛上的剧院魅影："只有在夜深，我和你才能，敞开灵魂，去释放天真……"

我想起在红色出租车上听到的《倩女幽魂》，凶手的宿舍发现的张国荣专辑……他是张国荣的超级歌迷，如果就在这里？我开始观察四周的村民。

"我祈求星辰月儿来作证，用尽一生，也愿意去等。总会有一天，把心愿完成，带着你飞奔找永恒……"当阿健唱到这一句，灯光稍微调整方向，掠过农村妇女、老人与孩子，最远端的桌子，有个人坐在一棵橘树下。大灯像黑夜闪电照亮他的眼睛。他下意识抬手遮挡面孔。当他放下胳膊，我看清了这张脸。

凶手的脸。他是夏海。他痴痴地凝视台上唱歌的阿健，像凝视两千里外另一座海岛上的偶像。

人声鼎沸的葬礼酒席，我穿过一桌桌圆台面与醉醺醺的农村妇女。四周仿佛飘着无数只刚被屠宰的山羊、土鸡和长江鲫鱼，穿过被庖丁大卸八块的尸体，还有三个浸泡在泥沙之中的冰冷少女……

我绕到凶手的背后。我知道这很危险，但附近全是人，他不敢当众对我动手。只要我跟他反复纠缠，我的伙伴们就有机会报警，然后闯入他家。我们将救出聂倩，或者更多女孩。

夏海突然起身。因为阿健的《夜半歌声》唱完了。夏海离开露天餐桌，绕过枝繁叶茂的橘树，隐入黑漆漆的田间小道。但我追不上他。手电筒还在阿健身上。凶手已走得没影了。

我从人群中拉出伙伴们。我对白雪说："你去帮我打听一个人——他叫夏海，二十七八岁，在上海开出租车，他家住在村子什么地方？"

"干吗？"白雪对于被我拉出来很不满意。

"你们不是问我，为什么来崇明岛吗？"我深呼吸，看着夜色笼罩的岛上村庄，"是，我们是来找聂老师的，她很可能被藏在七姑娘村，藏在夏海家里。"

白雪问，你怎么知道？我说你先打听到夏海再说。我们五个人当中，白雪这张嘴顶顶厉害，别说打听个活人，就算打听个死人，也能从棺材里掘出来。首先要找到合适的打听对象。让白雪跟老人、女人和小孩去沟通，简直暴殄天物。好不容易，她找到个男青年。白雪散开头发，露着牛仔短裤下的两条长腿，袅娜多姿地迎上去，先抛两个媚眼，再一句酥酥软软的"阿哥"，东北普通话，夹杂两三句上海话，前缀"格么"、后缀"伊刚"。阿健赞叹这小婊子，太适合去盘丝洞了。

男青年被哄得如沐春风，听到"夏海"的名字便点头。可惜他的普通话蹩脚，崇明话对白雪来说犹如火星语言，我和阿健一齐做翻译，仍然非常头疼，好不容易才知道大概——夏海是私生子，他爸是上海来的知青，他妈是七姑娘村本地人。他娘一个人将他养大。夏海在县城读过高中，高考落榜后在农村闲了两年，便去上海做了出租车驾驶员。这也是岛上不少男人背井离乡的职业。

他问我们干吗要找夏海，白雪腆着脸自称夏海的女朋友。男青年颇为怀疑，白雪又像蜘蛛精往他身上蹭，任谁都抗拒不了。他带着我们六个人，绕向村庄另一头，走上漆黑荒凉的小道。几盏刺眼的大灯遮住星空的灿烂，劣质音响的歌声掩盖旷野的静谧。俞超的山地车有车灯指路。天上升起稀薄月光，浓云从大海徐徐而来。六辆自行车骑过岛上田野，六个荷尔蒙滚过江海黑夜。

小犹太追上了田小麦，气喘吁吁地问："小麦，你刚才唱卡拉OK，好听极了！你那个《追梦人》，就是《雪山飞狐》的片尾曲吧？我最喜欢胡斐了。"

"就你？还胡斐？"阿健也骑上来拌嘴了，"我他妈还苗人凤呢！"

田小麦放慢了速度："这首歌是我妈最喜欢的。她得癌症的时候，每天都在听这首歌。因为她喜欢一本书《撒哈拉的故事》。"

"写这本书的女作家自杀了。"我停下来等她,"撒哈拉永远都是夏天吗?"

"好像是诶……"

"我们的夏天也不会结束。"我与田小麦并排骑着车,"所以啊,你听说我要去崇明岛,就一定要跟着我走?"

"嗯,我去不了一万公里外的沙漠,至少可以登上一百里外的海岛。"

因为男青年步行,也因为天黑,我们骑得很慢,直到手电照出一栋两层小楼。此地是村子最边缘,回头看村长家的白事,仿佛平地亮起一点幽火。屋顶上长着野草,外墙石灰剥落发霉,不像别人家都贴着白瓷砖呢。这是夏海的家。门前有条小河,四周是稻田与菜地。铁将军把门,怎样敲门都没声音。窗户都暗着,看样子没人。男青年说,夏海是孝子,每个礼拜都要回家,看望卧病在床的老娘。他觉得我们六个人古怪,借故说酒席还没完便溜走了。

必须现在行动,免得男青年去叫别人来盘问我们。围绕夏海家走了一圈,我看到个臭气熏天的牲口棚,圈养着几只雪白的山羊,还有两只小羊羔。俞超和小犹太捏着鼻子,捡起青草去喂羊羔。屋子背后的空地,一辆红色的普桑出租车,像深夜出没的掠食动物,突兀地刺入我的眼睛。

我记得这辆车,记得车牌号,这就是夏海开的出租车。聂老师近在眼前。我告诉大家,来不及报警了,也不会有警察相信我们这群小孩。阿健相信了我。他建议从窗户进去，并捡起一块板砖，他最擅长使用这种工具。俞超刚要说等等，阿健已经砸开了窗玻璃。岛上民风淳朴，所有窗户都没安装防盗栏。白雪和小犹太都被吓到了，窗台上全是被砸碎的玻璃。我很感激阿健，凶手怎样绑架聂倩的，我们就怎样如法炮制。阿健第一个钻进窗户，田小麦提醒道："这样做是犯法的。"

我点头说："我知道，你可以留在外面望风。"

"望风依然是犯法的！"田小麦回答，她爸的法制教育很成功。

"那你走吧，我没有邀请你一起来崇明岛。"我冷酷地回答田小麦。我又盯着俞超和小犹太说，"你们俩呢？跟我进来吗？"

俞超比我理智，不像阿健与白雪两只没头苍蝇："你怎么知道聂老师一定在里面？"

"田小麦的爸爸告诉我的！"我说了个谎，为了让大家相信我。对不起，田小麦。

"我爸告诉你的？"田小麦的自行车前轮顶到我的膝盖上，"那他为什么不来救人？"

我看不清田小麦的眼神，但我想起了她在渡轮上扇了我的那个耳光："你爸已经不是刑警了，他是个派出所民警，专案组不相信他的推理，但是我相信。香港回归那天晚上，我看到了夏海的脸，就是这栋房子的主人——出租车司机，就是他带走了聂老师。"

"等一等，那天晚上，在南京路吃完美式牛排，你没有回家？

而是跟聂老师在一起？"白雪一把揪住我的衣服领子。我说过，在男女问题之间，白雪要比我聪明一百倍。

虽然早晚要面对这个问题，但没时间了，我推开她说："先把聂老师救出来，我再慢慢跟你们说。"

"如果碰到那个坏人，我们会死吗？"小犹太已经两腿发软，就差倒在田小麦身上。

"你们磨蹭啰唆什么？有我在呢！快进来！"阿健举起手里的板砖，就像警察手里的六四式手枪。对他来说不过是再打一架。

有了阿健的板砖庇护，我翻身爬进底楼窗户，接着是俞超和白雪。小犹太比他养的仓鼠还胆小，根本不敢进去，只能留下跟田小麦一起望风，同时看着六辆自行车。

来到凶手的家。一片黑暗。找不到电灯开关。我提醒大家背好旅行包，装备在危急时刻可以救命。阿健打开手电，照出飞满灰尘的过道。屋里的一切都很旧了。我看到一道木头楼梯，楼板几乎朽烂，根本踩不上去。手电筒就像氧气，这道光到哪里，哪里就能复活。这道光离开哪里，哪里又陷入死亡。白雪与俞超都不敢说话，鼻息间仿佛有一万只蚊子飞舞。阿健推开一道门的瞬间，我闻到了栀子花的腐烂味。

我害怕像上次那样睡着。我后悔没戴上口罩。房间里有陈旧的家具，还有几卷席子，桌上摆着一堆药瓶，难道凶手疾病缠身？抑或是瘾君子？我第二次靠近他的床。我听到自己上下牙齿打架的声音。阿健一只手握着手电，另一只手抓着板砖。电光从地板延伸到床上。

床上有人。阿健的手电筒在地上砸得粉碎。白雪发出尖叫，被俞超狠狠捂住嘴巴。我的脚步错乱，左脚绊在右脚上摔倒，打翻了一个痰盂罐，不晓得流出什么液体，还好阿健将我拉起来，掏出第二支手电筒，照亮了床上的人。

一个女人。不是聂老师，也不是某位失踪的少女，而是个满头白发的老妇人。

白雪再次尖叫，俞超也堵不住她的嘴了。要是碰到个壮汉，阿健不会害怕，但碰到个老太婆，连他也双手发抖，手电光束随之摇晃，看得人眼花缭乱，胃里恶心。我率先镇定下来，接过阿健的手电筒，仔细照射老妇人。她躺在凉席上，盖着毛毯，穿着短袖子衣服，皮肤松弛而苍白。我把手慢慢靠近她的鼻子，好久才感觉到呼吸。她是热的。不是死人。她睡着了。我注意到桌子上的药片，全是我看不懂的化学术语。俞超也看了一眼，说是治疗睡眠障碍的药物。我明白了。她是凶手的妈妈。夏海是大孝子，每个礼拜要回七姑娘村，照顾重病的老娘。我们退出卧室，再待下去真要呕吐了。

背后传来脚步声，刚要找地方躲藏，手电筒照出小犹太和田小麦的脸。我说不是让你们望风吗？田小麦说听到女人尖叫，便从窗户爬进来看看。我狠狠教训白雪，不准她再一惊一乍。六个人都聚齐了，如果有人瓮中捉鳖，便会全军覆灭。面对黑乎乎的走道，阿健吼了一声："聂老师？"我堵住他的嘴："别叫了！会把凶手招来的！"

其实，我从登上崇明岛的那一刻起，就想告诉他们真相，却怕一旦说出口，这些人就会吓得作鸟兽散了。

鸟没见着，兽倒是来了——手电光束中闪过一头羊。

我没有疯，虽然就像看到车迟国的羊力大仙。有一头如假包换的白山羊。我想它来自外面的羊圈。那头羊调转屁股走了。阿健追上去。羊儿以为遇到屠夫，马上要把它做成红烧或白切羊肉，自然惊恐乱窜。六个少男少女追着一头白山羊。四个男生像牧羊少年奇幻之旅，两个女生又像草原英雄小姐妹，深入爱琴海克里特岛上迷宫，会发现米诺斯的牛头怪吗？

那头羊消失了。手电照到一排台阶，深入黑魆魆的地下。农村常有这样的地窖。我还没喊"聂老师"，底下便传来"咩咩"的山羊声。阿健第一个冲下去，接着是我和俞超，然后是白雪和田小麦。最后一个是小犹太。白雪说他胆子变大了啊。小犹太说放屁！你们都跑下去了，把我一个人扔在上面，真要吓煞我啦。

话音未落，头顶掉下一道暗门，哐当一声仿佛砸烂了我的心肝儿。我冲上去推门，脚下被台阶绊倒，最后一支手电砸碎了……

黑洞般的黑。白雪在尖叫，田小麦也叫了。两个女生的叫声此起彼伏，彼伏此起。我抓瞎地爬上台阶，正上方多了一道门板。我用拳头往上捶打，砸到关节流血，这道门纹丝不动。那头羊，邪恶的羊头怪，就是一个诱饵，将我们诱入地下室，然后关上门，锁住插销——凶手就在外面。

"喂!"我大声呼喊起来,"夏海!你在吗?说话啊?"

门外寂静无声。但我肯定,他就在外面,一言不发,屏息静气。我闻到了他的气味——腐烂的栀子花。

我被阿健拽下来,他举起板砖砸门。几次三番下来,板砖粉身碎骨,却无法撼动这道门。我们像一群为秦始皇修建陵墓的工匠,在皇陵完工的最后一天,被墓室门永远禁闭在地下,等待漫漫长夜,等待考古队员,等待世界末日……

我变成了盲人,尽管瞪大双眼,却只看到虚无混沌的幻境。我们伸手触摸对方。好几只手摸到我的脸上,我能分辨出每个人的手指头。我摸到俞超漂亮的鼻子和眉骨,还有阿健的胸肌,小犹太啤酒瓶底般的眼镜,白雪的牛仔短裤下的光滑长腿——抱歉我不是故意的。最后,我触摸到了田小麦的眼泪。

她在哭。脸颊上挂着泪珠,鼻翼一抽一抽。我们都安静了。安静是唯一的安慰。失去了视觉,也不需要触觉,我感觉耳朵变长了,像只红眼睛的兔子。我手腕上的斯沃琪,秒针每走一格,听来都分外清晰。我感到别人的呼吸声。阿健的急促,俞超的均匀。小犹太吸着清水鼻涕,因为这里很冷,像个储存冰块的地窖,同样适合储存尸体。

然后是嗅觉。我闻到阿健的烟草味,俞超身上的电子味,我不晓得电子味如何形容,是正负电子还是电磁波?他天天跟电脑、CD随身听待在一块儿。我闻到小犹太身上的仓鼠味。还有白雪,我太迟钝了,原来她喷过淡淡的香水,来自她的腋下,混合着体毛与汗味。最后是田小麦,她几乎没有味道,或者说,是一种淡淡的让人无法形容的味道。有人说,这就是处女的气味。我想白雪也是处女,但白雪身上是另一种味道。

我用触觉、听觉与嗅觉重新构建世界,重新"看见"我的伙伴们。至于味觉?对不起,我暂时还不想使用舌头。并且我相信,盲人的时间跟健全人的时间是两种不同的维度。

"喂,你们谁往前摸一摸?"白雪哭完一场,用拳头捶我,嗔怪我把大家都害惨了,"说不定还有其他路能逃出去?"

"不要随便走动!每踏出一步都是危险。我们像一群瞎子,聚在一起才是安全的。如果分散,就会一个一个消失……"我再次抚摸他们,依次确认阿健、俞超、小犹太、田小麦和白雪都在,也都没受伤,"我们六个人,一个都不能少。"

白雪抓住我的手,找着我的耳朵说:"你还记得吗?我们在聂老师宿舍,发现的那张《沉默的羔羊》VCD。"

"嗯,最后史达琳探员什么都看不到了……"

"说不定啊,那个人就戴着夜视眼镜,阴恻恻地站在我们跟前。"所有人都听到了白雪这番话。田小麦还没尖叫,小犹太第一个被吓哭。阿健徒劳地向黑暗挥舞双拳,期待能击倒那个鬼魂。

俞超用手肘撞了撞我:"现在能说了吗?你是怎么知道聂老师被关在崇明岛,关在这里的?"

时候到了。我承认,香港回归那一夜,吃完美式牛排,我跟踪了聂倩,看到了她的男朋友,从大光明电影院看《侏罗纪公园2》。

"天哪!你居然一个人去看了《侏罗纪公园2》,都没叫上我们?"这是小犹太,我能想象他捶胸顿足的样子,他是史蒂文·斯皮尔伯格的忠实影迷。

我说,我带着聂老师冲出国际饭店,逃上一辆红色普桑出租车。我看到了凶手的脸。崇明岛海岸线上发现的女孩尸体,她们都是在苏州河沿线失踪的。至少有一人当天身穿红裙,她是灯泡厂的婉仪,容貌打扮跟聂老师有几分神似,下夜班坐出租车回家路上被绑架的。

至于地窖的主人——夏海的职业、籍贯、眼神、气质、行为方式、身上的气味……完全符合我对凶手的犯罪画像。

"你不做刑警真可惜了!"田小麦难得夸我一回,"但如果我爸是你的师傅,他不会喜欢你这种徒弟的。你太相信自己的感觉了。人的感觉往往是错误的,证据和逻辑,永远比感觉重要。这是我爸的口头禅。虽然我讨厌他,但他是个刑警,在破杀人案方面,他从不犯错。"

黑暗中的田小麦,一忽儿在左边,一忽儿在右边,我不晓得是她在漂移还是我在漂移。

"他现在只是个派出所民警,他不配做刑警!"

田小麦准确地推了我一把:"你根本不知道,我爸为什么不做刑警了,为什么会被赶到派出所!"

"你活该！"白雪都背叛了我，"你干吗不早说？你把我们骗到这里，让我们给你和聂老师陪葬！虽然我们都爱她……但是……我们不是警察……我们……"话没说完，她又呜呜地哭了。

最懂我的还是俞超，他故意岔开话题："这里很冷，大家要保存体力，别乱说话了。"

"说不动，肚子饿，晚饭都没吃呢！"白雪抱怨。她翻出所有零食，疯狂地嗑瓜子。大家循着清脆的瓜壳碎裂声，从她手里掏瓜子吃。

我打开旅行包，掏出妈妈给我的两个苹果和牛肉干，掰开来跟大家分享。阿健贡献出了一瓶水，每人依次喝一口。田小麦贡献出一块巧克力。

"我想要上茅房。"小犹太说话了。我们正在聊胜于无地充饥，被他大煞了风景，阿健又赏了他一个爆栗子。

阿健身上响起窸窸窣窣的声音，接着是打火机点着的清脆声，一点火星亮起微光。我闻到香烟味，看到一团蓝色烟雾，将地窖渲染成青黛色。白雪从阿健手中抢过打火机，点出一簇火苗，向四周照了照，分别闪过我们六个人的面孔。要么从鼻孔往上照，要么只有半张脸，要么眼珠子里冒着冷光，反正都狰狞可怖。照小犹太的话，便是男的像黑山老妖，女的像聂小倩。但只要有光，就能把黑暗分开，就有了昼夜，有了空气，有了天地，有了海洋、大陆以及海岛，还有了青草、果木、日月星辰、飞禽走兽……有了光，就有了一切，有了我们。

白雪向阿健要了一支烟,塞进自己嘴里点上。她将第一口烟喷到我脸上。她抽烟的姿态很妩媚,绝不是第一次。我很吃惊,也很难过。

"我爸说,女孩抽烟可不好呢。"田小麦说。

"这是我的自由。"白雪挤到我和田小麦之间,"你爸还不准你出门呢!那你干吗跟我们在一起等死?"

田小麦无法反驳。漆黑冰冷的地底,白雪和阿健的两个烟头,像一对夏夜飞舞的萤火虫。她又抽出一支"红双喜"塞到我面前。但我拒绝了。

前头传来"咩……"的山羊叫声。

山羊还在。将我们诱骗入陷阱的山羊。阿健扔掉烟头说,该死的山羊,看我不把你做成烤羊肉串。他举起打火机,大踏步追去。我们跟着打火机往前走。既然有了光,便不能远离,就像山洞里的原始人,光比命更珍贵。

山羊又叫了。刚才黑暗着,羊便沉默着,山羊味都烟消云散。现在有了光,就像万物有了生命,不但有了人的烟火气,羊也起死回生。地窖很大,我们只是蜷缩在一个小角落里。打火机只能照出眼门前几十厘米,仿佛我们都是一群视力有残疾的半盲人。阿健手里的微光没有照出羊,反而照出了人。

不是完整的人,而是被钩子倒吊的腿。光一闪而过,也就一两秒钟,我看到一条倒挂着的人腿。白花花的皮肤,泛起一团光晕,很像女人的大腿和臀部。白雪和田小麦尖叫的同时,阿健的打火机熄灭了。黑暗战胜了光明。万物重新死亡。阿健再想打火却是徒劳。我估计燃料耗尽，被我们按得太久了。但我们回不去了。如果摸黑过来，我们按照盲人的规律，还能摸黑回到原地。可经历过短暂复明，便遗忘了其他感官。我们互相推搡着，小犹太和俞超都开始尖叫，他们也摸到不同的大腿。我又想呕吐了。我们被困在好几条大腿中间。这里被屠杀肢解的女人绝对不止一个。也许飘荡在我跟前的那条腿，就属于聂倩？我祈祷不是她……

　　我们无处可退，更不能原地躲避，因为原地挂着女人的大腿。我们只能往前冲。那头羊又叫了。失去了视觉，听觉迅速强大。我让所有人都安静，才能分辨出羊的方向。我们彼此手拉着手。我的左手牵着俞超，右手牵着田小麦，跟着山羊走啊走啊。我的脚下突然绊倒，跌跌撞撞爬上一道水泥台阶。

　　那头羊消失了。我撞上一道木门。阿健让我们后退半步，我听到他抬脚踹门。他这条踢足球的腿啊，有一回禁区外远射，皮球直接命中后卫胸口，让人岔气昏迷送医院了。阿健第一下踹门，我听到门框颤抖的回应；第二下，头顶坠落碎屑，好像房子都要被踢倒；第三下，地动山摇，仿佛地狱开了一道裂缝，闪电般的光刺入双眼，可怜的木门直接飞走了……

　　门开了。阿健摔了出去。我看到月亮。一望无际的岛上平原。橘树欲静而风不止，羊圈欲动而羊不眠。空气不再浑浊，风里夹着长江和东海的两种味道。经历过瞎子般的黑暗，今晚仿佛明亮了十倍。我们仍然保留在地下的习惯，既用眼睛又用双手加上耳朵与鼻子，确认彼此都已逃出生天。原来地窖的第二道门，开在屋子另一侧的外墙上。六辆自行车，依然停在红色普桑出租车旁。我们各自跨上坐垫，蹬起脚踏板，在俞超的捷安特车前灯照耀下，骑上乡间小道。

我们必须拼命骑行。凶手把我们囚禁在地窖，他很快会追上来的。但我们依然没有绕出七姑娘村。葬礼早已结束，地上飘满花圈残骸，天空中不时飞过白纸黑字的挽联。我的双眼渐渐适应这条月光之路。我被黑暗开发出来的鼻子，嗅见了马戏团的猴子、狗熊与小白马。

"等等我，我要上茅房！"小犹太无力地蹬着20寸车轮子叫唤，在冰冷的地窖中着凉窜稀了。

又来啦！阿健按了按拳头关节，我抓住他的车龙头说，让小犹太去上茅房吧，不然我们会被他折腾死的。但这大半夜的崇明岛，七姑娘村的荒野里，到哪里去找茅房呢？白雪指了指路边的水稻田说，小犹太，你就在那边解决吧，谁稀罕看你的屁股啊？怕是连根毛都没长呢！

小犹太扔下自行车，提着裤子钻进水稻田，田鸡似的消失了。我们五个人在原地等他。平原上静谧的村庄，几乎所有房屋都是暗的，怕是今晚的宴席让大家都醉倒了。阿健吸吸鼻子说，你们闻到了吗？白雪扑哧一声笑了，晚风送来拉稀的屎臭味。俞超靠近稻田问，好了没有？小犹太回答，好啦好啦，别催啦，你们谁有擦屁股纸啊？我们在月光下面面相觑，白雪说日记本可以吗？我说放屁，日记本代表聂老师。还是田小麦掏出一小包纸巾，捂着鼻子塞到水稻田边。也难怪，若非昨日小犹太将她拉上渡轮，今晚她还不知流浪在何处呢。

阿健又抽了一支烟，我顺着烟头火星方向，只见乡村小道的尽头，闪过某种橙黄色光束。俞超眯着双眼，望向夏夜苍穹下的光，宛如外星人飞船降临。几秒钟后，那道光冲着我们而来，响起汽车发动机的轰鸣声。刺眼的大光灯，让我看不清背后那辆车。

我大喊，小犹太！尽管我心里害怕极了，但不能只顾着自己逃命，而把伙伴一个人抛下。小犹太从稻田里钻出来了。我抓着他骑上车，拼命蹬起脚踏板。

红色出租车追上来了。大光灯从四面八方笼罩着我，在正前方投出一团亮光，清晰地照出我和小犹太连人带车的影子。我们的影子都被拉长，像两只轮子上的小龙虾。坑坑洼洼的乡村土路，连俞超的捷安特也骑不快，又怎能逃得过汽车轮子？我回头，看到挡风玻璃背后的脸。凶手的脸，毫无表情地瞪着我，又让我的胃里翻江倒海。

我们即将被追上，不是被夏海抓住，也会被出租车活活轧死。逃脱汽车的唯一办法，就是躲入车轮无法通过的空间。我呼喊大家弃车逃跑，第一个跳进稻田，双脚立时陷入淤泥，几只癞蛤蟆从脚上跳过。小犹太也回到稻田，反正他刚在这里拉过屎。白雪和田小麦都纷纷跳入田野。阿健本想正大光明地跟凶手单挑，但当大光灯刺着他的眼睛,并以五十公里的时速冲来,便也别无选择地跳车逃命。最后是俞超,他舍不得自己的捷安特,但他更舍不得自己的命,只能跟随大伙儿投奔稻田。

六个少男少女向着稻田深处奔跑。四处响彻田鸡叫声。小犹太一路怪叫,也许真是田鸡的亲戚。我们的双脚陷入淤泥,每走一步都要消耗大量力气,累得快把肺吐出来了,不知踩坏多少秧苗,又在淤泥里摔了好几跤。

大光灯依然追在后面,夏海竟将出租车开进稻田。他是吃了秤砣要把我们六个干掉,因为地窖的大秘密被我们发现了。要是我们逃出去报警,他要被枪毙多少回呢?桑塔纳普通型有"神车"尊号,竟然稻田里也能开。当我们再也跑不动时,出租车终于停下。明月做证,桑塔纳再强大也拧不过大自然。发动机依然轰鸣,车轮掀起一团团泥土,却是动弹不得,彻底陷在淤泥中了。

阿健将俞超和白雪拽回来,回头向凶手走去。车轮还在徒劳空转,原本红色的出租车,被稻田淤泥染成"黑车"。漆黑的田野,车内灯亮着。凶手不再平静,在身下翻着什么?我想他会掏出一把小刀或 U 形锁。1997 年,出租车防护栏尚未普及,司机很容易半夜遭到抢劫乃至被杀。每个出租车司机都会携带防身工具。阿健跟踉跄跄地上来拉车门,无论如何都拉不开,自然是从车内锁上了。白雪和俞超拍打车窗玻璃。阿健还想砸窗户,可惜稻田里全是泥巴,连块石头都找不到。小犹太和田小麦站在我的身后,正对发烫的长方形车头,直视凶手双眼。

他笑了。凶手对我笑了。他的笑让我的每根毛发都竖直。大光灯像烟雾腾腾的火光，自下而上刺亮我们的脸。我恨不得戴上一副面具，钻入淤泥之下。车喇叭响了，夏海按着方向盘。田小麦与小犹太都堵住耳朵。阿健更用力地拉车门，白雪隔着窗玻璃破口大骂，用尽了北方话的龌龊字眼，问候了夏海的祖宗十八代——彼时岛民们的祖先刚刚登岛定居，筚路蓝缕地开垦沙地。

刚才是凶手追捕少年，如今是少年追捕凶手。他被我们困住了，若不是桑塔纳坚固的铁皮，早被阿健拎出来痛殴。夏海不断鸣笛警告，从单调的长按不止，发展到短促的快节拍，形成某种节奏，飘荡在平原与村庄上空。陷落在黑色淤泥中的红色出租车，仿佛一艘暗夜航行的轮船遭遇海难，向整个大洋发出求救信号。远处响起无数的狗吠声，几只乌鸦扑扇翅膀而起，整个村子都被惊醒了，包括今天葬礼送行的老灵魂。

小道上又亮起灯光。远远驶来两辆小汽车。我听到几个男人叫喊，那些人跳入稻田，连滚带爬地狂奔而来。是被惊醒的村民们？还是凶手的同伙？我们想要逃跑，却跟出租车的四个轮子一样深陷淤泥。挡风玻璃背后的夏海，双手抱着后脑勺，双腿翘到仪表盘上，惬意地注视六个少年。车里响起若有若无的音乐声，阿健把脸凑到窗玻璃边，注视躺在驾驶座上享受音乐的凶手。突然，阿健遭人从背后拧住双臂，栽倒在水稻田中。几个男人包围了我们，手电筒刺到我的脸上，像一颗子弹穿透眼窝。

## 十一

这是一条落落寡欢的岛。为什么说是一条岛?因为长条的形状,既像一条入海的鲸鱼,也像一条吐丝的蚕宝宝。为什么说这条岛落落寡欢?因为它孤独,绝无伙伴。既不是江南,也不是江北;既不是大陆,也不是海洋;既不古老,更不现代;既是乳娘,也是孽子;既是处女地,也是流放地。这一夜,它是派出所。

1997年7月12日,凌晨一点。聂倩在7月1日凌晨失踪。如果凶手遵循绑架两周后动手的惯例,这是她生命倒计时第三天,前提是她的大腿没被挂在地窖里的话。半小时前,一群警察赶到七姑娘村,在稻田中包围了我们和凶手。田小麦让大家不要逃跑更不要反抗,乖乖跟着警察走。所有人被带上警车,我们浑身上下湿透了,衣服和脸上都是污泥。白雪和小犹太轻声哭泣,其余人沉默着。穿越子夜的平原和公路,警车开到小镇上的派出所。

一个民警坐在我面前,头发花白,怕是快要退休了,竟有几分像肯德基爷爷。老头操着乡音浓浓的普通话,问我为什么私闯民宅？听来颇为费劲，甚至有些滑稽。但我哪里笑得出来，反而语无伦次："凶手……夏海……七姑娘村……大腿……女人的大腿……抛尸……"

我又累又饿，简直神经错乱，颠三倒四地喷出很多信息。我以为我要挨揍了。老民警没有表情，一根接一根抽烟，还给我倒了一杯热水。我看到烟灰缸里堆起厚厚一层烟屁股。我低声提醒："像你这样抽烟，迟早会得肺癌的。"老民警说，医生确实这样跟他说过，后来医生自己得肺癌死了。

我被关进小房间。俞超、小犹太和阿健都在这里。我问田小麦和白雪呢？老民警说，放心吧，两个小姑娘关在另一个房间。我说夏海呢？不要让他也逃了。他说，夏海就关在你们隔壁。这下我们静默了，免得说话被隔壁偷听了去。

老民警提走了阿健，他看起来最像流氓。每个人必须单独讯问。严格来说，我们还得分开关押。但这派出所太小，房间不够用。小犹太咬着我的耳朵说："阿健会不会被判刑啊？"

"你有没有法律常识啊？这是派出所，不是检察院，更不是人民法院。"

小犹太坐在墙角说："哦，我以为阿健这种天天打架赌博的家伙，早该被枪毙了。"

我扑哧一笑："阿健经常敲你爆栗子，你从不反抗，但心里还是恨他的吧。"

"嗯，所有打过我的人，我都在心里念咒语，让他们不得好死。"

"但你不能诅咒我们五个人中的任何一个,包括阿健。"我勾住他的脖子,"要不是你屎尿多,我们早就骑车逃出七姑娘村,也不会被凶手追上,更不会被抓到派出所里。"

我们脱下浸湿的衣服,背靠在墙上,闭着眼睛睡着了。我想要梦见聂倩,却梦见一墙之隔的夏海。我被某种气味惊醒,或者说,我的胃比我的脑子醒得更快。小犹太说,好像是方便面?麻辣牛肉味的?我们晚饭都没吃,今晚这番折腾,自是饥肠辘辘。阿健和俞超的口水都掉下来了。他们刚才依次被老警察讯问,大家都一口咬定,地窖下倒挂着许多女人的大腿。

铁门打开,有个年轻的民警端来四碗热气滚滚的方便面,还给了每人一瓶水。我代表大家感谢警察叔叔。但我阻止了小犹太动筷子的企图,希望留出两碗面给白雪和田小麦。小民警的普通话比较标准,他说放心吧,已经给两个小姑娘吃了汤圆和崇明糕。

这辈子最难忘的一顿方便面。我边吃边问,审问我们的老警察呢?小民警说,你们说有六辆自行车丢在七姑娘村,其中有辆捷安特山地车,那可是贵重财物,老警察回村里去找自行车了。

我在派出所又睡了一觉。天亮醒来,嘴角还流着哈喇子。老民警回来了,肩上扛着一只羊腿。他把我们四个男生放出来。田小麦和白雪早就出来了。六个孩子浑身黑色污泥,仿佛卢旺达种族大屠杀劫后余生的难民。

老民警带回来一个坏消息和一个好消息——坏消息是他找遍了七姑娘村,稻田里的出租车还在,但六辆自行车不见了。老民警通知村长,让他务必召集村民,把六辆自行车还回来,尤其那辆价值上千块的山地车。俞超听了如丧考妣,他还丢了纽约洋基队的棒球帽。田小麦说妈妈留下的自行车没了好伤心。我亦为24寸永久牌的短命而悲伤。好消息嘛,老民警跟村长一起搜查了夏海的家,在地窖中发现十几只羊腿,没找到任何活人或死人的踪迹,除了夏海身患重病的老娘。除非儿子叫她,任何人都弄不醒她。

我翻了翻那只粗壮的羊腿,摇头说不对,我们看到的明明是女人的大腿,肯定是被夏海偷梁换柱了。老民警说,夏海还关在派出所呢。我说不是啊,从我们逃出地窖,到夏海开着出租车追过来,当中有很长一段时间,他完全有机会把人腿调包成羊腿。

老民警不想跟我辩论,但允许我们在派出所的淋浴间洗澡。最小的田小麦先去洗,然后是白雪,接着小犹太、俞超、阿健。我留在最后,用大家剩下的肥皂,还洗了把头发。我的包里有换洗衣裤,穿上印着切·格瓦拉头像的T恤,仿佛从崇明岛远航到古巴岛。六个人的旅行包都背在身上,没跟自行车一起丢失,实属劫后余生。其余人也都换上新衣服,唯独阿健的包里只有香烟,小警察扔给他一件篮球背心,正面两个字"崇明",背面两个字"公安"。

偌大的派出所里只剩两个民警,一老一少,快退休的叫老王,年纪轻的叫小张,其余都执行任务出去了。我猜这一老一少是师傅和徒弟。民警老王说这是一场误会,要我和夏海在调解协议书上签字。我刚清醒的脑子又要爆炸了,克制住愤怒,重新组织出正常人的语言。我说非常感谢警察叔叔的照顾,但你们要是放走了杀人犯,那就等于伙同犯罪。

"我不是杀人犯。"

一个年轻男人的声音,从我的后脑勺升起,让我从头顶心到脚底板都凉透了。阿健刚要起来动手,就被老王呵斥一声,乖乖坐下。我回过头,看到了凶手的脸,看到他布满血丝的眼睛。我的屁股顶在派出所办公桌上,上半身几乎倒在玻璃台板上发抖。

夏海早就换了新衣服,脸上恢复白净,再次问:"你是谁?"

"我是……"我想起他在我肚皮上写的三个字,便瞪圆了眼珠子,"凭什么告诉你?"

他坐下打量我们六个人:"你们为什么打碎我家窗户?跳进我家打扰我妈妈?竟然还要偷窃我的羊?"

"偷羊?"我想起那头将我们引入地窖的羊。我又看了一眼老民警带回来的羊腿,要是黑灯瞎火地倒挂起来,还真有点像女人的大腿,"你还故意切断了电源。"

"每年夏天,岛上经常停电。昨晚村长家办白事,宴请宾客,要用很多电,为了防止跳闸,我们每家每户都把电闸关了。"

老民警点头说是,岛上电力全靠上海的电厂输送,夏季高峰自然力有不逮。

"我发现一群小孩闯入我家,还想偷我的羊,跑到我的地窖里。"夏海看着派出所民警,我想他已经说了很多遍,"我关上地窖的门,想教训这些小毛贼。没想到,他们从地窖另一道门逃出去了。我开车去村长家里,借用村长的电话报警。我从村长家出来,正好碰到这些小孩。他们做贼心虚,看到我就逃进稻田。我被他们气坏了,脑袋一时发热,竟把车也开进稻田,结果车轮陷在淤泥里。幸好派出所民警及时赶到,否则我的车要被他们砸了。"

"你说谎!"我想我的太阳穴和脖颈的青筋都暴突了。要不是俞超和阿健拦着我,我要抓起一台电话机砸向他了,在派出所里这么做很不明智,"我们是来救聂老师的,你到底把她关在什么地方了?"

"聂老师是谁?"

"香港回归的晚上,你开出租车在国际饭店门口,拉上我和一个年轻女人。她穿着红裙子,长头发,很漂亮。"

"我记得……从国际饭店开到苏州河边,车子出了些问题,我打开引擎盖检查,你们就下车跑了,而且没付车钱,我拦都拦不住。"

这句话让我噎住了。当时我只想拉着聂倩逃命,忘了还有出租车费这回事。但我不能示弱,邪不胜正,必须把凶手嚣张的气焰打压下去:"但你并没有死心。那天凌晨,你又潜入聂老师的宿舍,爬上二楼,打破窗户,将她绑架走了。你把她塞在出租车后备厢里,把她送到崇明岛,藏在你家的地窖。"

"那天晚上,你们是我做的最后一单生意。碰上赖账的,我觉得很晦气，早早回了车队，看了香港回归的电视直播，许多人都可以为我证明。7月2日，有个派出所民警来找我，问我6月30晚上和7月1日凌晨在干吗，我实话实说。他把我带到市公安局。我被审问了一晚上，天亮才放出来。我们车队所有司机都被问过了。"

我狐疑地看着夏海，他说的派出所民警自然是田跃进。但送到市公安局，还有审问了一晚上，却是我不知道的。我回头看了田小麦，她皱起眉头说："那是刑侦总队，以前我爸工作的地方。如果审问一晚上放了，说明警察没有证据，或者根本不是罪犯。"

"这不可能，现在的警察都在吃屎吗？"我要跟马景涛一样捶胸顿足了，再次说话不经大脑思考。民警小张指着我的鼻子说，在骂谁呢？幸好他很文明，没对我动手。这岛上的警察不像是警察，更像中学教导主任。

夏海抱起肩膀坐下："7月4日，你是不是来过我们车队？我接到调度的对讲机回来，说有人丢了东西在我车上。我回到公司宿舍，看到你躺在我的床上睡觉。"

"对，我是来找你这个凶手的。你的床上是不是有迷药，让我昏睡过去？"

"我有严重的失眠，整夜睡不着觉，所以我很适合做出租车司机。"夏海恬不知耻地笑了，"我在枕头里放了熏香，岛上一个老中医给我配的，用了许多中草药，尤其是栀子花。只要脑袋一沾上枕头，几分钟就睡着了，而且睡得很死，除非用闹钟。"

"用记号笔在肚子上写字也能把我惊醒。"我腆着脸皮说出来,不怕被同伴们笑话。

"你是谁?你一直没回答我的问题。"夏海的眼神令人作呕,"对不起,我只是想吓唬你一下,让你不要再来骚扰我了。我是无辜的,公安局能为我证明,否则干吗放我走呢?"

民警小张又把调解协议书放到我和夏海中间。他说夏海是个好人,不追究你们私闯民宅的责任,也不要求赔偿打碎的窗玻璃。还有啊,那块稻田刚栽下秧苗,被你们破坏了一大半,本该赔偿几百块青苗费,夏海说全部由他一个人承担。小张说算我们运气好,要是碰到农村的刁民啊,我们六个人可就惨了。

我说我不签,我是未成年人,签了也没法律效力。民警小张把面孔一板,说打电话通知你们的家长来岛上签字。

"好,你们先通知一个人的家长吧。"我回头指着田小麦,"我要找你爸!"

"你要害死我?"田小麦已换上一身水手服,胸前打着鲜红的领结,红领巾似的。

"最惨的不是你。要是你爸知道我带你上了崇明岛,还把你弄到派出所,他肯定会打死我的。但我不在乎了。宁愿让他打死我,也不能把凶手放走。"我在她眼前的形象一定是大义凛然视死如归的。

田小麦双手捏着衣角,点头同意。她走到民警老王跟前,说她爸也是派出所民警,名叫田跃进,现在市公安局轮训,能不能打电话到训练基地？老王打了个哈欠，放下烟，那你早说啊。那年头要找一个人并不容易。老王打了三个电话，当中转过几次却找不到人。田小麦又打了 CALL 机。等了半个钟头，田跃进的回电来了。

我和田小麦的大腿都在发抖。民警老王跟田跃进在电话里说了几句。老王把电话交给我。我愣了一下，又看一眼田小麦，她用力推我一把。不能在女孩子面前丢脸，我硬着头皮接过电话，就像接过一枚手榴弹，缓缓放到耳边。

我原以为会听到怒吼和咆哮，仿佛隔着电波和听筒伸出一只手来，掐住我的脖子直到口吐白沫。但我听到一个中年男人冷静的声音："听我说，是我向市公安局刑侦总队提供了夏海的消息。经过专案组的调查，已经排除了夏海的作案嫌疑。因为他不具备作案时间，有太多证人可以证明。他不是凶手，他跟聂老师的失踪无关。"

田跃进在控制情绪，每句话都是慢条斯理，仿佛在吃一个大闸蟹，扯下蟹腿挑出蟹肉打开盖头敲骨吸髓。我又看一眼夏海，他坐在派出所的角落，看着《参考消息》喝着茶，不时抬眼瞄我。

田跃进说："让小麦接电话。"

"但你要答应我一个条件。"

"让她接电话！"田跃进终于咆哮了，我打赌整个派出所都能听到电话里的声音。

田小麦把头埋在白雪怀里。我握着听筒的手在发抖，但我挺直后背说:"你不准骂她。只要你答应,我就把电话给她,不然马上挂电话。"

"我答应。"

我把电话塞给田小麦,但她不敢接。我在她耳边说:"如果他对你凶,我立刻拔电话线。"

"嗯。"田小麦怯生生接过电话。我把耳朵凑在听筒边,我的额头与她的侧脸撞在一起,许多头发丝缠绕在我的耳朵上。俞超和小犹太在旁边看得都吃醋了。

"小麦,我现在不骂你。你受伤了吗?有人欺负过你吗?"田跃进的声音很冷静,像冰块掉进可乐,只冒出几个泡泡。

田小麦看了我们所有人,包括房间另一头的夏海:"没有,爸爸,我没事。我的朋友都很好,这里的派出所民警也很好。"

老民警和小民警都点点头。我听到田跃进关照女儿:"好,你现在听着,你跟你的朋友们,必须留在派出所,哪里都不要去。记住了吗?爸爸现在就从训练基地出发,到崇明岛来接你们回家。请民警叔叔接电话吧。"

田小麦诺了一声,把电话交给老民警。老王跟田跃进聊了几句便挂了电话。

夏海在调解协议书上签字,剩下的留给田跃进来签。夏海跟我说了声"有缘自会再见"。说罢,他堂而皇之地走出派出所。

有缘自会再见?俞超嘴里咀嚼这这句话,仿佛很有古希腊哲理。白雪吐了口唾沫,只说放他娘的狗屁。我咬牙切齿看夏海远去，恨不能食其肉寝之皮，就像汉尼拔博士。我仍然相信他是凶手，利用出租车绑架杀害了多名年轻女性。可惜田跃进和专案组都瞎了眼。

老民警去镇上买了早餐——八宝粥，崇明糕，油条，每人一袋牛奶，他还提供了抽屉里私藏的一瓶醉蟹。他对田小麦格外优待，毕竟是同行的女儿。老王说自己也有个女儿，早就出嫁了，现在县城上班，还有个刚读小学的外孙。

吃饱喝足，我们六个人枯坐在派出所。昨晚太神奇，显得此刻平庸无聊。谁都不想说话了，就等着田跃进来把我们接回去。我掏出宝蓝色丝绸封面的日记本，为昨天补写日记。

"你爸什么时候来接我们啊？"小犹太坐到田小麦身边搭讪。他已归心似箭，只盼着快点离开这座岛，回家看他的仓鼠房子，"他会开一辆警车来吧。可我们六个人坐不下吧？"

阿健把小犹太推开："他会开一辆抓犯人的面包车来，把我们关在车后面的铁栏杆里带回上海。"阿健一定享受过这种待遇。

我装作漫不经心地看野眼，其实是观察派出所形势。院里停着几辆警车和自行车。我估计这个派出所原本就没啥事，民警们除了学习上级文件，就是协助计划生育和动拆迁。乡里乡亲彼此熟稔，祖上几代吃同一口锅打同一个娘胎里出来的。这里不是鸡犬相闻，而是放屁都能相闻，别说杀人放火，偷只鸡都能马上抓出来。古人说路不拾遗夜不闭户，并非贩夫走卒皆是圣贤，而是太熟没法下手。城市里全是素不相识的陌生人，加之大量流动人口,楼上楼下老死不相往来,家家户户装了防盗门防盗窗,把自家装修成监狱。

民警老王太老了,若非一根接一根烟,早就坐着睡着了。派出所没有电视机,只有一台收音机。老王保持老年人的习惯,调到上海人民广播电台的频率。他的耳朵不太好,收音机音量颇为刺耳。因为距离市区遥远,信号里像被掺了沙子,又像被风吹得歪歪扭扭。我有机会逃出去的。我必须把聂倩救出来。我有某种含而不露的兴奋,宛如基督山伯爵即将从伊夫岛城堡越狱。电台紧急插播了一条新闻——

"上海中心气象台发布台风红色预警信号。今年第10号台风'白鲸',将于7月13日深夜到7月14日早晨在上海到浙江北部登陆。'白鲸'目前为超强台风级,今早6点中心位于上海东南偏南方向约550公里海面,北纬27度,东经124.4度,中心最大风力17级,中心气压925毫巴,7级风圈半径460~480公里,10级风圈半径180~200公里,12级风圈半径120公里,正以每小时20公里左右速度向西北方向移动。明天本市陆地最大风力可达10级,沿江沿海地区10~12级,伴有暴雨到大暴雨。明天最大降水量可达100~200毫米,最大雨强40~80毫米/小时。预计'白鲸'登陆时强度仍可达到超强台风级,转向北上,强度逐步减弱为热带风暴。市委市政府指示,各级政府及相关部门按照职责做好防台风抢险应急工作。停止室内外大型集会、停课、停业。相关水域水上作业和过往船舶应当回港避风,加固港口设施,防止船舶走锚、搁浅和碰撞。加固或者拆除易被风吹动的搭建物，人员应尽可能待在防风安全的地方。"

派出所一片寂静，女主播毫无生气地念着新闻稿，小民警搔搔脑袋："先是赤潮，又是台风，这两天有得好忙了！"

老民警接过徒弟递来的烟，看着窗外阴沉的天空："二十年前，1977年夏天，崇明岛东滩围垦也碰到赤潮，直到一场超强台风……"他关掉收音机和电风扇，窗外的风够凉爽了。我居然听懂了他们的对话，大概是这两天被岛民们的语言耳濡目染之故。

小犹太凑到我身边说："困在派出所太无聊了，我们下四国吧。"

这小子把四国军棋都带来了。他从旅行包里掏出厚厚一盒棋子，借用派出所的办公桌，摊开一张塑料布的棋纸。我和俞超搭档，小犹太和阿健搭档，白雪做公证人。田小麦不会军旗，但也好奇地坐在我身边。小民警抱着茶杯过来，饶有兴趣地观赏我们排兵布阵，显然他也精于此道。但我的心思不在棋上，开局就损折大将，司令被炸，军长被活吃，炸弹被飞工兵，对面的俞超面色发白。我已输得丢盔卸甲，军旗被小犹太的排长攻占，俞超只得认输。

民警小张看得摩拳擦掌，他说我棋力不济，不如换他上来一战。我把座位让给他，小张跟俞超搭档，而我做起公证人观察全局。小民警竟是军棋界的高手，布局卓尔不凡，行棋滴水不漏，把对手和对家的棋路判断得一清二楚。关键是他记性好，每个棋子都记在心头,焉有不胜之理?虽然俞超先被灭,但小民警以一敌二,丝毫不落下风,最后巧用工兵,偷袭阿健军旗得手。小犹太乱了方寸,垂死搏命,军长撞上地雷而灭亡。老王趴在桌上,昨晚一宿未眠,已是鼾声如雷。师傅睡了,徒弟却很精神。小张说在公安专科学校读书时,每晚都要在宿舍下两局。毕业后分配回岛上的派出所,他再也找不到棋搭子,技痒了好几年。

我是公证人,自然多了跟棋手聊天的特权。趁着老民警打呼噜,我说起上个月在崇明岛岸边发现三具女孩的尸体。小张随口说:"其中一个被害人,在我们派出所辖区发现的。尸体被潮汐推到大堤外的沙洲。我亲眼看到是个年轻姑娘,刚死没多久,像在水里睡着了。没什么好保密的,我们辖区十年没出过杀人案,几千人跑到大堤上看热闹。"

"凶手为啥要这样抛尸呢?"俞超跟我有许多相同爱好,"崇明岛那么空旷,挖坑埋了多简单啊?那么快让警察找到尸体,不是很容易被抓到吗?"

俞超的想法很有意思。我勾着他的肩膀说:"凶手是故意的,他把作案习惯告诉警方,告诉报纸和电视台。"

"就像开膛手杰克,生怕警方不知道,还要写匿名信?"连小犹太都知道开膛手,他赶紧捂住嘴,好像把这名字说出口,就会召唤出杰克的亡灵,坠入1888年的伦敦黑夜。

民警小张说:"凶手很清楚崇明岛的潮汐和海流规律,他故意让警方很快找到尸体,像一场猫捉老鼠的游戏。我们成了老鼠,而凶手成了猫。"

我在心里挥了挥拳头："这次出门前，我去图书馆查了许多历史和地理书，长江口的水文环境，还有潮汐非常复杂，一般人很难掌握。凶手要么是在崇明岛土生土长，要么是在岛上的海岸边待过很多年。"

"我看到吴淞和南门港码头上有许多警察，怕是在搜索可疑车辆的后备厢？"田小麦都说话了，警察的女儿对这种细节颇为敏感，"专案组一定把目标锁定在崇明岛上了。"

我怒气冲冲地对小民警说："对啊，凶手却在你们眼皮底下被放走了！"

小张抱着茶缸退后，指着墙上的崇明地图："我不认为凶手在我们派出所辖区。虽然，我们这边发现过一具被害人遗体，但抛尸地点应该在东海岸。"

"长江从西到东入海，难道尸体还会逆流而上？"我提出了一个常识性问题。

"潮汐会逆流而上。"民警小张也告诉了我一个常识性答案，"凶手选择在晚间涨潮时抛尸。最高潮位时，尸体就会被冲到崇明岛南部岸线。每次发现被害人遗体，都是在早上五六点钟，渔民出海的时候，正好碰上日出。根据死亡时间与在水中浸泡时间反推，抛尸地点应在崇明岛东海岸。"

白雪都夸了他一句："你真厉害！"

小民警说自己是渔民的儿子，他爸现在还每天出海打鱼呢。

他拿出铅笔,在地图上的崇明岛东海岸最南端,也是长江口与东海的交汇点上打了个大叉,又往左上方画出一条直线,经过崇明岛南部岸线。这条线恰好也是潮汐的流动方向。小张在直线上画了很多小圈圈,他说长江口潮汐有旋转流。如果傍晚把一个人抛入海中,很可能会在子夜时分,冲回到上游十几公里外的岸上。

"再来看七姑娘村。"小张在地图上画出村子地点,果然是大白鲸的心脏,几乎处于卵蛋与头顶之间正中,长条形大岛的偏东部,"你们看,从村子到海岸线将近十公里。那个村子人烟稠密,每家每户都互相认识,包括夏海家里,藏人并不容易。被害人最可能藏在东海岸的知青农场附近。"

"在这里?"我抓起小民警手里的铅笔,在地图上围绕崇明岛画出一头大白鲸。小张所画的大叉,恰好位于鲸鱼头顶下面的嘴部,仿佛要吞吐整个东海。

"那边非常荒凉,二十年前还是大海,全是知青们围垦出来的土地。现在还是人烟稀少的滩涂。除了农场职工,几乎没有本地人。还有很多稻田和鱼塘,承包给外来人员,成分比较复杂。公安局已经把搜索范围扩大到东海岸了。"小张望向窗外的苍穹,"不过嘛,该死的超强台风来了,搜索必须要暂停了。"

最后一句音量放大,惊醒酣睡中的老民警。他打了个喷嚏坐起,盯着徒弟嚷道:"哈么是?"小张给师傅递了一支烟。老王看到墙上的地图,崇明岛被我画成一头鲸鱼,嘴巴上还有个大叉。师徒俩用崇明话说了几句,我猜都能猜出来,老王在警告嘴上没毛的徒弟，不要在小孩子面前瞎说话。

午饭时间到，老王去镇上买了八份盒饭回来，还给我们添了一锅米饭。他说十六七岁的小伙子们长身体，必须多吃点，哪像他是等着退休的老棺材。刚吃完，老民警接了一个电话。县公安局打来的，超级台风即将登陆，县领导要视察派出所辖区的大堤。老王和小张务必立即赶到现场执勤，疏散沿江沿海人员。小民警说，所里不能没人啊。老民警打电话给一个在家休假的民警，让他立即赶回派出所值班。休假民警家在农村，赶回镇上没那么快。师徒俩焦等片刻，再看手表，县领导快到大堤了，赶不上的话要吃处分。老王紧急拖着小张出门，戴上全套装备坐进警车，打开闪烁的警灯。六个孩子出去送别，好像我们才是派出所的主人。小张摇下车窗，关照我们务必留在派出所，哪里都不要去，他的同事很快就到。

只剩下我们六个人了。小犹太重新铺开棋纸，继续四国大战，说不定一盘棋没下完民警就到了。至于田跃进，按照车程估算，他已到了吴淞码头，若能赶上午后那班渡轮，天黑前就能接我们回家。田小麦撸掉已经摆好的棋子嚷道："我不要等我爸！我要离开派出所。"

"你害怕你爸来骂你？"小犹太趴在地上一个个捡起棋子，心疼他特意摆出的"手枪雷"。

"我还没看到大海呢！"田小麦打开窗户，眺望围墙和屋顶，"我们为什么来崇明岛？不是说好了来看海吗？我们走了足足两天，骑行一百多公里，怎能半途而废？"

"我也不想待在派出所，像个贼似的。"一直沉默的阿健起身，穿着警察的篮球背心，"我爸妈就是在崇明岛的知青农场认识的，他们在农场结婚，在农场把我生出来。我一定要亲眼看看我出生的地方。"

白雪也起身搭着我的胳膊说："我这辈子还没见过海呢。"

"看海？"小犹太提醒一句，"你们疯了吗？明天晚上，台风就要在崇明岛登陆了！"

我指了指地图上的鲸鱼头说："我们距离海岸线不远，现在出发的话，下午就能赶到，还差24小时呢。"

"怎么去？自行车都没了！"俞超还在为他的捷安特山地车而懊恼。

"总能想到办法。"阿健从办公桌上跳下来，"现在就出发吧！那个乡下民警，说不定就快到镇上了。等他到了派出所，我们就真的走不掉了，说不定还会被他关起来。"

小犹太抱着脑袋哀叹："我都认识了一群什么样的朋友啊！"

"你一个人留下吧，等着田小麦的爸爸。"我拍拍他的肩膀，检查一遍旅行包，在派出所里灌了两瓶水。

阿健和白雪跟我并排走出大门，俞超和田小麦也跟上来了。但我回头说："小麦，请你留下，不要再跟着我们。"

"你们去哪里，我也去哪里！"田小麦直勾勾盯着我的眼睛，仿佛要在我的鼻子上盯出个洞眼来，"否则的话，我就打电话报警，让派出所的民警来抓你们。"

"你……"我这辈子还没打过女孩子，冤家啊。

"让小麦跟我们一起走吧。"白雪挽住我的胳膊撒娇，"不然让我一个女孩子跟着你们几个男生，多不方便啊？"这当然是借口，白雪才不会为这种事感到不方便呢。女厕所排队时，她会大大方方地闯进男厕所，在男厕的蹲坑上解决问题，吓得男生们落荒而逃。

我感觉自己像吃了两斤大便，凑近田小麦的耳边说："我做好被你爸打死的准备了。"

五个人走出派出所，正要分辨方向，背后响起小犹太的声音："等等我！"他背着包，跌跌撞撞冲出来。他说要是等田跃进来了，发现只有他一个人，其他五个人，尤其田小麦都不见了，他怕是要第一个被打死。

穿过破落的小镇，我们凑了点钱，买了手电筒和蛋糕面包，向东南方向出发。但仅靠两条腿，恐怕明天都走不到东海岸。阿健准备去偷几辆自行车，被我阻止了。我们是来救人的，不是来做贼的。我们走到公路边，想等长途汽车。但一天只有两班，上午那班早就过了，下午要等到四点。那种长途车屁股后面冒着黑烟，龟爬般速度，路边有人招手就会停，开到知青农场怕是天黑了。

阿健拍拍胸脯：顺风车！他走到公路边，像美国电影那样举起大拇指。这条路本来车流稀少，加上台风将近，几分钟才来一辆，看到阿健非但不停，反而按着喇叭加速通过。我爸告诉过我，卡车司机既有好人，也有非常糟糕的坏人甚至变态。想想也是，走在漫长的公路上，前不着村，后不着店，只有一望无际的地平线，要么是大山和沙漠，远离家人十天半个月，难免会有奇奇怪怪的念头。我怀疑我爸也有些不为人知的小变态和秘密。但对驾驶员来说，搭载陌生人更可怕。说不定会碰到车匪路霸，不但被抢走一车的货物，还得搭上自己性命。反正我爸碰到路边搭车的，一律鸣笛加速通过。除了有次跑新疆，从哈密到吐鲁番的路上，他碰到个路边快要渴死的女人。我爸开出去十几公里，忽地心软，掉头回来，给她喂了几口水，才知道她遇到绑票，自己从绑匪车上逃下来了。我爸带着她上路，一直送到乌鲁木齐。我爸回家后挨了我妈的骂，谁知道这故事是真是假？大漠中的女子又是人是鬼？

我白痴般地笑起来，好像这座大岛上的公路，正在纵贯茫茫的天山大漠，绿茵与稻田灰飞烟灭，只剩亘古寂寥的万顷黄沙。阿健还坚持在路边拦车，小犹太和俞超坐在地上休息，白雪和田小麦却在田野里摘野花呢。

眼看穿着篮球背心的阿健还傻站在公路上，白雪笑着说："哎呀，你这样分明是个打劫的，谁还敢停车？换我来吧。"她把头发披散开来，袅袅婷婷地摆出个姿势，又把T恤领口拉低，炫耀牛仔短裤下雪白的长腿，更像公路上招揽生意的野鸡。但确实有效，好几辆车经过都放慢车速，但司机看到还有几个少年，以为有"仙人跳",便加大油门开走了。

白雪让我们都躲到路边的树丛里。果然,有一辆白色金杯面包车停下。司机摇下车窗,露出一张海边的紫红色脸膛。白雪靠在车窗边说:"大叔啊,我的自行车被偷走了,能不能搭车去知青农场?谢谢你哦。"

"上来吧,小姑娘。"司机打开另一边车门。

白雪笑嘻嘻地跳上副驾驶座,又说请等一等。我们五个人从小树林里窜出来,拉开金杯面包车的侧拉门。我和田小麦坐上后排座位。阿健、俞超和小犹太只能像货物一样蹲在最后,跟几个黑色的编织袋挤在一块。白雪搭着司机肩膀说:"不好意思啊,大叔,都是我的同学们,能帮个忙吗?"

司机四十岁左右,略微谢顶,无奈点头:"好吧,后边的小朋友坐下不要乱动啊。"

阿健打开那条红双喜,掏出一包烟,让我传递给司机,权作搭车路费。人家也不客气,拆开包装,抽出一根塞嘴里。白雪抓起打火机,识相地为他点烟。他吐出两团烟雾,颇为享受。我们以四十公里的时速,在鲸鱼的灰色脊背上飞驰。白色款的金杯海狮面包车,引进日本丰田的生产线,看似不起眼,却跟桑塔纳一样流行和皮实,肚皮内装得下许多货色。还有人把金杯车改装成客运车,后边装上几排座位,尤似后来的商务车。如果不能坐在德国血统的桑塔纳上兜风,坐在日本血统的金杯车上看野眼也不差的。白雪摇下车窗,照着右后视镜臭美。凉爽的风涌入车内,撩乱了她和田小麦的头发,也撩到我的脸颊和嘴唇上。

"哎呀,好多碟片啊!"俞超在我背后喊道。他们好奇那几个编织袋,打开一看,竟都是盗版碟。一个袋子全是港片,另一个袋子是美国片,还有个袋子什么片子都有,从国产片到老译制片和日本动画片,乃至几百张打着广州白天鹅音像旗号的卡拉OK碟片。

"这个秘密都被你们发现了啊!"司机扔掉嘴里的烟头,从中央后视镜里打量我们。

白雪又发嗲说:"大叔,你是批发盗版碟的?好厉害啊!"

"保密哦,这可不能让警察知道,这两个月管得有些严。"金杯司机对于美少女的夸奖,甘之如饴。白雪又把他夸得像朵花似的,说现在有本事的男人太少了,要么嫖要么赌,哪像卖盗版碟这种辛辛苦苦赚大钱的正经生意。

司机说上海三分之一的盗版碟都是他运输的,货源在全国各地,最大的在广东和福建。现在车里这批货啊,就是从福建深山里的一家工厂运来的。出碟的速度极快,基本上美国好莱坞的新片公映,这边隔一个礼拜就能出枪版,隔一个月能出高质量盗版。

"大叔,这些碟片都是你自己选的吗?"我忍不住好奇问。

"当然啦,我也爱看电影。工厂里的碟片有几万种,除了挑选最新的货色,我还得捡自己喜欢的。有些碟子质量不错,价格也比平常高,赚钱的利润也高啊。"

"有什么可以推荐的吗?"

司机从坐垫底下抽出一盒VCD。封面是个男人面对狂风暴雨，被红黄色光芒笼罩，双手向后伸展，满身污垢，十指摊开，迎风怒吼。我接过这张碟，触摸到司机的那只大手，很热又布满老茧，似曾相识。我读出这张碟的中文片名《刺激1995》，英文 The Shawshank Redemption。

"我看了三遍！美国人越狱的故事，好看得一塌糊涂，老卵！"金杯车司机说这话时，双目直视前方，公路尽头滚动着浓云，仿佛即将抵达太平洋的蔚蓝海岸。

车上响起电话铃声。司机放慢车速，从坐垫下掏出个大哥大。白雪两眼放光，叫了一声"哇"！俞超和阿健也把头凑上来了。大叔接起大哥大，说了几句普通话。听得出是盗版碟的砍价。他很善于做生意，将批发价压到三块八毛。当时每张碟在十块钱以上，最便宜的老港片也要七八块。他在电话里说了送货地点，果然是襄阳路市场。

1997年，手机仍是稀罕物，且都是砖头样的"大哥大"，只有大户才用得起。他的大哥大上有几个字母：NOKIA。俞超说，这是芬兰的品牌，结实耐用很厉害呢。别看这大叔貌不惊人，穿着咸菜样的衬衫，却从盗版碟生意里赚了不少铜钿。金杯车，大哥大，都是靠一张张VCD攒出来的。要不是他握着方向盘和排挡，白雪就要挽着他的胳膊了。她说大叔啊，你那么会做生意啊，肯定去过不少地方吧？

司机点头称是，这辆金杯车开了七年，跑遍了中国。崇明在上海乃至长三角最为破落，岛民要么种田要么捉鱼。崇明岛之于上海，不像郊区之于城市，更像内陆之于沿海。四面环水的中国第三大岛，仿佛镶嵌在江南江北之间的内陆。原本县城有几家电器厂，生产的意大利牌子"远东阿里斯顿"可是抢手货，他就开着面包车倒卖电冰箱。后来电器厂相继倒闭。他又从东北找到货源倒卖药品。他开着金杯车长途行驶，东出山海关，北上长白山，渡过鸭绿江。我说渡过鸭绿江？那不是朝鲜吗？司机说他去过平壤，给缺医少药的朝鲜人民送过中国产的仿制药呢。这两年，他经常往南方跑，因为那边有盗版碟工厂。

大叔不是本地人。二十年前，中学刚毕业，他便从上海大杨浦的工人新村，来到崇明岛的农场插队。渡轮满载几百个知识青年，在县城南门港登岛，经过颠簸崎岖的公路来到东海岸，当年尚是灰茫茫的大海，混合着浊浪滔天的长江水、黄海与东海交界的咸水。当时他想看看东海另一头是什么模样。俞超说，东海那一头是日本，太平洋那一头是美国。司机说很遗憾，他这辈子还没去过日本和美国呢。俞超说，他会去美国的。司机说好啊，美国是个好地方，先从崇明岛开始，以后就是海南岛、台湾岛。你们是早晨八九点钟的太阳，世界是你们的，也是我们的，但归根结底是你们的，你们要走的路还很远，一定要看看世界长什么样。

"大叔，1977年夏天，你参加过崇明岛东海岸围垦填海吗？"我突然问他。坐在白色金杯面包车里，我想起红色桑塔纳出租车里的夏海。

"你们也知道吗？那一年，我才十七岁呢，还是共青团员，差点把命都丢了。"司机拍了拍方向盘，又点一支烟，"不要小看围垦填海啊，那是精卫填海，愚公移山，全靠人的双手和锄头挖泥土，哪有什么机器啊？牲口都没几头。当年那些知青啊，比你们现在大不了几岁。你们多幸福啊。我们在岛上真是苦啊。好几天才能吃一顿肉，每天米饭加青菜，无论小伙子大姑娘，还得干重体力活，嘴巴都淡出了鸟来。"

公路上空飘过几片浓云，像大白鲸头顶的惊涛骇浪，我问道："听说那年有头鲸鱼在围垦滩涂上搁浅了？"

"你怎知道……"

金杯车司机大叔说了一遍大白鲸故事，几乎与出租车司机夏海所说完全相同，且更有现场感。因为他本人就是屠杀鲸鱼的青年突击队一员。他说自己用长矛刺入鲸鱼的眼睛，飙出几十公升的腥臭鲜血，还有鲸鱼的眼泪，吓得他几乎小便失禁。当他说到知青们点火架锅熬制鲸油，整个长江口臭气熏天，白雪和田小麦都把脑袋伸出车窗，几乎要呕吐。

他还多说了一个细节——人们在肢解大白鲸过程中，竟在鲸鱼胃囊内发现了一台洗衣机。虽然外壳锈蚀严重，但能看出不少英文和日本字，原来是日本的东芝牌。知青们都是第一次见到鲸鱼，更是第一次见到洗衣机。他们将这台全自动洗衣机清洗干净，插上变压器和电源，居然还能转动滚筒洗衣服脱水，就此留在农场干活。大家判断这条鲸鱼来自日本，吞下一台被抛弃在近海的旧洗衣机，消化不良，迷失航向，横渡东海搁浅在崇明岛。

"我证明，这件事是真的，洗衣机也是真的。"阿健开腔了，他把头凑到我和田小麦之间，"我听我妈说起过大白鲸的故事。二十年前，我爸和我妈都在围垦造田，他们就是那时候认识的，他们还用过那台大白鲸胃里的洗衣机。"

金杯车司机大叔回头问："你的爸爸妈妈也是崇明岛农场的知青？"

"是啊。"阿健咂巴着嘴，"他们肯定也吃过鲸鱼肉！"

大叔舔了舔嘴唇："然而并不好吃！比牛肉还要老还要硬，又腥又臭的，我这辈子都不想再吃了。据说鲸鱼肉本身就是这个味儿。"

我从后视镜里看到司机发黄的牙齿，还有冷光闪烁的双眼，我一定在哪里见过他？

俞超说："我爸跟我说，他有一次在海上航行，好像在秘鲁的海岸线，碰到过一头大白鲸——可能是某种浅色的蓝鲸或抹香鲸，或者患有白化病——对了，白化病！就像白老虎！那头大白鲸像移动的小岛，突然跃出水面，全速向万吨货轮冲来，竟在钢铁船壳上撞出个凹陷……"

话音未落，金杯面包车急刹车，轮胎发出刺耳尖叫，车头下方"砰"的一声……刚说到轮船跟鲸鱼相撞，我们就撞上了？急刹让我和田小麦撞到驾驶座靠背。白雪直接磕上了挡风玻璃。阿健、俞超还有小犹太都在后面东倒西歪。三个编织袋的盗版VCD

全飞出来了。唯有司机大叔绑着安全带，安然无恙。

　　静默了几秒钟。车子停在公路中央。司机很快反应回来，解下安全带下车。我探身看了眼白雪，她的额头磕出个血包，倒在座位上哼哼唧唧。田小麦没事，阿健从后面爬起来，喘着粗气说："老子命大！撞死人了？"

　　我莫名想起了我爸撞死的流浪汉。金杯车司机跑到车头，蹲下仔细查看，从车轮下拖出一具尸体……白雪和田小麦都捂住眼睛。不过，大叔拖出来的不是一个人，而是一条狗。

　　金杯面包车撞死了一条狗。

　　狗的脑袋被压扁了，四条腿和身体都已折断，仅靠皮肉才连成整体，鲜血流了一大摊。黄色的草狗，学名中华田园犬，岛上许多农家都养了一条。公路上常有这种狗乱窜，司机总得小心避让，但有时速度太快，或者前后有车时，避让会造成更大的车祸，只能狠狠心轧过去。尤其我爸开集卡跑长途，难免会碰到这种晦气事。

　　大叔抓起死狗，拖到公路边的小树丛，拔了几蓬野草覆盖。他索性解开裤腰带，对着埋葬死狗的小树撒了泡尿，毫不避讳车上六个孩子。乡村人随地小便也不奇怪，但对着刚被自己撞死的狗撒尿，却让我和白雪倍感愤怒。大叔似乎憋了好久，这泡尿撒得荡气回肠，水花四溅，声响尤为刺耳。他把这条狗当作"杀坯"，可能也包括面包车上的我们。

　　我眯起双眼，观察他站在路边的背影。司机的个头颇为高大，至少有一米八。我想我见过他。不仅背影,这张面孔,那双又大又热布满老茧的手,还有这辆金杯面包车。大叔撒完尿,又在公路边抽了一支烟,不知哪来的兴致,竟然吹起口哨。公允来说,他的口哨吹得相当不错,竟是"浪奔浪流,万里滔滔江水永不休"的《上海滩》。

趁着他抽烟吹口哨,我把手伸到驾驶座的坐垫里。除了《刺激1995》,我又摸出一张《沉默的羔羊》,封面是红眼睛的朱迪·福斯特,唇上有只张开翅膀的鬼脸飞蛾。7月1日凌晨,聂倩被绑架前,她看了一张同样的VCD,也可能是凶手看的。

是他吗?

香港回归前的深夜,苏州河边的荒凉小道,我带着聂倩逃出红色普桑出租车,遇到一辆面包车路过。我拦下那辆车,请人家司机帮忙,这才赶走了夏海。我记得那路过的司机,一双又大又热布满老茧的手,身材高大魁梧。尽管没有路灯,但面包车的大光灯,照亮了他的半张脸。我从无数濒死的脑细胞中,榨汁机般地重新榨出那张脸来……过去十二天,这张脸,这辆车,仿佛一面隐身的玻璃,被禁闭在我的大脑皮层的暗室内,叠压在夏海的素描画像中,匍匐在红色桑塔纳出租车的轮胎下。

他才是凶手。绑架聂倩并杀害数名女孩的凶手。他是金杯面包车司机,贩运盗版碟为业,对着中华田园犬的尸体撒尿、抽烟,以及吹口哨《上海滩》。

恶心感再次从丹田升起,胃里翻江倒海。我忍不住了,哇的一声张开嘴巴，喷射出中午盒饭的鸡腿和蘑菇，带着胃液酸气倾泻在驾驶座上。几滴呕吐物不可避免地沾上了白雪的大腿，她尖叫着跳下车门。田小麦也捂着嘴想呕吐。金杯车司机大叔转头，叼着烟头向我们走来。还是阿健反应快，拉开面包车侧拉门，拽着我们赶快逃跑。我的呕吐弄脏了驾驶座，司机肯定得让我赔偿，说不定还会找人来教训我们，别忘了他有大哥大啊。

我们抓着旅行包跳下车。额头肿着包的白雪，还在向司机大叔道歉，也被我一把拉走。六个人穿过公路，跳入乱草丛生的野地。幸好没有稻田，没有踩到淤泥。阿健冲在第一个，我落在最后，恐惧地张望公路。金杯车司机没有追过来，而是站在公路边大声呼喊。他是要让我们回去，还是对我呕吐在驾驶座上的不文明行为控诉或咒骂？

阿健觉得岛上处处危险，带着我们继续狂奔。远远离开公路，穿过好几条田埂，至少三排水杉树林，还有两条水渠。空气中有海水的咸味，也许是地图上大白鲸的眼睛，马上要到鲸鱼嘴巴了。田小麦却蹲在地上，一步都走不动了，捂着肚子，额头冒出豆大冷汗。白雪搂着她问："小麦啊？你是不是来大姨妈了？"

十五岁的田小麦红着脸，咬着白雪的耳朵说了两句。白雪瞪大眼睛："不会吧？"

小犹太也倒地不起，仰天摊开一个大字形，气喘吁吁地说跑不动了。白雪踢了踢他说："喂……你也来大姨妈了？"

几个男生都坐倒下来。早已摸不清东南西北。我们不是按照直线跑的,不知道怎么才能回到公路上。没错,崇明岛东头最为荒凉,四处不见人烟,也看不到房屋,只有平坦无垠的荒野。左边长着茂盛的芦苇,走进去剥开芦苇丛,隐藏许多水道,迷宫般曲折。右边是水杉树林,每棵树间距都相等。这一带全是知青围垦出来的,二十多年前,还是长江口的滩涂,怎么可能有天然林?

俞超累得双手撑着草地说:"我们干吗要跑呢?身上不是还有钱吗?掏出来赔偿给司机大叔就行了,说不定他还能继续开车捎我们一程。"

"世上没有后悔药呢!"白雪捂着额头的包,又捶了我胸口一拳,"都是你!干吗偏偏呕吐在驾驶座上?不晓得拉开窗户吐吗?"

"对不起,我是故意的!"

阿健跳了起来:"你疯了?故意的?"

我摸着自己的胃,难受劲还没过去呢:"我知道忍不住要吐了,就故意呕吐在驾驶座上,为了让我们有借口从金杯车上逃跑。"

"为什么?"小犹太拍拍我的后背,"人家司机大叔跟你有仇吗?"

"是的,跟我有仇,跟我们六个人都有仇。"

"怎么回事?"田小麦捂着肚子,拧着眉毛问我,"我爸说得没错吧?"

"我们离聂老师越来越近了!"我的声音在旷野传出去很远,但我不担心被人听到,"她就在这座岛上。绑架她的罪犯,就是开金杯面包车的司机大叔。"

白雪拉着我的胳膊:"你说大叔才是真正的凶手?"

"我故意呕吐在他的驾驶座上,就能装作很自然地逃跑,不会让凶手察觉到我们已经发现了真相。如果让他看出来,我们六个人就是自投罗网。他会给我们绑上石头,装在沙袋里沉入芦苇荡,也许十年二十年都不会被发现……"

白雪用力推了我一把:"你看谁都是凶手!一会儿说人家出租车司机小哥,一会儿又说人家金杯车司机大叔……你满脑子里都是凶手!凶手!凶手!好像你才是最聪明的侦探!我看你才是凶手呢!"

俞超低声说:"因为司机大叔撞死了那条狗,又对着狗撒尿,你觉得他很残忍,就联想到了杀人凶手?"

"对,他撞死了那条狗!"白雪翻脸比翻书还快,她靠着我的肩膀,"你说得没错,金杯车司机大叔就是凶手!"

阿健和小犹太都晕了,问我和白雪变来变去的,到底什么意思。

白雪揉着发红的眼眶回答:"那条狗——跟我小时候养过的黄耳朵一模一样。就是那种土狗,你们叫作草狗。全身黄黄的,耳朵尖尖的,我给它起名叫黄耳朵。"

"嗯,就是中华田园犬。"

"从小学二年级到五年级，黄耳朵陪了我三年。无论走到哪里，我都会牵着这条狗。我们一起在黑龙江边的野地里掏兔子窝，冬天到冰面上玩，我踩着冰刀，它不停摔跤，好玩极了。"白雪的声音像一盆放了好几个月的水，"那年冬天，我妈身体不好，总是咳嗽，发冷。我爸让我去我舅家里住了两天，等到我回来，就看到我的黄耳朵被吊在家门前的杨树上，已经被剥了皮。它被我爸吊死了，做成狗肉煲给我妈进补。我从厨房拿了把菜刀，剁向我爸的胳膊，差点把他的手指头剁下来。到现在我还恨他呢。"

"你看啊，虽然你爸也杀狗，你爸可不是杀人犯啊。"俞超有板有眼地分析，"所以，你不能推导出金杯车司机大叔也是杀人犯。"

"但我感觉到了，聂老师就在前方。"我指向海风吹来之处，芦苇尖尖向我们倒来。台风明晚登陆，夕阳自然看不到了，只余浓云后一团红霞。荒凉的崇明岛东海岸，黑夜本身就能吞噬六个孩子。我说如果走夜路，很可能迷失方向，要么在荒野里打转，越走越远，误入歧途。就算走到海边，我们也什么都看不到，而且黑夜涨潮的大海分外可怕。我决定露营一夜，等天亮再出发。田小麦估计她爸已到达崇明岛，正在满世界搜索他们。我说公安局都忙着防范台风，顾不得我们六个了。小犹太唉声叹气，本来优哉游哉的暑期旅行，竟成了爬雪山过草地的苦难行军。

天黑得像一条黑丝袜，黑得像一件黑礼服，从头到脚将我们笼罩。风从海上吹来，几乎吹散头顶浓云。我惊讶地发现月光。

风云变幻莫测，就像人之将死的回光返照，台风来临前的宁静。阿健又喊肚子饿了，每个人把包打开，吃完最后一点蛋糕。

俞超提醒刚才路过一片瓜田。我们打着手电筒往回走，照出一只只萤火虫，时而飞到头顶，时而闯入腋下。我们都是第一次见到萤火虫，这些小虫子也是第一次见到人类。我随手一挥，便捉到一只。萤火虫在我的掌纹里乱飞，仿佛要撞进我的生命线和爱情线。田小麦问我能把萤火虫给她吗？我让她抓住我的手，但要十分小心，太重会把萤火虫捏死，太轻又会让它飞走。她的手凉凉的，少女的清爽与光滑。我说准备好了吗？一、二、三……我露出四只手指缝，她的五根手指头迅速嵌入。男左女右。我的左手与她的右手，十指相扣。萤火虫在我和她的手掌心之间撞来撞去，痒痒得我们都笑了。盛夏夜里，我看不清田小麦的脸。我的脸颊烧得绯红，也许她也是。我从她的手指缝里抽出手指，萤火虫便留在她的手心。田小麦将拳头放在眼前，像观察天文望远镜般观察手掌心里的小虫子。她如法炮制，将萤火虫传递给白雪。白雪将它传给俞超。俞超传给阿健，最后传给小犹太，却让萤火虫从指缝溜走了。

"你们知道吗？萤火虫的生命很短，五十天从蛹变成飞虫。它们会发光的生命，最多两周，最短三天。我们现在看到的萤火虫，可能是它们生命中的最后时刻。"俞超张开双臂，拥抱萤火虫的海洋。

"啊，它们的生命还剩下几个小时，而我们还要活几十年呢。"

白雪问,"俞超,你说萤火虫为什么要发光?"

"为了交配!"俞超第一次如此直白地说出这个词。

只要有了光,公的萤火虫,母的萤火虫,就能在黑茫茫的夜里互相找到对方,彼此相爱,把短暂一生的精华,交汇成无数颗虫卵,义无反顾地奔向死亡,期待下一次生命的轮回。

千万只正在欢快交配或慷慨赴死的萤火虫,引着我们发现了瓜田。手电筒照出上百颗碧绿的西瓜,差不多都熟了。旁边有个竹竿和塑料布搭的棚子。外围是田埂与芦苇荡,我能听到涨潮的海浪声,却就是看不到海。田小麦问真要偷瓜吗?阿健说这不叫偷,这叫珍惜农民伯伯的劳动成果,你想啊,等到台风一来,与其让这些西瓜被吹上天碎成渣,不如先填饱我们的肚皮,聂老师不是教过我们一个成语"暴殄天物"吗?俞超大笑着说,这叫"暴殄天物",是 tiǎn 不是 jiān。阿健帮我们卸下了"偷瓜"的包袱,总比政治课上说的资本主义大萧条时期把牛奶倒入大海好吧。两个手电筒分成两组人行动。阿健和小犹太、白雪一组,他的力道大,徒手就能掰断藤蔓。我和俞超、田小麦一组,俞超的瑞士军刀轻松割断瓜藤,如同一伙黑夜剪径的强盗,砍下路人的脑袋如同西瓜,把这岛上海岸当作黄泥冈或野猪林。

田小麦一声尖叫,脚底下蹿过一个黑乎乎的小动物。月光下,我几乎看清了那个活物,既不像猫,更不像狗,倒是像放大了的黄鼠狼。阿健也冲过来了,想把那小动物抓住。但它比猫狗都快,皮毛又似油一般滑,反而从我们胯下钻过,躲入西瓜藤蔓之中,不见踪影。

"莫不是猹?"我想起中学语文课本的《故乡》。

猹?大家都摸不着头脑,想到了茶叶的茶,警察的察,找茬的茬……

"反犬旁,检查的查。"

初三上半学期,聂老师教到鲁迅的《故乡》。她让我站起来朗诵一个自然段。她说我的声音好听,普通话标准,特别适合朗诵小说——

"这时候,我的脑里忽然闪出一幅神异的图画来:深蓝的天空中挂着一轮金黄的圆月,下面是海边的沙地,都种着一望无际的碧绿的西瓜,其间有一个十一二岁的少年,项带银圈,手捏一柄钢叉,向一匹猹尽力的刺去,那猹却将身一扭,反从他的胯下逃走了。"

刚才那只小动物,大概就是鲁迅笔下的"猹"。它来偷瓜,我们六个人也来偷瓜,彼此彼此。只可惜,再也见不到戴着银项圈的闰土了。或者说,闰土已经长大了。我吁出一口气,无力地倒在瓜田中,抱着一个婴儿般的大西瓜,仰望头顶金黄的圆月。聂倩还活着吗?

阿健和白雪在瓜田旁边的野地里,堆起许多枯枝败叶,点上一大蓬篝火。我们六个围在篝火边,用瑞士军刀切开西瓜,吃了一顿丰盛的露天西瓜晚餐。无奈西瓜不顶饱,我们每人吃了三个西瓜,肚里满是甜水,今晚要多撒几泡尿了。白雪凑近篝火,说起东北老家的夏天，野地里也是这样空旷寂静。只是植物不同，也没有这股湿润咸涩的海风。她说比起夏天，更喜欢冬天，白雪皑皑永无止境的冬天。阿健说好啊，等到冬天我们跟你去东北，还得我们六个人一块儿去。我和田小麦异口同声说好。俞超说如果还没去美国的话，他就跟我们去。小犹太扭捏半天，便也点头同意。

忽然，那只"狴"又回来了，它发出绿幽幽的目光，是在垂涎觊觎我们吃的瓜？还是对我们六个人好奇？它跟我们对视，并不惧怕，因为没人能抓住它。

白雪嘘了一声："你看它长得像黄鼠狼吧？这不是普通的畜生，而是个仙儿。"

"仙儿？不就是妖精吗？"我想起《西游记》里孙悟空消灭的这个精那个怪的。

"胡黄蟒常，四大仙家，胡家是老大，掌门人是胡三太爷和胡三太奶，就像《笑傲江湖》里五岳剑派大盟主。最好玩的是黄家，翻脸比翻书还快，但腿脚快，能打听事儿。"

"你能问问这只狴，聂老师在哪里？既然它神通广大，说不定都见过聂老师呢。"

"嗨，我可不是出马仙的弟子。我们老家有人打死一只黄鼠狼，很快得了重病，还被黄仙上了身，整天说我没偷吃你家的鸡干吗打我，后来请了出马仙弟子才把黄仙请走。"

"白雪，那你给我算算命吧！"阿健伸出自己左手，摊开掌心。

"得了吧,我早就看过你的手相。你是个通关手。"白雪在他手心里划了几道,"你看看,生命线、智慧线、感情线三条线的起点相接,又叫断掌。"

阿健颇为自得:"听说这种手打人最要命呢,怪不得我打架最厉害啊。"

"还有啊,你的生命线有点弱。"白雪给他泼了盆冷水。

"打打杀杀,迟早挂了。我也不想老了以后,既不能喝酒抽烟,也不能泡妞赌博,不如早死早超生。"阿健又啃了个西瓜。

下一个是小犹太。借着篝火的暖光,白雪仔细瞧他的掌纹,摇头说:"妈的,你的生命线够长的啊。开头有链形纹,小时候经常生病吧?还有岛纹,你得住院好几次。但你就是命长,跟阿健恰好相反,我看你能活到二十二世纪。"

"二十二世纪?2100年?现在二十一世纪都没到呢!"小犹太欣喜若狂,要不是身上没几个钱,早就打赏算命的了,"我能活120岁……我才是赢到最后的那个人。"

接着是俞超,他的左手被白雪攥紧,似乎不是算命,而是吃豆腐。俞超长得漂亮,无论走到哪里,女生们都会多看他几眼。经常让白雪看得发了呆,丢了魂,丧了魄。俞超把手抽回来说,你到底看不看啊?白雪说在看面相呢。他们几乎脸对脸,鼻子对鼻子,火光照得鼻尖都冒油了。

白雪缩回来唉声叹气:"你啊,迟早远走高飞,我们再也见不到你了。"

"这么说,我一定能通过托福考试去美国了。"俞超抓着我们几个人的手,"无论去天涯海角,我都不会忘了你们,不会忘了今晚。"

轮到我了。白雪早就看过我的手相,说我命中大富大贵。她又盯着我的脸看,伸出细长手指,撩拨我的左边眉毛说:"嘿……你的眉毛里藏着一颗痣呢!"

"怎么说?"

"古书上说,痣是宜藏不宜露。"白雪举着手电筒照我的眉毛,好像要把我的这颗痣活吃了似的,"你这眉中痣又称'眉里藏珠',说明你有大智慧。尤其是左眉藏痣,男人有财运,女人则旺夫。"

看完我的面相,白雪又盯着田小麦,啧啧叹息:"哎呀,小麦啊,你要听真话还是假话?"

"没事,你说吧,反正这些东西我也不相信。"田小麦反倒给她一个微笑。

白雪干咳两声,瘪着嘴说:"你的命啊,孤苦伶仃,父运、母运、夫运都不好。"此话一出,大家都下意识地离田小麦挪远了些。只有我纹丝不动,小犹太又挪了回来。

"母运我承认,我妈早早地去世了。父运嘛,我爸因为我,工作很不顺利。夫运?我想得还没那么远。"田小麦看着我们几个男生说,"不过你们放心,等我长大,不会找你们当中任何一个做我老公的。"

阿健、俞超和小犹太都搔搔脑袋,颇为尴尬,我却注意到她的前半句:"小麦,你说你爸因为你而工作很不顺利?"

她往篝火里扔了一把枯树枝,发出清脆的噼啪声:"你知道,我爸原本是专门破杀人案的刑警。我妈离开的时候,他在外地抓捕一个杀人犯,都没来得及赶回医院看最后一眼。"

我往后缩了缩说:"这是他的工作。"

"你不是讨厌我爸吗?"田小麦喷射出淡淡的怨恨,"可你知道他为什么会在派出所做民警吗?"

"我很想知道。又不敢问。"

"就是那个寄匿名信恐吓我的家伙。今年春天,我爸通过邮政局的关系,用上一些侦查手段,终于找到了寄信人。他是我爸当年抓过的罪犯,劳改了十多年刚出来,在我放学路上跟踪我偷拍照片。我爸狠狠揍了他一顿,下手么重了点,打断了三根肋骨,直到大小便失禁。我爸遭了处分,按照对方受伤程度,他是要吃官司的,还好局长保住了我爸那身衣服。但报纸上报道了这件事,我爸不能待在刑侦支队了,发配到离家最近的派出所做了民警。那个寄匿名信的坏蛋,在医院里躺了三个月,上个礼拜刚出院。"

"今年暑假,你爸不准你出门,就是怕那个畜生来找你报复?"

"嗯,我爸说了,如果再碰到那个人,就算连派出所民警都干不成,也会再揍他一顿。"田小麦看着瓜棚上方的夜空,"你们说,是不是我害了我爸呢?他再也不能抓杀人犯了。他天天去派出所,给办户口和身份证的盖图章,调解邻里纠纷和夫妻打架,登记丢自行车的报案……"

"你爸没做错,他只是运气不好。"

我不知该怎么安慰她。7月1日,我在派出所第一次碰到田跃进,他就陪我去了聂倩失踪的现场。这已超出了他的职权,我想他既是在帮助战友的儿子,也想再过一把刑警破杀人案的瘾。我听说一旦做过刑警,破过杀人案就会上瘾,特别享受抓获凶手的成就感。田跃进做了一辈子刑警,破了一辈子杀人案。当他只能做一个派出所民警,就像一只会捉老鼠的猫,只能煨在灶头吃鱼骨头。田小麦直勾勾盯着篝火,仿佛她爸在火苗中忽隐忽现。

"小麦,明天一早,我们不去看海了。"我看着火光在她脸上涂抹的那层金黄,小姑娘的汗毛像无数只发光的萤火虫。于是,我做了另一个决定,"我们回派出所,把你送到你爸身边。"

"喂,你不去救聂老师了?"白雪撞了撞我的肩膀,"明天是7月13日,你不是说,那是聂老师的最后两天吗?"

"谁知道呢?也许老师已经死了,也许老师还活着,但根本不在崇明岛上。也许小麦爸爸的判断是对的,就像夏海不是凶手。也许我全都错了!唯一没错的是,我们都还活着。小麦,这才是重要的。还有白雪、俞超、阿健、小犹太,你们都在我身边。我们六个人渡过长江,从崇明岛的那一头走到这一头,钻进我们心目中凶手的地窖,你们都很勇敢,不觉得这很了不起吗?"

隔着篝火,我看着他们的眼睛。我的眼底有些发热,像被泼进一杯热开水,不晓得是火苗太旺,还是因为别的什么。我觉得自己有些冷血,对于聂老师。

"好吧,明天一早,我们就回派出所,也能避开超强台风。"阿健站起来,挥了挥拳头,"但是,我要先看到大海,看一眼,留个纪念,马上走。"

白雪也跟了一句:"是啊,我也要看一眼大海。"

"太好了。"小犹太长吁一口气,"下午那个司机大叔,你说他是凶手,真是吓死我了。"

"警察会救出聂老师的,我们非但帮不上忙,反而添乱,就像昨晚。"俞超自顾自说。

田小麦却不说话。静谧的荒野,除了星辰月亮,只剩下风声和海浪声。一辆自行车从田埂上骑来。后面捆着高脚凳,大梁绑着扁担,篮筐里还有红布包袱。那匹"猹"又出现了,黑乎乎地窜过田埂。自行车避让不及,摔入瓜田,馨铃咣当地响。

什么人半夜骑自行车,还要带上一家一当逃难?我们跳入瓜田,搀扶起一个中年男人,长头发,瘦高个,脸上有痣,浓浓的口音。他说自己是个艺人,在附近演出扁担戏,听说台风即将登陆,连夜撤退。不巧自行车摔断了链条,他决定今宵在瓜田露宿。他说崇明岛很大,人烟却不多,能在山雨欲来的荒野,碰到我们六个中学生,乃是命中注定的缘分。

男人打开红布包袱,变戏法似的搭出个小舞台,幕布是中国古代的山水风光。他掏出两个人偶:一个红脸武将,五绺长髯,身着绿袍,手持青龙偃月刀;另一个却是红罗裙的美妇人。他坐上高脚凳，扁担与地面垂直，上部撑起小舞台，下部插入高脚凳。武将在左手，贵妇在右手，就像木偶戏。响起一阵锣钹声，农村社戏般热闹。武将的独白，雄浑有力，气壮山河；贵妇的唱词，竟是娇滴滴的女人尖细嗓音……

白雪听得呆了，这不是反串吗？我说红脸武将是关二爷，白脸贵妇是刘夫人。关云长保护两位嫂夫人逃出曹营，过五关斩六将，千里走单骑，直到古城会。乡野锣钹与唱词声中，舞台帷幔铺满瓜田，蔓延到东海岸，最后是整个大岛。幕布上的高山大河，化作长江东海，围成十面埋伏。关公骑着赤兔马，斩颜良、诛文丑，秉烛夜读《左传》……

最后一声锣钹，曲终人未散。男人放下小舞台，抽出扁担，收起人偶。他说崇明岛的扁担戏，来自清朝嘉庆年间一位苏州大师，挑着扁担，一头高脚凳，一头红布包袱，在岛上走村串乡表演，传到他身上已是第五代。他还会《武松夜战蜈蚣岭》《薛仁贵大破摩天岭》《罗通扫北》，最拿手的是《西游记》。

我邀他坐下烤火吃西瓜，全然忘了我们都是偷瓜贼。男人拒绝了阿健的烟，从包袱里掏出一壶小酒，倒在搪瓷杯里跟我们分享。阿健喝一口，舌头发辣，惊觉是高度数白酒，而非岛上米酒。四个少男，一双少女，平均年方二八。扁担戏艺人却不知多少岁了。围着火炉吃西瓜，痛饮半是酒精的烈酒，颇有古时行走江湖的气概，又像野店荒林里威风的沙子龙。

我虽滴酒未入，却来了兴致，取出包里两截笛子，旋转拧接，覆好笛膜，悠悠吹出一曲《鹧鸪飞》。得名于李白的"越王勾践破吴归，义士还乡尽锦衣。宫女如花满春殿，只今惟有鹧鸪飞"。台风欲来，浓云惨雾，又将明月遮了。笛声能及的十公里内，只有六个少男少女、扁担戏的关云长与刘皇嫂、黄大仙化身的"獚"。我从肺叶、丹田以及大脑里运气。六个音孔飞出六只鹧鸪，四雄二雌，飞过吴山越水，飞过松郡九峰与吴淞江口，在春江花月夜间乘风扶摇。我看到自己浑身长出羽毛，脸上装饰着黑褐色、棕栗色与橙色斑纹，身上覆盖黑羽，刺绣般缀着卵圆色白斑。我们围着篝火、瓜田与萤火虫而飞，围着千里走单骑而飞，围着鲸鱼形状的大岛而飞，围着中国内陆十三省份万里跋涉来的泥沙大地而飞……

一曲终了。深藏功与名。扁担戏艺人沉吟道："地暖无秋色，江晴有暮晖。空馀蝉嘒嘒，犹向客依依。村小犬相护，沙平僧独归。欲成西北望，又见鹧鸪飞。"说罢，他头枕红布包袱，背倚扁担与高脚凳，缩在瓜棚下，和衣而眠。

已近子夜。俞超没能看到星星，颇为遗憾地说："知道吗？人们看到的许多星星，都是几百年到几万年前发出的光。有的恒星早已死亡，生前的光却会走几百年的路，来到地球上，来到你的眼前。"

"就像有些人死了，但是记忆还在——在别人的记忆里。"田小麦看了我一眼，即将要永远留在我的记忆里。

"你们看过《英雄本色》吗？"阿健也躺下了，张开双臂说，

"天空每划过一颗流星,就会有一个人死去。"

我的左手牵着俞超,右手牵着田小麦,田小麦的右手牵着白雪,白雪的右手牵着阿健,阿健的右手牵着小犹太,小犹太的右手又牵着我的左手……我们六个人,躺在暗夜无星的苍穹下,围成六芒星般的圆圈。浓云上的星辰,仿佛添加在我们身上熠熠生光。整条鲸鱼形状的大岛,在超强台风"白鲸"的淫威下黯淡无光。唯独东海岸最前线的某个角落,升起一蓬又一蓬火树银花,像一百万只萤火虫交配狂欢,一万只飞蛾扑火升华,视死如归,光芒万丈。

## 十二

十六岁，在我生命的黎明，我以为夏天永远不会过去，就像这座大岛走不到头，我们六个人的好日子也永无止境。三年前的暑假，我爸拉着一个集装箱，带我出门远行。我们跨过南京长江大桥，跨过淮河大桥，在一望无际的黄淮平原上风驰电掣。炎热的盛夏，公路两边尘土滚滚，天空干净明朗，夕阳伸手可触。鲜红的擎天柱车头拉风极了。驾驶室里混合着机油味、汽油味以及男人的汗臭味、烟草味、发馊的米饭味，却让我甘之如饴。集卡穿过洛阳、潼关，进入八月的关中。我看到了秦始皇陵、兵马俑，登上白鹿原，眺望终南山，直达居大不易的长安。我爸开车穿越西安城墙，将我带到唐朝大明宫遗址前。昔日雕栏玉砌的宫墙，倾圮崩坏了一千年，变作一片集装箱堆场。我正在看蔡东藩的《中国历代通俗演义》，满目尽是李世民与武则天，李隆基与杨贵妃，还有李白的"长安如梦里，何日是归期"。我爸跳下擎天柱集卡，掏出一支笛子，吹奏古曲《鹧鸪飞》——我爸在黑龙江当兵时，跟着高炮62师的文艺兵学来的，那是个杭州来的女兵，后来被美国飞机投下的凝固汽油弹烧死，坟茔至今仍在越南太原的烈士公墓。当时我尚不知道这个故事，眼前只有大明宫与含元殿，仿佛在笛声伴奏下，无数个集装箱上升飘浮到半空，积木般重新拼接组装，搭成一座巍峨堂皇的宫殿。但这奇观或幻觉只持续了一分钟，便在二十世纪的天空崩塌碎裂，而我趴在荒烟蔓草间大哭一场……

天亮时，雨终于垮下来了。像云端倾倒了一大捧爆米花，清脆地砸在瓜棚的塑料布上。瓜棚太小，我们六个人太挤。我是被雨淋醒的，也是被成群结队的蚊子咬醒的。俞超、小犹太和阿健都醒了，拼命挠着身上的蚊子块。白雪披着头发躲到芦苇荡。我发誓不是故意偷看，无奈风雨太孟浪，调皮地掀开芦苇间的缝隙，露出她光滑的后背，还有黑黑的腋毛。

扁担戏艺人不见了。自行车、扁担、高脚凳、红布包袱，连同他的锣钹与唱词，全都上穷碧落下黄泉，两处茫茫皆不见。瓜棚里多了六件雨披，黑白黄红蓝绿六种颜色。骑自行车带雨披是平常事，但一个人带六件雨披，而且不同颜色倒是稀罕。我想，扁担戏艺人离别之时，大概已下起小雨，他才特意留下这些雨披。我会心一笑，昨晚瓜田一聚，亦是缘分一种。可他是怎么走的呢？一个人推着断了链条的自行车，本事挺大的。小犹太说，难道昨晚碰到的是个鬼？想想也奇怪，半夜来了一个唱戏的，公路不走，偏偏要走荒野田埂？

"田小麦去哪里了？"阿健提醒一句。

我想她是跟白雪在一起洗漱更衣吧？等到白雪出来，却说早上睁开眼，就没看到过田小麦。我来不及罩上雨披便冲入瓜田。阿健、俞超和小犹太也跟过来了。我们找遍了芦苇丛，又找遍水杉树林，翻过一道又一道田埂，搜索一片又一片荒野，几乎掘地三尺，掏了"猹"在树根下的窝。我被雨水浸泡，心脏却在油锅里煎炸，五脏六腑水煮了一遍，爆炒了一遍，又油焖了一遍。我们竟摸到了公路边，昨天从金杯面包车逃脱之地，埋葬那条狗的小树下，雨点像凶手的尿液，又酸又蚀，加速腐烂。

田小麦失踪了。

我跪在凹凸不平的柏油路边，雨水顺着头发滴落。我想我又要着凉生病了。我的脑袋仿佛一蓬火炬燃烧，将大脑皮层里烙印的田小麦的容颜烧成骨灰。俞超和小犹太也跪下了，大家自然想起了开金杯面包车的司机。

阿健说昨天就发现，虽然白雪坐在副驾驶座，不停地搔首弄姿发嗲，但司机大叔不在乎她，反而盯着田小麦。小犹太说司机在开车，难道脑后长眼睛看？阿健敲了敲他的脑门，你不知道车里有个后视镜吗？那镜子里全是司机滴溜溜的眼珠子，盯着第二排的田小麦呢。

小犹太又说，会不会是扁担戏艺人呢？他和田小麦同时失踪，最可能把女孩拐走了。我说不像啊，那艺人就算是个鬼，是个黄仙胡仙，也不会动田小麦的主意。你想啊，扁担戏艺人临走时，给我们留下六件雨披，说明当时田小麦还在呢。俞超点头说，那位扁担戏艺人啊，非但不是鬼，而是天使！

俞超问，田小麦会不会自己一个人走了？我摇头说，昨晚子夜，我们六个人手拉着手围成一个圈，面对浓云密布的夜空，想象银河灿烂，流星如火，发誓再也不分离。虽说小孩子们的誓言，保质期短暂有限，"白首不分离"更是电视剧里骗小姑娘眼泪的把戏，但总不见得，天还没亮，便要脚底抹油溜了。

我们回到瓜田，阿健沿途留下标记，摆一块石头，插一根木头，免得再迷路。白雪还在等我们，脸色全然发白。她趴在阿健肩上大哭，说自己没能看好田小麦。昨晚，她俩几乎抱在一块儿睡的，跟男生们隔开一段距离。田小麦只有十五岁，我们当中年纪最小的，白雪已把她当作小姊妹。我问她，天亮前可有什么异动？白雪隐约记得田小麦爬起来，好像是去芦苇丛中小便。白雪困得不行，翻了个身又睡着了。

田小麦的旅行包还在呢，包里有感冒药、创可贴，还有她爸的军用望远镜。她不可能自己走的。男生们脱下外衣，光着膀子，用毛巾擦干头发和身体。白雪说她也要擦身体，我们四个人齐齐转身，约定谁都不能偷看。我们罩上扁担戏艺人留下的雨披。我披绿色，阿健披黑色，白雪披红色，俞超披蓝色，小犹太披黄色。一人一披，从头到脚罩上。最后一件白色雨披，阿健收在包里，准备留给田小麦。

我们出发了，沿着阿健埋下的标记，回到通往大海的公路边。

我在绿色雨披下，顶着狂风暴雨。我的肩上有两个包，一个是我的，一个是田小麦的。我边走边哭。昨晚，我已改变计划，不再以身犯险，不再去招惹开金杯面包车的凶手，只要看一眼大海，就掉头折返派出所，将田小麦送还到她爸身边。我们一起回上海。我们一起回家。但现在，天亮了，她却不见了。都是我的错。是我把田小麦带上这座岛的，我必须把她平安带出这座岛。哪怕台风已经登陆，东海潮水倒灌长江口，整条岛沉没于海底。

公路上没有一辆车经过，更看不到任何人烟，只有风，只有雨，只有浓浓的黑云，只有虽然看不到但无处不在的大海。也许所有人都被疏散，公路也被封闭，除了凶手和被绑架的女孩，我们是海岸地带仅有的五个人。

小犹太的身体犹如根豆芽摇摇摆摆，随时要被大风卷走。他凑近白雪耳旁问："对啦，我想起一件事。你昨天问小麦为什么肚子疼，她怎么回答的？是不是怀孕了啊？"

"放屁！"白雪敲了小犹太的脑门，"你有没有常识啊？关你什么事？这是个秘密，不能告诉你们！"

田小麦的秘密是什么？这是我永远想不明白的。狂暴的风雨中，谁都走不快，最后十公里路，依然走走停停，沿途观察四周形势，有没有农舍或可疑之处。几近中午，我们才看到一排错落有致的建筑，四周是大片的稻田和果园。

阿健跳起来说，知青农场到了。相比七姑娘村的农家小楼，这里的每栋房子都是一个模子里刻出来的，只是稍显陈旧。石灰外墙上刷着二十多年前的标语——"知识青年到农村去，接受贫下中农再教育，很有必要""农村是个广阔天地，在那里是大有作为的"。

农场空荡寂寥得让人发慌。我们顶着雨披，像五种颜色的防疫队员，挨家挨户敲门，仿佛要把主人揪出来隔离。我想找一台电话报警，让公安局派人来救田小麦，抓住开金杯车的凶手。白雪找到了农场党支部，办公室没锁门。我抓起电话，却没有拨号音。电话线断了。农场的电线杆子已被大风吹倒。东海岸的知青农场，就像这条大岛，与世隔绝，落落寡欢。

整个农场只剩下最后一个人。他叫七叔，头发已经半白，拄着一副拐杖，走路一瘸一拐，既像在跳舞，又像在爬行。昨天接到超强台风的通知，农场所有人都被疏散了。他的腿脚不便，自愿留下值班，保护国家财产。阿健报出爸爸妈妈的名字，当年都是在此插队的知青。他妈大肚皮时，原计划到上海的医院生孩子，风雨交加的黑夜，早产临盆，便将他诞在岛上。七叔还记得阿健，他是第一个在这间农场出生的孩子，每个知青都抱过这早产的小婴儿。

阿健说我们几个初中毕业，骑自行车来岛上旅行，没想到撞上台风，他只想看看自己出生的地方。七叔没结过婚也没孩子，在岛上生活了半辈子，把我们拽到他家吃午饭。我们没吃早饭，顶风冒雨走了一上午，饿得前胸贴后背。七叔说，我们来得不巧，上个月，崇明岛东海岸爆发赤潮，许多海水养殖的对虾都死了。

俞超为我们解释，赤潮就是海面上的浮游生物，有害的藻类。工业污染排入大海，重金属物质让海水富营养化，赤潮微生物繁殖，死后分解会大量消耗海水中的氧气，造成海洋生物缺氧而死。七叔说这位小朋友好聪明啊，科学道理他也不明白，只知道赤潮很危险，以后会经常出现在炎热的夏天。

吃不了海鲜，就吃河鲜。七叔炒了小龙虾，放了好多辣椒和香料。附近的芦苇荡和稻田里，到处都有这种淡水虾，钩子吊着蚯蚓放入水面，一天能捉上来好几十只。我掰开虾壳大快朵颐，一簇簇鲜美的虾肉，仿佛天上一团团白云被烧红了，吃到肚里让人腾云驾雾。这是我们第一次吃小龙虾，谁能想到十年后，全中国几乎每个地方都在吃这种食物。小犹太说，要是田小麦跟我们一块儿吃就好了啊。白雪狠狠咬下小龙虾的脑壳说，就当是代替田小麦吃啊，吃饱喝足才有力气救人。我们又吃了农场的茄子、青菜、小豌豆，七叔刚从地里摘出来的，新鲜爽口得不得了。他说要是冬天啊，就请我们吃河豚，那是天下最鲜美的，保证吃一口成活神仙。小犹太吓得半死，说要把我们都毒死吗？七叔笑着说，他跟岛上的老厨师学会了做河豚的秘诀，自己吃了一辈子河豚鱼，还不是好好活着吗？阿健便跟七叔说好了，冬天一定要再来农场，痛痛快快地吃河豚。

七叔每顿饭都要喝酒，早上老白酒，中午黄酒，晚上白酒，面孔沉淀着酒精的颜色。屋门敞开着，疾风骤雨打进门槛。他呡一口花雕，望着旷野与铅灰色天空。这栋屋子在农场最边上，却仍然望不到海。七叔说当年这里就是大海。二十年来，他们将滩涂围垦成田野，又将大海变成滩涂。再过二十年，滩涂又会变成田野，不断向大海延伸。白雪问，这里每年都会刮台风吗？七叔说，每年何止刮一次台风呢。但这一回的超强台风，已经二十年没来过了。

阿健递给七叔一支烟，给他打火点上。七叔吐出一口浓烟，嘴巴仿佛熊熊燃烧的炉子和烟囱。二十年前的夏天啊，无比漫长，也无比血腥。岛上发生了许多令人终身难忘的大事儿。第一桩是大围垦，把东海岸的沙洲与本岛连接起来。那次惊天地泣鬼神的围垦，是名副其实的与天斗与地斗与海斗，县革委会发动全岛八个农场上万名知青，一举向大海夺取几千公顷土地。第二桩是赤潮来袭，大半个长江口的海面，飘浮一层红色污垢，就像老天爷打翻了染缸，又像大海战后的尸山血海，鱼虾全部死尽。第三桩是大白鲸冲破赤潮，在围垦滩涂上搁浅，被知青们屠杀肢解。七叔说，他也吃过鲸鱼肉，却是他吃过的最腥气最坚硬的肉，吃完后挑了三天牙齿缝，挑出来一堆肉渣子，整张嘴变得臭不可闻。

1977年，八月的最后一天，围垦大堤刚刚合拢，硕大的鲸骨躺在滩涂上。气象台预报，来自赤道的超强台风即将在崇明岛东海岸正面登陆。上级下达了疏散令，只有六个共青团员，自愿坚守第一线。七叔就是其中的六分之一。他们中最大的二十岁，最小的十七岁。农场领导劝他们赶快撤退，不要留下白白送死。但六个人集体写血书，誓死保卫围垦大堤，战胜资本主义的超强台风,及时填补堤坝缺口。上万名知青辛苦劳动了一个夏天,付出好几条生命的代价,从大海手中夺得了那么多土地,绝不能再把一寸土地交还到大海手中。七叔说,血书的落款引用了高尔基的《海燕》:"这是勇敢的海燕,在怒吼的大海上,在闪电中间,高傲地飞翔;这是胜利的预言家在叫喊——让暴风雨来得更猛烈些吧!"台风来临前最后一夜,六个共青团员守在围垦大堤上,点着篝火,唱着《红星照我去战斗》。大堤上路过一个扁担戏艺人,长头发,瘦高个,脸上有痣,四十来岁。他们喝了白酒,吃了白切羊肉,看了一场扁担戏,关云长过五关,斩六将,千里走单骑。天亮前,扁担戏艺人消失了。后来听岛上的老人们说,那个半夜在荒野行走的扁担戏艺人,根本不是人,而是个魂,已在农村和海边飘了好多年,每逢出大事前,都会冒出来唱戏。那天傍晚,正是天文高潮,超强台风登陆了。六个人躲在围垦大堤背后,眼睁睁看着天空铺满狂风暴雨,什么大海啊岛屿啊长江啊,全都变成玩具似的。并不存在什么海燕,所有动物提前得到消息,老鼠、麻雀、青蛙早就搬家了。海水像万里长城,像成吉思汗西征的铁骑,像库尔斯克大会战的坦克阵,摧枯拉朽地横扫滩涂。七叔感觉耳朵都在流血,还想要填补堤坝缺口,但是痴心妄想。只用了一分钟,台风就彻底摧毁了大堤。六个共青团员,有人被吹到天上,有人被埋入泥沙。新造的知青农场、稻田与树林、大白鲸的臭味,鲜红的赤潮……东海岸的一切,包括刚向大海要来的大地,都被超强台风涤荡得干干净净,完璧归赵,万物归元。按照俞超的话来说，就是磁盘格式化。

这场超强风暴，导致上百人伤亡。留守在围垦大堤上的六个共青团员，死了四个，七叔是幸存的两个人之一，但断了一条腿，余生依靠拐杖走路。两年后，他本有机会回城，但他拒绝了。他说自己一个瘸子，回到上海没什么好日子，更没有女人会嫁给他，不如留在岛上。他要亲眼看着围垦大堤合拢，滩涂日长夜大，被大海抢回去的大地必须再抢回来，伙伴们牺牲的鲜血才不会白流。七叔目睹过超强台风的威风，但他从不承认失败，他坚信人类可以战胜太平洋。后来人没有辜负期望，崇明岛年年围垦不歇，不断征服海洋，筑起一圈又一圈坚固的堤坝，再没有一次台风能将这城墙打破，直到世纪末的今天。

阿健崇拜地看着七叔，仿佛看着一个壮士暮年的英雄，击败了大风车的堂吉诃德。阿健再次为他点烟："七叔，你说1977年夏天的超强台风，有两个幸存者，还有一个呢？"

"他叫小金。"七叔拖着一条瘸腿，从五斗橱上拿出一张相框，恰好是六个男女青年的合影，四男二女，背景是围垦大堤，横幅上写着字——堤在人在，堤破人亡。

"这个是我！那个就是小金。"七叔说，这就是二十年前，留守在围垦大堤上的六个共青团员。小金的年纪最小，只有十七岁，跟我们现在差不多大。相比断了腿的七叔，他才是唯一的幸存者。八十年代，小金一度回城，进入工厂上班。后来不知什么缘故，他又返回了崇明岛。这些年，小金脑袋活络，自己买了辆金杯面包车,天南海北地跑运输做生意,赚了不少钱呢。

金杯面包车……仿佛一把斧头,劈开我的脑子。我再定睛凝视黑白照片,六个知青当中,小金几乎比七叔高出整整一头。我一拳砸在桌上。一堆小龙虾壳弹到小犹太脸上。白雪也看出端倪。俞超面色煞白,阿健下意识地去摸板砖。

我又从包里掏出日记本,从后面撕下一张白纸,用笔简单速写出金杯面包车司机的容颜。就像我凭空画出红色出租车司机夏海的素描肖像,我的脑中也洒满白色的光,在崇明岛的荒野公路上,在苏州河边的大光灯下。我将那张对着死狗撒尿,吹着口哨《上海滩》的面孔,变成了纸上的肖像速写。

尽管时间所限,我无法像素描那样慢慢地打磨明暗,只能画出大概的轮廓与五官。俞超、阿健、白雪和小犹太都认了出来。而七叔手里这张黑白照片,幸存者小金的面孔,若是再多几条皱纹,被海风吹得紫黑一点,增添二十年风霜,便是昨天所见的那张脸——开金杯车的小金,如今该叫老金。

七叔讶异地看着肖像速写问我,哎呀,你怎么认识老金?

他就是凶手。香港回归的凌晨,聂倩被他从宿舍里掳走。今天凌晨,他趁着我们在荒野熟睡,绑走了田小麦。他忍不住了,他迷上了田小麦。公安局在搜查岛上的轮渡码头,让凶手憋了太久,简直要自动爆炸。一旦你杀了人,一旦做了某种恶事,你便上了瘾,犹如重度的瘾君子,无法抑制这种冲动,迟早还会按照老规矩再做一次,这是我从犯罪心理学上看来的。老金,我想抓住你,你死定了。

阿健问七叔,老金如今住在哪里?

七叔说,这家伙自从开车拉货,便是神龙见首不见尾,谁都不晓得他到底住哪儿。七叔打光棍,因为瘸了条腿,道理说得通。老金同样孑然一身,都没见他处过对象,多多少少让人存疑。有人说,老金是个"玻璃";也有人说,老金精神不正常;更有人说,当年那场超强台风,其实老金也受伤了,只是伤在人们看不到的地方——比如裤裆里。所以啊,二十年前的那场灾难,根本没有幸存者。

今天早上,七叔看到金杯面包车,他还跟老金打了声招呼。老金说要抢在台风登陆前,运走几样东西,然后就不见了。

他要运走被囚禁的女孩们?我想。

"七叔,你能不能带我们去海边看看?"阿健问。

"超强台风就要来了,海边风大浪大,有些危险呢。"七叔叼着烟,拄着拐杖,倚着摇摇欲坠的门框。

白雪站起来说:"没关系,我来崇明岛,就是来看海的。"

出发前,我们最后一次休息。阿健在门口抽烟,白雪急着去上厕所,俞超听着他的索尼 Discman。小犹太在后屋发现个洗衣机,锈迹斑斑的铁皮外壳,像个老古董。他好奇地打开洗衣机盖子,却发现是个米缸。我仔细看这洗衣机,发现有英文和日文假名,还有"TOSHIBA"的商标。七叔说,这就是二十年前,从大白鲸的胃里挖出来的洗衣机,当年插上电还能用,日本的电压跟中国不同，知青们自己做了个变压器。几天后，超强台风摧毁了一切，这台洗衣机居然没坏，领导把它奖励给断了一条腿的七叔。等到洗衣机彻底报废，才被七叔改造成米缸。

　　午后，七叔骑上一辆残疾车，后边有个小顶棚。过去这种车遍布大街小巷，残疾人骑着它在火车站汽车站抢生意呢。他载上白雪和小犹太。我和俞超、阿健各自顶着雨披步行。路上坑洼洼，许多地方被水淹了，残疾车比走路还慢。七叔抓着把手，叼着烟头，说起二十年前的夏天，人人都叫他小七子，后来叫他七哥，现在成了七叔，以后会变成七爷。五种不同颜色的雨披，加上黑色的残疾车，涂抹在灰色与绿色的天际线间，就像一副蘸水过多到处化开色晕的水彩画。

　　长路走到尽头。我看到了大海。灰蒙蒙的海。寥廓无边，像夏夜的星空宇宙。只是一明一暗，一个在头顶，一个在眼前。我说，星空是三维，大海是二维。俞超反驳说，其实大海也是三维的，别忘了深邃广阔的海底。我们站在陆地，只能看到二维的海平面，却包裹着地球表面的70%。恰是退潮期，最后一道大堤前，隔着戳向大海的数道丁字坝，暴露出大片深色的滩涂。近岸长满芦苇，远方是沼泽地般的浅滩，处处暴露沙洲。这是万里长江的天涯海角。我在心里画出一头冲向大海的白鲸，终于从卵蛋走到了嘴巴。

　　白雪和小犹太跳下残疾车，对着大海尖叫。阿健和俞超爬上乱石堆积的大堤，头发被风吹成疯子模样。气味并不是很咸，被盛夏磅礴的长江水冲淡了，但有赤潮的鱼腥臭。七叔一瘸一拐地靠着大堤说，愚公能移山，知识青年也可移海。万里长江会夹带着伟大祖国内陆的泥沙，源源不断汇聚到这座大岛，并且无限长大，向着东方挺近。渡过东海，连接日本；渡过太平洋，连接新大陆。一代接一代人，也许需要奋斗十代人，五十代人，但胜利一定属于我们。胜利属于中国，胜利属于青年。七叔有些激动，烟头在手指尖乱颤。

俞超悄悄问我："你看过《日本沉没》吗？"

"小时候看过电影，日本在地震和火山中沉没了。"我不晓得他为何问这个。崇明岛也会像日本一样沉没吗？显然不可能因为地震，难道是超强台风？

"我不光看过电影，还看过小松左京的原著呢。"俞超看过各种稀奇古怪的科幻小说，"日本即将灭亡，向世界各国求援，中国答应接纳七百万难民，安置点就在长江口的崇明岛，因为距离日本列岛最近吧。"

我想是因为崇明岛还会继续长大，就能容纳更多人口。现在岛上不过七十万人，要增加十倍人口，怕是每片稻田里都住满了日本难民？每个人都在养电子鸡，都在看漫画书，《七龙珠》和《圣斗士星矢》……

我掏出田小麦的军用望远镜，慢慢调整远近焦距，想把大海看得更清晰，就像洞房夜里想要看清新娘子的新郎官。我想看清超强台风的面孔，到底什么眉毛什么鼻子什么眼睛？还是龙卷风般的一线天,将海水都卷到云端上去?

这片海远看灰蒙蒙,望远镜里却变成逼人的红色,就像一条彩带,一层层扑向海岸。更远方又是灰色。海岸线正南边,有一大片绿色。俞超说那是横沙岛。他爸说过,如果在那座岛上填海造陆,可以再造一个浦东,还能避开长江口的拦门沙,开挖世界上最大的深水港,香港啊新加坡啊鹿特丹啊都望尘莫及。

雨点不断砸在镜面上,视野有些模糊。我慢慢将望远镜转向北边,沿着弧形的大堤,漫漫无边的滩涂上,竟然矗立一座黑乎乎的小山丘。我诧异地放下望远镜,不是幻觉,那块黑色确实存在。我擦了擦望远镜面,倍数不断放大,等于让那黑色山丘自动走到我面前。

这是一艘大船。不对,严格来说,这是半艘船。不对,更严格来说,这是半艘船的尸体。船头已经消失了,只有大船后半截。船身中间暴露五脏六腑的横截面,仿佛被锯子整齐地锯过,又像被施以腰斩的死刑犯,脑袋和上半身都不见了,只剩腰部以下。吃水线下的深红色船壳完全暴露,船底收紧的龙骨嵌入滩涂,勉强保持平衡。从滩涂到船舷甲板,至少有七八层楼之高,如果算上船尾的上层建筑,相当于十几层高楼大厦。泥沙冲击而成的崇明岛一马平川,矗立在东海岸上的这艘轮船残骸,可能是岛上最高大的建筑物,全岛制高点。

七叔说,那是一家拆船厂。原本是农场三产,后来承包给私人老板。几个月前,拆船厂因为污染被政府罚款倒闭了,老板和工人们都跑光了，只剩下这艘拆到一半的船壳。拆船厂就是钢铁垃圾场，也是钢铁屠宰场，生意最火爆的时候，海滩上一字排开七八艘巨型轮船。我难以想象这样的画面，仿佛大海战后的军舰坟场，海面上树立起人类的墓碑。又像数艘巨大的鲸鱼搁浅，从蓝鲸到抹香鲸到露脊鲸到座头鲸，每一头姿态体形颜色各异，曾经从长江口到北极点再到马里亚纳大海沟游弋过，完成漫长一生的跋涉，"巨鲸"们被送到这片灰色海滩，将要为万物之灵长祭献自己，承受清朝十大酷刑，从腰斩到车裂再到五马分尸大卸八块，乃至凌迟处死，待到刽子手的第3357刀，方才彻底终结生命。被拆解的旧船锈迹斑斑，散发金属与油渣的恶臭，滩涂与海面上漂浮一层重金属反光，冬天迁徙的候鸟经过会被熏得掉下来。本地人不会在这里上班，工人来自苏北和安徽。他们没有任何防护，站在滩涂淤泥里，手持切割机与焊枪，肢解庞然大物的船体，就像法医对尸体开膛破肚，屠夫对牛羊剔除骨头，殊不知自己就是庖丁解牛的牛，就是解剖台上的尸体。

　　大山不能来见穆罕默德，穆罕默德就去见大山。这艘巨轮残骸不能走到我面前，我们就走到它面前去瞧一瞧。我和俞超顶着雨披，沿着围垦大堤向北行走。七叔警告我们不要去，那里很危险，很少有人会接近那艘船。何况滩涂就会被潮汐淹没。等到天黑，台风就要登陆了。我用田小麦的望远镜，继续眺望正北方向，看到一大堆钢铁废墟，一辆白色的面包车。虽然看不清车子标牌，但能肯定是一辆金杯车。

"田小麦!"我疯狂地对着前方呼喊,刚刚冲出嘴巴,就被疾风骤雨吞没。我们抛下七叔,向着北方奔跑而去。残疾车无法开上大堤,七叔目送我们远去而消逝,就像二十年前的夏天,投奔怒海的少男少女们。

望远镜上的距离,就像地图上的比例尺。我们在阻挡东海的石头堤坝上走了十来分钟,终于来到拆船厂的废墟。这里无需厂房,苍穹便是屋顶,滩涂便是地板,大海则是围墙。废墟上堆满一文不值的垃圾,雨水冲刷出褐色与黑色的溪流。金杯面包车停在大堤内。车门锁着,我把头凑到后边车窗,依稀可辨装满 VCD 的编织袋。这么宽敞的空间,别说是盗版碟,就算是两三个大活人都不在话下,谁会注意面包车的后车厢呢?

二十年前,席卷崇明岛的超强台风的幸存者——金杯面包车司机——他把车停在拆船厂——面对拆到一半的轮船废墟——这是一根完整的链条……

我第一个爬下大堤,向潜伏在海岸上的艨艟巨兽走去。滩涂上行走并不容易,深一脚,浅一脚。运动鞋和裤脚管都被泥沙浸湿,比在稻田淤泥中更难。滩涂上有许多螃蟹洞,成群结队的小螃蟹向大堤爬去,大概为躲避台风。更多的是臭气熏天的死鱼,连海鸟都不来吃,都是赤潮造成的。俞超、阿健、小犹太和白雪跟过来了。风很大,雨水模糊双眼。我们摇摇摆摆,必须互相搀扶,跌倒在淤泥中就惨了。白雪叫了一声,指着脚下一块红色。我从泥水中捡起红丝绸打成的领结,不是少先队的红领巾,而是水手服的红领结。

"田小麦穿的水手服上,就有个红色的领结,跟这个一模一样啊。"小犹太对于田小麦身上的一切细节,都像照相机似的拍摄在心里。

"废话,就是这个啊!"白雪从我手里接过红领结,擦去上面的淤泥。

"今晚涨潮,它便会被大海吞没——田小麦就在这艘大破船里!"俞超手指着巨大的轮船残骸,像一头搁浅在海滩上的鲸鱼尸体,散发浓浓的腐臭气味。

田小麦故意给我们留下提示。她知道,我们一定会来救她的。田小麦、聂老师,或许还有其他女孩,她们都在这艘轮船残骸之中。派出所民警小张的判断没错,凶手潜伏在崇明岛东海岸。警察一定搜查过知青农场,包括附近每个居民点,但谁能想到?废弃无人的拆船厂,还有这艘垂死搁浅在滩涂上的大船,才是凶手的天堂,女孩们的监狱,也是一间血淋淋的屠宰场,一个静止的毒气室,一座死去活来的坟墓,一眼宇宙中的黑洞……你别说是进去搜查,远远看上一眼,都会让眼睛中毒心里发颤脑子发疯。

走过漫长的滩涂,像前往但丁的地狱和炼狱,来到这个屠宰场、毒气室、坟墓与黑洞跟前。白雪在凄风苦雨中仰着脖子,惶恐地注视这座十几层楼高的庞然大物。它不是一栋楼,而是几十栋楼连接在一起,像一座钢铁丛林的城市,像被拆除前的香港九龙寨城,像沙漠中的胡夫金字塔与狮身人面像。

围绕这艘大船数百米内，遍布着船上拆下来的废钢铁和零部件。无奈分量太沉，偶尔光临的小偷小摸运不走，昼伏夜出的潮汐也搬不动。船上真正值钱的东西，早在冲上这片海滩之前，便被船主拆走了。能送到拆船厂手里的，仿佛一具解剖过的尸体，心肝脾肺肾都被活体移植了，剩下的只有骨头、腐肉、坏血和蛆虫，论斤卖的原材料罢了。

大船的横剖面前，仿佛炸成两半的迷宫城堡，被钢板分隔成无数个大厅、餐厅、宴会厅、书房、卧室、厨房、厕所、马房、地下室和阳台。每个小空间里布满管线、楼梯、钢筋还有无法搬运的设备。俞超的爸爸是远洋轮船的大副，每次出海回家，都会带着儿子去他的船上看看。俞超从小喜欢海洋和船舶，亲手做过许多船模，家里订阅了《舰船知识》。他说，这是一艘巴拿马型油轮，为通过巴拿马运河的尺寸而设计的。载重量在65000吨到68000吨之间，总长大约200多米，型宽30米以上，型深20米，航速15节，双底双壳结构，运载原油或成品油，续航力两万里。美国现役航母满载排水量十万吨左右。而排水量大于载重量，这艘巴拿马型油轮可能接近美国航母的规模，并远远超过其他国家的航母。

滩涂与残骸的龙骨根部之间，架着两块钢铁门板，像登上渡轮的栈桥。俞超打开手电筒，对准幽暗的世界，犹如盗墓贼面对刚被打开的地宫大门。

我回头看着阿健、小犹太和白雪说："不愿意进去的人，可以自愿离开，绝不强迫。你们看到大海了，心愿已经达成，可以趁着台风登陆前回家。"

所有人都可以回家，唯独我不可以。哪怕即将进入一座屠宰场、毒气室、坟墓与黑洞。阿健走到我和俞超身边，捡起一块扭曲的铁片，姑且代替最趁手的板砖。他说，你们两个怎能对付得了凶手？只有阿健才能保护你们，纵使里面是个敲头客，也得砸个稀巴烂，把聂老师跟田小麦救出来。

我跟阿健撞了撞肩膀，又对白雪说："你是女生，快点走吧，不适合进去冒险。"

白雪摇头："我不走，我要跟你们进去！如果不是田小麦被抓走，那就是我被抓走。我想，我那么漂亮，身材又那么好，凶手为什么不抓我呢？他肯定是抓错了啊，天黑看不清楚，田小麦代替我被抓走了。所以啊，我必须把田小麦找回来！"

阿健对小犹太说："你走吧，你妈肯定等得你都心焦呢。"

"别把我一个人扔在海滩上啊！"小犹太也钻到了我们身边。

"你不是最胆小吗？"白雪吓唬他说，"你不怕里面有变态杀手吗？"

"但跟你们在一起，我就不会害怕了。"小犹太一只手搭在白雪的腰上，一只手放在阿健的肩上。

"我们五个人一起进去，我们去救聂老师和田小麦。"我深呼吸，整个肺叶都充满重金属的气味，"但说清楚，我们不是警察，我们只是中学生。我们是来救人的，不是来拼命的。只要找到聂老师和田小麦,立刻撤退,绝不恋战。除非不可避免,我们不主动招惹凶手,不跟他起正面冲突。特别是你,阿健,你要忍住,别冲动,这不是单挑,更不是打群架。"

阿健点头,俞超、白雪和小犹太也点头。我们脱下雨披,旅行包都双肩背在身后。两支手电筒,我一个,俞超一个,照出两团昏黄的光束。阿健举着铁片走在前头,白雪在中间,最后的小犹太说:"喂,我们像不像圣斗士啊?星矢、紫龙、冰河、阿瞬、一辉,浑身爆发第七感小宇宙,闯入黄金十二宫,去拯救女神雅典娜。"

白雪嘻嘻笑了:"我最喜欢紫龙,他一打架就脱衣服,肌肉好好看,庐山升龙霸太帅了。"

阿健说喜欢不死鸟一辉;俞超说喜欢冰河;那我没什么好挑了,只能是星矢和天马流星拳;留给小犹太的就只有不男不女的阿瞬了。

短暂的笑声过后,每走一步都会响起吱呀声,从幽暗无边的头顶,还有四面的废墟。俞超用手电筒向上照,完全看不到天花板,这是个巨大的钢铁空间。到了油轮内部,就像到了俞超家的客厅。他说巴拿马型油轮的货油舱区分成七段,六对货油舱和一对污油舱。我们正在货油舱,装载原油的地方。十年前,二十年前,这里充满大海般的黑色黄金、黏稠、浓密、风情万种地荡漾,又像一剂毒药,引爆过数不清的战争,制造过无定河边骨与春闺梦里人。海洋运输的原油,多半从中东的沙子里掘出来,在波斯湾的港口上船，开出霍尔木兹海峡，穿过印度洋，经过新加坡进入太平洋，送到中国、日本、韩国的炼油厂加工。或自阿拉伯海转向西方，经过海盗出没的亚丁湾，从苏伊士运河驶入地中海，穿过直布罗陀海峡到大西洋，转过比斯开湾和英吉利海峡，停泊到莱茵河口的鹿特丹。这艘大船在地球表面走过的路，恐怕能编织成一张网将地球兜起来。

俞超说，拆船是一项极度危险的工作。发生工伤断送人命并不稀奇。每艘船的内部结构都不一样，每艘船的老化与腐蚀程度也不同。常会毫无防备地发生灾难，比如钢板坍塌，铁管坠落，未清理干净的煤气罐爆炸。每艘万吨大船在进入坟墓的过程中，都可能会拉上一两个拆船工人陪葬。船上有许多重金属物质，还有几十年积累的油污，都可能造成严重污染。所以说，这既是屠宰场，也是毒气室，更是坟墓与黑洞。

"你他妈的现在才说？"白雪从没对俞超这样凶过。她是真的怕了。

阿健让她闭嘴，别让凶手发现我们的动静。众人哑口无言，只有呼吸声，脚步声，还有敲打在船壳外的狂风暴雨，在船舱内部形成奇妙共鸣，像一场杂乱无章却又气势恢宏的交响音乐会甚至弥撒。

穿过六对货油舱，脚底板沾满成年累月的原油污垢，俞超的手电照出一道楼梯。阿健用铁片敲了敲，感觉还算结实。我们鱼贯往上走去，每跨出一步都提心吊胆，仿佛下一步就会踩穿楼板。

不晓得爬了多少层楼,看到一条走廊。俞超说快到上层建筑了。我问他,什么上层建筑啊,我还经济基础呢。俞超说这是船舶术语,是上层甲板以上的各种建筑,比如船楼和甲板室。通常油轮的上层建筑集中在船尾,船长室、驾驶室,船员日常生活的舱室都在这里,下面就是运货和储油的。

手电筒扫过走廊墙壁,露出几个中文字。我们凑过去看,原来是日文汉字与假名,但有一行字都看懂了"川崎重工业株式会社"。原来是一艘日本船?俞超说这艘船是川崎重工制造的,也是日本最有名的造船厂,就像上海的江南造船厂。油轮的寿命通常是三十年,这艘船应是六十年代建造的。

俞超说这一带是船员生活区,藏匿人最合适不过了。但比俞超想象中更复杂,形如迷宫,船员舱室就有几十间,还有其他各种用途的空间。阿健说他饿了,中午的小龙虾不管饱。我用手电照了照斯沃琪,七点钟,外面天黑了,超强台风"白鲸"即将登陆。小犹太说,我们不会迷路吧?阿健暴怒地回头说,别再乌鸦嘴了。小犹太说,对,我们必须像纽约下水道里的忍者神龟。

俞超打开一道舱门,手电照出两张钢床。乌漆墨黑的墙上有许多涂鸦,竟然全是阿拉伯文。门框上方刷着一面国旗,上下平行的红白黑三色旗,中间白条上镶嵌三颗绿色五角星,搞不清楚是哪个国家。俞超找到一块英文和阿拉伯文的双语标牌,读出一行英文:The Republic of Iraq。

"Iraq?"小犹太也看懂了,"这是什么共和国啊?"

"伊拉克共和国。"我指着门框上的国旗,"想起来了,这是伊拉克国旗,海湾战争的电视新闻里经常看到的。"

阿健脚下被什么东西绊倒,是个铁皮柜子,打开来有一幅画像。白雪和小犹太一齐吹去尘埃,露出一张中年阿拉伯男子的脸,头戴深褐色贝雷帽,身着沙漠迷彩军装,胸口挂满勋章,面孔颇为威严,相貌堂堂,还有两撇浓黑的胡子。

"萨达姆·侯赛因?"我认出了这张脸。

"他是这艘大船的主人。这艘船属于伊拉克共和国,专门出口伊拉克原油。"俞超读出了更多英文,"Babylonia——巴比伦,这艘船的名字。"

"巴比伦号油船?"我联想起空中花园和巴比伦通天塔,"五千年前的古巴比伦,四大文明古国之一,美索不达米亚平原,就是现在的伊拉克共和国。报上说,萨达姆·侯赛因自诩为古巴比伦国王继承人,当代的汉谟拉比与尼布甲尼撒二世。"

"天哪!"小犹太自动捂住嘴巴,"它参加过两伊战争与海湾战争?"

俞超点头说:"估计战争期间,这艘油轮基本被锁在港口里动不了。海湾战争爆发前,我爸跑过波斯湾航线,出口中国的衬衫和鞋子,还有69式坦克。"

白雪打断了我们关于战争与和平的回忆:"你们不要瞎扯淡啦!什么萨达姆啊,什么侯赛因啊,快想想办法,怎么才能找到聂老师和田小麦?"

我从包里掏出笛子,也许这个有用?昨晚田小麦听过我吹笛子。还有聂老师,在她失踪前的白天,庆祝香港回归的文艺会演,我也吹过笛子。我的笛声就像她们失踪的预告。小犹太说,凶手听到不会跑过来吗?

"如果我们五个人在一起,只要不落单,凶手他敢过来吗?"阿健举起锋利的铁片,俞超也掏出瑞士军刀。

大家簇拥着我回到走廊,或许贯穿整艘"巴比伦号"大船,又连通不计其数的管道。就像欧洲教堂的管风琴,可能有上千根金属音管,才能创造出庄严辉煌的音乐。我的鼻息里充满铁锈与金属的臭味,笛子横在嘴唇上,到底该吹哪首曲子呢?我想起了田小麦唱过的《追梦人》。从前《每周广播电视报》经常登出影视歌曲简谱,我会把这一小块豆腐干剪下来,照着简谱吹奏练习,其中就有这首《雪山飞狐》的片尾曲。在将近七万吨级的油轮里吹这首曲子,可能会有某种意想不到的效果。

我吹了。我把自己鼓动成一个气球,像刚被捕获的河豚。气流经过笛管,在巨轮残骸的气管与血管深处,到处倾泻与共鸣着音波。我想象这不是一具被解剖的尸骨,而是个活生生的妙龄少女。她是热的,她的呼吸均匀,毛孔微微张开,薄薄皮肤下的毛细血管流动着紫红色小溪。而我站在她红色隐秘的舌尖上,在她小荷才露尖尖角的乳头上,在她平坦光滑雪白的腹部,在她仿佛宇宙中心不断旋转形成黑洞的肚脐眼上。我在吹奏笛子、弹奏锣钹、拉动二胡、敲击扬琴,最后统统成了管风琴。我既在吹《追梦人》，也在吹《鹧鸪飞》，更在吹《东方之珠》。我把自己变成一股气，变成长江三峡下泄的洪水，变成乱石穿空的泥石流，变成来自赤道的超强台风，向着太平洋，向着亚洲大陆，冲锋陷阵。

我看到了你。你只是一个死去的阴影，一片重新泛起的沉渣，一抹渺小自卑的游魂。你无时不在，你无处不在，你像这残骸里恶臭的空气。你可以杀了我。但我要打败你。

回音来了。在我们脚下的钢铁地板，身旁的金属墙壁，传来某种富有节奏的敲击声。我停止吹奏，五个人都保持静默，敲击声还在继续，并且是《追梦人》的节奏。

"田小麦！"小犹太尖叫，他抓着手电筒，循着声音的方向奔去。

我们紧跟在他身后，绝不能让任何一人落单。小犹太爬上一段楼梯，转过两个拐角，又下了一层楼梯。敲击声从未中断，并以《追梦人》的节奏引导我们而来。我的肾上腺素在燃烧，在爆炸，变成漫天烟花。

连续下了三层楼，迎面一道舱门。小犹太没力气旋开，阿健用蛮力也没用。我跟俞超和白雪一起来帮忙。门里响起密集而杂乱的敲打声，里面绝对有人。舱门有锁。阿健四处寻找工具，在污水中捡起一把巨大的扳手，至少有二十斤重。俞超说这是轮机长操纵阀门的工具。阿健往手心里吐了两口唾沫，关照我们后退。他脱下衣服，光着膀子，爆着十七岁的肌肉，仿佛西西弗斯推石头,又似吴刚伐月桂树,抡圆了双臂将扳手砸向舱门。一下、两下、三下、十下、二十下、三十下……

若是凶手的脑袋,早被砸成了烂西瓜。巨大的回声刺激耳膜,整艘大船响彻共鸣。当阿健的虎口震得流血,舱门终于掉下一块铁锁。白雪扶住几乎虚脱的阿健。铁锁边缘被扳手敲得变形,加上在废船环境下严重锈蚀,否则别说是扳手,手枪子弹也未必破坏得了。

小犹太第一个推开舱门,一阵烟尘从门缝里扬起,仿佛盗墓贼撬开棺材盖。我抓起手电筒往里照射,俞超抓着瑞士军刀站在我身旁。我听到了田小麦的哭声。小犹太也要哭了。两道手电光束同时照出了她,像幽暗舞台上的追光。她蜷缩在船舱角落,双手抱着膝盖。她在发抖,还在流血。她还穿着水手服,少了红领结,白色外衣沾着黑色污迹。白雪推开我和小犹太,抢先抱住田小麦。

田小麦看着我,泪水像绽开的莲花。她的右拳外侧破了,刚才拼命敲打钢板,才能让我们找到她。她的裙子和大腿上也有血迹,又红又黑,尚未完全干涸。我们都不是小孩子,也稍微懂一些成人世界。我的脑子一蒙,几乎晕倒在地。许多画面在我脑子里穿梭,开金杯面包车司机大叔,对着被撞死的狗撒尿的背影,坐在巴比伦空中花园上眺望泰姬陵的田小麦,还有田跃进……

白雪叫嚷,不要用手电照我们啦!我和俞超转身看着舱门外。我把手电交给白雪,又把田小麦包里的创可贴给了她们。我听到两个女孩说了些悄悄话，窸窸窣窣的声音。小犹太靠在阿健的肩上掉眼泪。虎口流着血的阿健，嫌恶地推开小犹太，用脚踹向门框，好像凶手就被绑在那里。

我从俞超手里抢过手电，重新对准这间舱室。除了田小麦，我还期望看到第二个囚徒。

她不在这里。聂倩。我们的班主任兼语文老师。今天是7月13日，她已失踪了十三天，死期将近。

白雪叫我走开。但我不能走开。我蹲下看着田小麦。我凑近她的耳朵，问她能不能说话？

她说能。

我问她，这里还有没有其他人？

她摇头说不，这里只有她一个人。

我说我们得快点离开这里。第一，凶手随时可能回来，第二，聂老师尚未得救，她肯定被关在其他船舱。

田小麦同意了。白雪和小犹太保护着她，离开这座钢铁棺材般的监狱。阿健和俞超在前头开道。我闯入每一个舱房，呼喊聂老师或者聂倩。阿健和俞超也喊起来了。田小麦找到了，聂老师还会远吗？田小麦捂着肚子说，她没事，她要跟我们一起寻找聂老师。我们六个人必须统一行动，缺一不可。

俞超重新确定了我们的位置，不漏过每个舱室每个空间。等到这层全部扫过，我们再爬到上面一层。六个人连续搜索了三层楼面，只找到一堆垃圾，消耗了两个小时。时针已走到深夜十点。

我们没找到聂老师,并不等于她不存在。这艘船太大了。任何一个角落,都可能隐藏人或尸体。我们也没有发现凶手的踪迹。运气好的话,他可能不在这艘船里,而躲避在农场里的某处。

船壳外轰隆隆巨响,脚下每寸钢板都在震动,仿佛美军对巴格达的地毯式轰炸。子夜将至,超强台风正在崇明岛东海岸登陆。整个滩涂被狂怒的潮水淹没。七叔为之自豪的围垦大堤能不能守住?谁都没见过台风的模样。我们却躲在台风的肚子里,躲在死神的五脏庙中。俞超说轮船上层建筑,相当于十几层高楼,自然晃动最厉害。我问俞超,大船会不会飘起来?他说,如果船壳是完整的,有可能,但你忘了吗?这艘船的前半段都拆了,你见过半艘船还能开吗?这可是几万吨的钢铁啊。俞超又说,就算我们找到聂老师,现在也不能逃出去,海水与赤潮已经淹没了货油舱。除非游泳。但在超强台风登陆时游泳,绝对是自杀。

最危险的一种可能,就是大船残骸在台风撞击下解体或倾覆。我们必须寻找船上最坚固的空间,以防万一。首先排除底层,下面全是水。我们所处的这一层,看起来腐蚀不算严重,基本保持原样。我说船长室呢?俞超说不一定,因为船长室通常在驾驶台下方,靠近右舷,但居住条件最好。

我们跟着俞超爬上两层,费力地分辨每扇舱门。船长室到了。手电照出一个干净的世界,仿佛从孟买或里约热内卢的贫民窟直接跨入瑞士或卢森堡。墙壁糊满了旧报纸,有写字台,两把椅子,钢丝床。网兜里放着茶杯、香烟还有最近的报纸。还有一盏节能管的台灯，按下开关就亮了，难道船上还有电？原来台灯是用干电池的。抽屉里有许多三号和五号电池，还有台小收音机。地上有个打碎的热水瓶，水是温的，台风摇晃造成的。阿健看到个编织袋，打开全是盗版 VCD。

平常凶手就住在这里？他把船长室改造成自己的卧室？肯定用了空气清新剂，稀释臭气和污染。在这种环境里，任何人都不可能长期生存，要么中毒身亡，要么罹患癌症，要么干脆发疯。他不可能天天住在这里，他还得在外面开车运货。偶尔在船长室住上一晚，对身体强壮的老金来说，并非不能承受的煎熬。

小犹太哆嗦着说，我们终于到了凶手的老巢呢！

既然有台灯，我们就关了手电筒，还把电池都收起来，这是宝贵的能源。我开始检查船长室的每个细节，有张黑白相框——六个少男少女的合影，背景是围垦大堤，横幅上写着"堤在人在，堤破人亡"。我凝视这张散发着青春与腐烂气味的照片，摄于1977年夏天，超强台风登陆前。我认出了当年的七叔，那时他还叫"小七子"。最年轻的面孔，便是二十年后的凶手。他叫小金，也叫老金，他是杀人的金。

船壳又一次摇晃。天翻地覆。我们都摔倒了，白雪仍然抱着田小麦，俞超抓着我的腰，而我抓着小犹太，小犹太只能抓紧阿健的大腿。这是风的力量，看不见，摸不着，却又势不可挡。风与泥沙，是一对敌人，他们在这座大岛上互相交战了1300年。风塑造海，风也塑造陆地，同时也扼杀与腐蚀陆地。泥沙则压迫着海，孕育诞生陆地和岛屿，诞生不断前进的海岸线。人类不过是陆地征服海洋的马前卒、吹鼓手、斥候兵。

面对超强台风"白鲸"的狂轰滥炸，这艘破烂的大船居然顶住了，既没有支离破碎，也没有翻倒倾覆，反而归回了原位，也许龙骨在滩涂上扎得更深更稳了。但船长室的柜子全被晃开，柜门露出鲜红的衣服，分明是女人的裙摆。白雪爬到柜子前。我还趴在地上，问是不是聂老师的衣服？白雪说，你们男人哪能记得住这些？虽然都是红色连衣裙，但款式不同，聂老师穿的 V 领裙，这条裙子却是圆领。我直起上半身，抓住小犹太说，灯泡厂女工婉仪的红裙子！还记得阿毛叔叔皮夹子里的照片吗。转念一想，聂倩并非在路上被绑架，而是回家以后，她不可能穿着连衣裙睡觉，被绑时多半穿着睡衣。白雪还发现了女人的牛仔裤，蕾丝花边的衬衫，粉红色贴身 T 恤，一套中学生的运动服，几件小内衣……这些衣服分属于三个女孩，有的已然成年，有的还在读书。这些衣服要么挂在衣架上，要么叠得整整齐齐。最底下一格有三双鞋子，分别是高跟鞋，运动鞋，平跟鞋——以上都不是聂倩的。

凶手把这些衣服剥下来，肯定送进洗衣机或亲手洗过，否则经过滩涂和肮脏的大船遗骸，不可能那么干净。她们死去的肉身，仿佛脱水晾干挂在衣架上。她们的幽灵，正飘浮在"巴比伦号"残骸中任何一个角落。或者就在我们背后。

这是岛上人尽皆知的秘密：三个女孩子赤身裸体被冲上海岸。

这场景太过凄惨，充满某种色情的猎奇，报上绝对不会写出来。我回头看一眼田小麦，她的水手服已污迹斑斑，却符合这艘大船的画风。老金把船长室据为己有，穿着水手服的小女生，绝对比红裙更合他的胃口。假如我们没能发现"巴比伦号"，再过半个月，这身水手服也会被重新洗干净挂在衣柜里。田小麦将被潮汐送到滩涂上，十五岁女孩赤条条暴露在渔民们眼前，正如每个人赤条条来到世界。

我翻开凶手的抽屉。堆着许多杂物，手电筒、透明胶、封箱带，还有尼龙绳——适合用来捆绑。有个粉色的皮夹子，打开有几十块零钱，成人大专的学生证，还有一张身份证——号码开头是310115……她叫婉仪，实际年龄不到二十岁，身份证照片总把人拍得丑陋不堪，但这张黑白证件照却很漂亮。只可惜，她永远变不回三维立体的血肉，而是一张轻如鹅毛的薄纸片，从阿毛叔叔钱包里的二维照片，变成凶手抽屉里的二维身份证。

铁证如山，老金就是杀人凶手。但我没发现第二张身份证。聂倩失踪后，她的钱包和身份证也不见了。报纸散乱到地上。其中一张打开，有块社会新闻被红笔圈出——恰是崇明岛上发现女性被害人的报道。凶手跟我一样关注报纸，这就是他的目的，是他炫耀的资本，向整座城市炫耀他的杀戮，让每个人都能看到他的战利品，而不仅是岛上的渔民和警察。当报纸不再出现关于他的任何消息，他或许陷入了极大的焦虑。

小犹太找到一块粗壮的牛角状的东西，比成年男人手掌更大，发出象牙般的洁白光泽,根部略微发黄,中间却是空的。小犹太的气场与众不同,总能自动吸引奇奇怪怪的东西。

鲸鱼的牙齿——俞超认了出来,几年前,他爸从斐济航行归来,给他带了一根抹香鲸的牙齿,当地人祖传的古物。鲸牙比象牙更珍贵,常被太平洋岛民雕刻成装饰品。

我捧起这根沉重的鲸牙,牙尖被人为打磨过,刀尖般锋利。我嗅到大海的气味,还有某种尸体的恶臭。二十年前的夏天,搁浅在崇明岛围垦滩涂上的大白鲸。

# 十三

十六岁，我从我妈单位图书馆借了一本罗马尼亚长篇小说《爱情的最后一夜，战争的最初一夜》。这本书我没看懂。1997年的夏天，香港回归祖国的那个月，恰是上个世纪的黄昏，下个世纪的黎明。紧挨着赤潮来袭，超强台风"白鲸"登陆之夜，我被困在崇明岛东海岸的滩涂，一艘曾经隶属于萨达姆·侯赛因总统的巴拿马型油轮残骸之中。利维坦般的怪兽，从3400公里外的赤道长途奔袭而来。这是我青春期的最后一夜，成人礼的最初一夜。我的爱情还没有来，我的战争却近在眼前。

二十小时前，7月13日黎明。我、俞超、阿健、小犹太、白雪和田小麦，正在十公里外的瓜田中熟睡。超强台风尚未登陆，狂风暴雨降落前，田小麦醒了。她从白雪身边爬起。宝蓝色天空布满浓黑的云。细密的雨点飘落，像女孩子的发梢。风很大。芦苇丛沙沙作响。她没看到扁担戏艺人。吃了太多西瓜，田小麦被膀胱里的尿憋醒了。她不想吵醒其他人。她悄悄钻进芦苇丛，褪下内裤撒了泡尿。子宫又疼了,感觉很糟糕,为何偏偏在这时候?一只手蒙住了她的嘴。她想要尖叫。但那只手很大很热很粗糙,布满纵横交错的茧子,像块坚硬的仙人掌,扎得嘴唇发烫。她的双腿蹬着泥土,压断一根芦苇。那只手上有气味,化学课上的某种气味,仿佛十万只蚂蚁,冲向鼻孔和气管。田小麦想要憋气。但她失败了。十万只蚂蚁,衔枚疾进,起先是钻入肺,接着钻入神经和毛细血管,最后钻入大脑,吞噬脑壳里的一切。黑暗覆盖她的眼睛,接着覆盖她的心,最后覆盖她的魂。一小时后,当她醒来,发觉自己被绑在面包车的后部,一堆盗版 VCD 散落在脸上。晨曦照亮《低俗小说》《这个杀手不太冷》《大话西游》外壳,弹着香烟的乌玛·瑟曼,抱着盆栽的让·雷诺,扛着金箍棒的至尊宝分别亲吻她。金杯面包车的后车门打开。司机大叔的体重在她两倍以上,轻而易举地将她扛在肩头。田小麦无法反抗,像一只待宰的羔羊。她看到拆船厂废墟,围垦大堤,灰色大海,鲜红赤潮。司机扛着她爬下大堤,踩在滩涂上跋涉。只剩下一半的大船残骸,像屠宰场、毒气室、坟墓与黑洞。她很恐惧。她的手正好挂在自己胸前,她扯断了水手服的红领结,让它坠在退潮的滩涂上。司机没有察觉。冰冷的雨水浸透全身,渗入皮肤和子宫深处。田小麦哭了。不但眼睛里溢出泪水,下半身也溢出了血。这是她的初潮,比她的女同学们略晚两年,但也不算迟到。大海的赤潮汹涌澎湃,她的赤潮却如涓涓细流,有几滴落到司机身上。当他艰难地走到大船残骸前,像尸体送到火化炉前。他将田小麦放下来，看着女孩双腿流淌的鲜血。他狠狠吐了口唾沫，再次将女孩扛在肩上。穿过充满臭味的货油舱，登上漫长无边的楼梯。她放声大哭，但没有一句求饶。她很坚定。她想到了死。她想最好马上就死。自始至终，凶手没说过一句话。田小麦被关进一间舱门。她转不开门把手。亘古黑夜。她摸到角落里，蜷缩着，抱着双膝。脑子里闪过某种光，她的初潮源源不断，从溪流汇聚成河川，又像开闸泄洪的三峡大坝，轻舟已过万重山。赤色的长江，奔腾两万里，滚滚东逝水，变成血红色大海，包围风雨飘摇的大岛。超强台风姗姗来迟，卷起惊涛骇浪，卷起无数女孩们的初潮血，卷起几亿条卫生巾与棉条。天下大势，浩浩汤汤，顺我者昌，逆我者亡。数以亿万吨计的初潮，将这艘大船打得粉碎，撞破坚固的围垦大堤，席卷整座大岛的良田与荒野。她是哪吒闹海，她是女普罗米修斯，她是初潮版的红色罗莎。她看到，从台风与初潮的废墟之中，一座崭新的岛屿冉冉升起，脱胎换骨，凤凰涅槃。田小麦坐在自己的初潮鲜血之中，醒过无数次，昏睡过无数次。她觉得自己是躺在清东陵棺材里的慈禧太后，就等着军阀孙殿英的士兵来解救她。她又觉得自己是被慈禧太后投井而死的珍妃，就等着光绪皇帝的鬼魂来抚摸她。时间已经消失。尽管她被禁闭了十二个小时，但仿佛过去了十二天，十二个月。她不确定自己还是一个活人，可能已经变成千年女尸。直到听见我的笛声。听到《追梦人》。她在心里哼出歌词。她知道，我来了……

　　田小麦一天一夜没吃过东西了。既然这里是凶手暂住之处，还有热水瓶和保温杯，或许能找到食物。小犹太像只嗅觉灵敏的仓鼠，从抽屉深处找到一盒巧克力，装着几十颗酒心巧克力。原来凶手爱吃巧克力，估计还是个酒鬼。也可能是给被紧闭的女孩们吃的，让她不被饿死。我们把一半的巧克力分给田小麦，帮她剥开每一颗包装纸。其余二十颗，我和俞超、白雪、阿健、小犹太分而食之。等到每人拿走三五颗，分到小犹太手里只剩最后一颗。虽说他的个头和饭量都很小，但毕竟饿极了，便从阿健手里抢走一颗巧克力。阿健可不客气，当场骂了句："拉三养的！"

上海话"拉三"就是婊子。我预感到要发生什么。阿健自顾自地吃着酒心巧克力，表情醉了似的。小犹太慢慢移动到阿健背后，突然举起拳头，猛砸他的后脑勺，像点着了二百响炮仗。白雪和田小麦都在尖叫。决斗双方的体形差距，一如狒狒之于北极熊。狒狒爬到白熊的肩膀上猛击，毫无防备的白熊如泰山崩塌倒地。小犹太宜将剩勇追穷寇，拳头虽小，砸下去的频率却快，不是冰雹也是疾风骤雨。

被按在地上揍的阿健，发扬了打不还手的文明作风。小犹太涨红着脸，骑在阿健的脖子上怒吼，你妈才是拉三！你全家都是拉三！我没见过小犹太这么愤怒。我想是因为他的妈妈，许多人都说她被日本医生和病人睡过。我和俞超费了老大力气，才把他们分开，就像分开两条交尾的蛇。我第一次见到阿健服软，趴在地上闷哼，对不起，小犹太，我嘴贱，我该死。

小犹太的拳头停歇了，手指关节在流血。他的肾上腺素分泌完了，虚脱倒地。阿健却是啥事没有，摸摸头皮就像搔痒。我扶着小犹太坐在凶手的床上，弄脏了原本干净挺括的床单。俞超捡起小犹太的眼镜，帮他重新架上鼻梁。田小麦用创可贴包住他流血的拳头。我们每个人匀出一颗酒心巧克力，给了可怜兮兮的小犹太。他慢慢吃掉五颗巧克力，镜片上两团刺眼的反光，就像脸上顶着两支洋蜡烛。

"聂老师会不会已经死了？我们也会死吗？还来得及说遗言吗？"小犹太嘴里含着酒精气味，摘下厚厚的眼镜片，似乎大变活人的戏法，整张面孔都不同了。

"遗言？呸呸呸！"白雪吐了几口唾沫，"又来乌鸦嘴了！"

"我叔叔有一次从西雅图飞到纽约，快到机场上空，机长发现起落架放不下来，只能在大西洋上放油盘旋。空姐们都哭了，给每个乘客发一张白纸，一支铅笔，让大家抓紧时间写遗书，再回收到铁盒子里，万一飞机失事，或许还能留给家人。"俞超原本炭火般的嗓音，经过饥饿与干渴，变得越发粗糙而滋滋作响。

田小麦喝过水，吃了二十颗酒心巧克力，胃里填满热量和酒精，脸颊飞起两团红晕。她看着小犹太的眼睛，不再有镜片阻隔，仿佛直接面对他的心脏："你说吧，小犹太。"

"我喜欢你。田小麦，再过三年，我会考进最好的大学。再过七年，我会到外资企业上班，每个月赚三千块钱，每年一万块年终奖。再过十年，2007年，我会为你买一套两室一厅的商品房，为你买一辆桑塔纳小汽车。然后，我们结婚，生孩子，永远在一起。"

小犹太微醺了，大概也是凶手在这里的常态。船长室短暂安静了几秒。仿佛超强台风"白鲸"也把耳朵贴在锈蚀的船壳上，猥琐地偷听少年郎的表白。

"这就是你的遗言？"田小麦问他。小犹太点头，眼眶中有泪花。今早田小麦不见时，他已哭过一场。他是真的喜欢田小麦啊。而我觉得不可理喻，就像我精心计划带着大家登上这座大岛来拯救聂老师一样疯狂。

"对不起，我不喜欢你。"这是田小麦给小犹太的回答。

船壳外的超强台风又开始咆哮，小犹太坐在凶手的床上左摇右摆，仿佛撞上冰山的泰坦尼克号。他的眼神就像刚点着上天的烟花，几秒钟灿烂绽开后，便化作硝烟与黑夜。他的泪水扑簌扑簌掉下来。白雪摸摸他的脑袋，不知如何安慰。田小麦却直白地重复第二遍："对不起，我不喜欢你。"

我都有些看不下去了，如此直截了当，是不是太伤人了？这是表白，但也是遗言。小犹太会不会想去死？长大后，我才明白，田小麦的拒绝方式才是最好的，不给对方留一丁点幻想，彻底地冷酷无情地击碎他心中那座高塔，那是依靠痴心妄想和自欺欺人搭建起来的巴比伦通天塔，只有在那座塔的荒芜废墟之上，才能搭建起一座真正属于自己的城池。

白雪抓着船长室的门框，勉强站稳脚跟："小犹太说完了，现在轮到我说遗言了！"

或许，这样可以减轻小犹太的难受，还给他一条最后的遮羞布。

"我想去香港。"白雪同时靠在我和俞超的身上，"这就是我的遗言。"

我问她："你不是一直想要回东北吗？"

"那是我死要面子瞎说的。我骗了你，对不起，你真好骗！"白雪对我笑笑，手搅着头发丝摩擦过我的嘴唇，"除了暑假寒假回去找我妈我爸，我才不想回东北呢。没错啊，我是喜欢黑龙江的冰雪，可那个能当饭吃吗？想当年，我爸从上海到黑龙江插队落户，刚过第一个冬天他就后悔了。但他回不去了。有个女知青，故意让自己的一条腿被火车轧没了，才得到回上海的机会。后来啊，我爸娶了我妈，我又出生了，他就更回不去了。但他想尽办法把我送回上海。可我不喜欢上海，不喜欢姑姑姑父和我们家所有的亲戚，他们也不喜欢我。"

"你也不喜欢我们吗？"俞超问了她一句。

"我太喜欢你们了！但我们五个人——不，是六个人，能永远在一起吗？"白雪的鼻翼一抽一抽的，田小麦塞了几张纸巾给她，"我要去香港看看中环，看看铜锣湾，看看尖沙咀，看看半岛酒店，看看狮子山到底长啥样。"

我却给白雪泼了盆凉水："五十年不变，你去不了香港。"

"轮到我说遗言了吧。"俞超干脆坐在地板上，这样也不会被台风晃得摔倒了，"我要去美国跟艾娃见面。"

"艾娃?"我想起俞超电脑里的 Eva。

"你那个什么网?"白雪拼命擤着鼻涕,用鼻腔共鸣着说。

"互联网!"俞超说艾娃是东德人,家住易北河畔德累斯顿,九岁以前戴过红领巾。艾娃的爷爷是个老共产党员,忠诚的马克思主义者,二战时蹲过纳粹集中营,柏林墙倒塌那天自杀了。艾娃的爸爸呢,老早就逃过柏林墙,投奔万恶的资本主义世界了。艾娃跟俞超一样,都爱看科幻小说和电影,喜欢观测星星。他和艾娃在 ICQ 聊天时说好了——等他通过托福考试,去美国西雅图读高中,1998 年暑期,艾娃就跨越大西洋,从德国飞到美国,相约在西雅图见面。他们将在美国的星空下观测流星雨。

"你喜欢这个德国妞?"白雪的声音慢慢恢复正常。

"我和艾娃只能用英文交流。但我叔叔告诉我,在互联网的世界,也有人从没见过面,却也谈恋爱结婚了,这叫 cyber love,就是网恋。"

"你把你电脑里的秘密都说出来了。"白雪啧啧叹息,"你那个什么 Q 里面可以传照片吗?"

"ICQ,还有 E-mail,都可以传送图片文件的。但我没问艾娃要过照片。我觉得这很不礼貌,而且没必要。我跟她在网上用文字交流就够了,不需要知道她长什么样。"

"那她万一很丑呢?"白雪看了一眼田小麦,"也可能非常漂亮,就像美国电影里的金发小妞儿。"

"我不在乎。"俞超浅浅地笑起来。摇晃的船长室里,唯一的台灯光源，照出他迷人的眼睛。那个瞬间，是俞超一生中颜值的最高峰。就像李奥纳多·迪卡普里奥颜值的最高峰是《泰坦尼克号》或《罗密欧与朱丽叶》。

阿健也坐到地板上说："现在该我说遗言了。"

"你不是要做大自鸣钟的老大吗？"白雪也坐下来，勾着他宽阔的肩膀说。

"没有，我才不要做流氓呢！你看看人家阿豪、小马哥、阿健，还有陈浩南，哪一个有好下场的？我要做警察。"

"你也能做警察？"白雪咯咯笑起来。阿健是派出所的常客，他爸还蹲在白茅岭劳改农场服刑，恐怕小犹太都比阿健有资格做警察吧。而我以为阿健的遗言会提到足球或者蟋蟀。

"我家隔壁邻居是联防队员，他说我等到年满十八岁，可以先加入街道联防队，给街道办领导送点礼物就可以了。再过几年，联防队员就能穿上警服。虽说是没有编制的合同制警察，但好歹也是警察啊，也可以抓坏蛋。"阿健指着自己的篮球背心，正面印着"崇明"，背面印着"公安"。这两天，他把这件派出所的背心穿在身上，自然觉得拉风。

"阿健，原来你心里不是贼，而是个兵啊？"

"我小时候，我爸就希望我长大做警察。后来他被抓进监狱，我再没敢跟人说起过。"阿健点了一支烟，把藏在心里的秘密，变成一团蓝色烟雾，从肺里喷出来，"我的遗言说完了！下一个是谁？"

"我说吧。"田小麦坐到白雪身边,"我想要嫁给我喜欢的男生。"

"小麦,这就是你的遗言?"白雪问她。

"嗯,就这么简单啊——假如今晚过后,我还能活着回去的话。"田小麦说罢,拉了拉我的衣角,"喂,我们每个人都说过了,现在轮到你了。"

"我……"我茫然地看着田小麦,看着他们五个人的眼睛。十六岁那年,我做过的梦实在太多,从画家到考古学家乃至政治家,唯独没有作家这个选项。绝大多数人在童年或少年时的梦想,注定不可能实现,这是生活的铁律,"我要找到聂老师,我要抓到凶手!"

话音未落,超强台风"白鲸"再次猛烈撞击"巴比伦号"。这次是近乎45度角的摇晃,小犹太从凶手的床上飞起来,脑袋撞到天花板。地板上的俞超和阿健都倒了,而我和田小麦压到他俩身上。白雪则被甩出门外,幸好阿健抓住她的胳膊。正当我们六个人在船长室里翻滚,某种声音从钢板底下传来。我抱着唯一的台灯说,你们听到了吗?俞超和小犹太都在点头,田小麦的眼睛像一对爆炸的炮仗,她说那是凶手的声音。

凶手出现了。

台灯只照出下半身,两条粗壮的腿,裤脚管上全是油污,一双反绒皮的工装鞋。我知道,就是他。凶手的气味。金杯面包车上的气味,盗版VCD的气味,酒心巧克力的气味,被他杀死的女孩们的气味。田小麦开始尖叫,白雪跟着尖叫。阿健想起他的铁片,早被台风晃得不知所踪。没有板砖,还有拳头,但他刚站起来,就被船壳外的大浪掀翻了。凶手闯进船长室。阿健爬不起来,只能抱住对方的双腿,让他失去重心摔倒。他们更像奥运会摔跤比赛,两个男人在地板上扭曲纠缠。他俩个头差不多高,但凶手比阿健粗壮了一圈,重量级与中量级的不对称决斗。阿健拼命嘶吼,像一头被宰杀的小公牛,但被凶手整个压倒。台灯照出他的半张面孔,狰狞地贴着地板。我怀疑阿健的眼珠子快掉下来了。

我们走了那么长的路,从西宫走到崇明岛东海岸,走到超强台风"白鲸"的心脏,只为抓住这个凶手,但当我看到他的脸,我却蔫了。他把阿健死死压在地板上,他发出粗重的喘息声,像一台冒烟的发动机。他腾不出手来。他直勾勾地看我。他的目光像两把刀子,钻开我的眼球与太阳穴。我感到恶心。我被他吓到了。我依然是个胆小鬼。我想要呕吐,双脚抽筋,头皮发麻,鼻涕乱流,膀胱即将爆炸……

突然,老金脸上多出一个"炸弹",又多了一个"地雷",最后多了一个"司令"。原来小犹太把包里的四国大战棋子当作武器,一股脑砸到凶手脸上,虽然这也是他的心肝宝贝。老金放手了。他对着阿健的后脑勺重重砸了一拳,转身冲向走廊深处。

因为俞超掏出了瑞士军刀,掰出最长的那把刀刃。凶手看到我们六个人,而他的双手只够制伏一个阿健,剩下我们五个,其中三个男生,一把瑞士军刀,他没把握同时消灭我们。他选择了逃跑。我的判断没错,只要不落单,六个人守在一起,凶手拿我们没办法。

阿健没被打晕,但他彻底失控了,甩开我们,向凶手逃窜的方向追去。不能让他一个人去,我抱着台灯追在后面。我不停地摔倒,又不停地爬起来,为跟上阿健的背影。满耳都是台风与船壳撞击的回响,还有六个孩子乱哄哄的脚步声,再也分辨不出凶手的声音。不晓得阿健是否跟着凶手?还是无头苍蝇那样乱转?我们跟着他爬上两层楼梯,又转过几道弯,凶手已把我们引出坚固的船长室,陷入危险而陌生的环境。他有一万种方法可以搞死我们。

前方传来阿健的惨叫声。他在手电光束中消失。地板露出一块大洞,阿健摔到了下面一层。这是凶手故意设置的陷阱?还是地板腐朽的天灾?旁边有一道楼梯,小犹太自告奋勇爬下去。他的体重最轻,不容易把台阶踩断。虽然他们刚打过一架,但小犹太嘴里叼着手电筒,第一个发现了阿健。

阿健折了。他是我们六个人中战斗力最强的,绝对是一场噩耗。他的右腿摔断了,奇怪的扭转角度,像一根折断的树枝。大部分人可能当场昏迷,但阿健是条硬汉子,咬着牙关说没事。白雪的眼泪水刷刷地往下掉,刚要把阿健扶起来,就被小犹太阻止了。他说碰到骨折的伤员,千万不要随意搬动,会造成更严重的伤害。小犹太的妈妈是护士,自然教过他这些常识。小犹太让我负责照明，他检查了阿健的腿，谢天谢地没流血，属于闭合式骨折，不用担心细菌感染。小犹太成了他妈的化身，指挥我们寻找伤腿的固定物，硬板纸和旧杂志也行。我冲进旁边的舱室，从墙上扯下两小块胶合板。白雪从钢丝床的缝隙里，找到一叠美国《花花公子》杂志，露出几页光屁股金发美女的铜版纸。这是远洋船员们的最爱，伊拉克船员也不能独善其身，这玩意儿能在送进拆船厂后幸存至今绝对是奇迹。小犹太说这是好东西，多翻了杂志几眼，悄悄撕掉一页塞到自己屁股兜里。他让白雪一起帮忙，用胶合板和《花花公子》杂志固定住阿健的右腿。我和俞超贡献出包里的毛巾，垫在受伤处和固定物之间，再用绳子捆扎起来。

阿健勾着小犹太的脖子，低声说谢谢。小犹太说你不要乱动。这里不是久留之地，不断有钢板往下掉。凶手不敢跟我们六个人正面交手，但他很可能已知道阿健受伤，他又熟悉这艘大船残骸，我们现在很危险了。前面有道舱门，可以进去避一避。但阿健不能走路，我说我来背他吧。我把旅行包交给俞超。白雪、小犹太和田小麦一起将阿健抬到我的背上。阿健双手环抱我的胸口，说不好意思，麻烦你了。我说我们六个人一起登上这座岛，还得一起离开这座岛。阿健比我重二十多斤，我得注意不要碰到他的右腿，单手撑着墙壁保持平衡，避免在台风摇晃中摔倒。我的腰快被压断，每走一步都很吃力，仿佛身上背着一辆坦克。小犹太和白雪在后面托着阿健的屁股，帮我分担他的一部分体重。

走进一道舱门。迎面呼啸来狂暴的海风，密集的雨点打在脸上。我闻到大海的气味,再也不是大船里的重金属和油污味道。我好像自由了。我看到了光。不是台灯与手电的光,而是苍穹上的光。俞超兴奋得快哭出来了。这是整艘船的驾驶室,窗玻璃早就打碎了,狂风暴雨毫无遮拦地来去。但我们不用再被憋在船壳的钢铁棺材里了。我们尽情呼吸黑夜的大海。凌晨五点,黎明之前,天空仍然一团漆黑,但只要苍穹没有盖子,总有一星半点的自然光。我和俞超跌跌撞撞冲到驾驶台前,像船长那样掌着舵,隔着并不存在的玻璃,眺望半艘七万吨级油轮的甲板,眺望整片被海水淹没的滩涂,眺望崇明岛海岸线上微弱的光点,仿佛在茫茫无边的东海上劈波斩浪。我听到超强台风"白鲸"的尖叫,像海洋哺乳动物的超声波。"白鲸"在猛烈撞击这艘大船,它要让整个岛屿、陆地、大海以及天空都瑟瑟发抖,所有活着的人们与死去的鬼魂,拜倒在它的石榴裙与屠宰钩前。我们被晃得七荤八素,必须牢牢抓住把手,否则可能被甩出舰桥,相当于从十几层楼顶跳楼自杀。俞超掏出索尼 Discman,他把耳机的两个头子,一个插在自己右耳,一个插在我的左耳——我听到一阵飞快的电声前奏,《圣斗士星矢》主题曲《天马座的幻想》。俞超在摇头晃脑。我的左耳仿佛开了一场演唱会,我的右耳依然是"白鲸"的咆哮。我看到黑色海面上电闪雷鸣,依次升起星矢、紫龙、冰河、阿瞬和一辉,他们分别弹着电吉他、电贝斯、电子琴、合成器与架子鼓,使出天马流星拳、庐山升龙霸、钻石星尘拳、星云锁链以及凤翅天翔,声嘶力竭地吼叫抵抗狂风巨浪。

有人在扯我的裤脚管。我摔倒在地，才发现是田小麦，她是贴着地面爬过来的。俞超跟我一起摔倒，耳机线也断了。田小麦大声说话，但我一个字都听不到，耳边全被台风的呼啸声覆盖了。我顺着她的手指往上看，驾驶室的天花板剧烈晃动，四面边缘已经开裂，被台风不断撬开掀起，露出黑紫色的夜空。俞超拽着我往走廊奔去。经过一整夜的拉锯战，"巴比伦号"的上层建筑终于顶不住了，即将从舰桥开始被层层撕裂。但我不会扔下断腿的阿健，我重新将他背在肩上，白雪和小犹太照旧帮我托住他的屁股。当我们六个跑回过道，驾驶室传来一声巨响。如果晚走半分钟，我们都会被台风送上天。

我们沿着楼梯往下跑，头顶传来一节节撕裂声，像气球爆炸，又像房屋倒塌。冲下三层楼梯，阿健在我背上扭转头，他说他看到了凶手。俞超和小犹太用手电往上照，他们都看到了那个黑影。凶手也在跟我们一样逃命吧。超强台风的威力超出了他的预计，没想到这艘钢铁大船的尸骨，即将要被"白鲸"彻底拆迁。但我们是六个人，还要背着骨折的阿健，就像背着乌龟壳的王八，面对一条猎犬的追赶。俞超闯入一间舱门，等我们鱼贯而入，立即将舱门关紧，捡起一根铁棍，插在旋转把手上，等于把舱门反锁了。小犹太问凶手被锁死在上面了吗？俞超说那家伙在这里住了那么久，肯定还知道其他的路。我们只能往下走，现在是退潮时间，看看水位有没有下去。

其实，俞超也是两眼一抹黑。他没出过海，所有船舶与航海的知识，都是从他爸嘴里听来的。六个人互相搀扶，一步步向前走。俞超说，我们已经处于甲板以下了。油污的臭味越加浓烈，混合海水的咸味，加上船壳里的重金属残留，仿佛空气中飘满铀235与钚239，只差一枚火星就能引爆成原子弹。顺着楼梯下到货油舱，船舱内部响起汹涌的海浪声，与船壳外部的台风与海浪声互相碰撞。小犹太用手电往下照，反射出飘满金属油污的水面，偌大的船舱内部成了《地心游记》的亚特兰蒂斯大陆和地心海。俞超捡起一块铁条往水下扔，果然深不见底。

我走不动了，阿健的体重耗尽了我的能量块，累得就地趴下。阿健笑笑说，老子要是死了，你就把我扔下喂鲨鱼吧。你要是背不动，也把我扔下吧。我们六个人里，能逃出去一个也好，总比在船壳里全军覆没强。我们绝望了。要么淹死在海水中，要么被毒气熏死，要么被凶手撂上。阿健断了腿，俞超和小犹太还能指望吗？而我是个没用的胆小鬼，剩下两个女生，便是肉包子打狗。

田小麦叫了我的名字。她的目光在藏污纳垢的黑色世界里闪烁，像波斯湾油田里升起一团火焰，据说有的已经燃烧了几万年，又像传递圣火的波斯小昭。她咬着我的耳朵问："我一直有个《太空堡垒》的问题，瑞克到底喜欢明美还是丽萨？"

我想了想，闭上眼说："他还是喜欢明美吧。"

"真的吗？"

田小麦又问一遍，幽幽的声音就像唱歌，让我动摇了对原本答案的信心。或者说，原本就不存在什么答案："嗯，也许他喜欢丽萨,就像动画片的结局。"

她扭了我一把:"你回家再看一遍《太空堡垒》吧。"

我简直要蠢哭了,心里头还在问自己:瑞克到底是喜欢明美还是丽萨?

我和田小麦在讨论《太空堡垒》之时,所有人都在看俞超。手电筒照着他的脸,苍白的面孔沾了许多油污。我们浑身都脏透了,像从煤矿底下爬上来的矿工,彼此彼此。

"俞超,你相信有外星人吗?"小犹太一本正经地问。十六岁,我们中的大部分男生都相信外星人的存在,或已降临地球的某个角落,"会有外星人来救我们吗?"

"我不知道……"俞超闭上眼。他到底在想什么?我们六个人的命,都捏在他的手里。

台风的狂暴声之余,我又听到某种奇怪的杂音。好像有人在吹口哨?大家面面相觑。口哨声竟是《上海滩》的旋律。昨天老金开金杯面包车撞死一条狗,他将死狗埋在路边撒了泡尿,又一边抽烟一边吹口哨,就是这个浪奔浪流的《上海滩》。凶手来了。像屁股后头的影子,像钻进皮肉的吸血水蛭。他不急于动手,他要用这口哨声,慢慢瓦解我们的斗志,不战自乱而崩溃,四面楚歌般的绝望。

突然,俞超将双眼眯成一道缝,就像藏在狙击步枪的瞄准镜后:"我看到了爸爸!"

"你爸不是死在印度洋了吗?"疲倦、缺氧以及有毒气体,让我的大脑不经思考地说话。

"不,他就在这艘油轮里。他告诉我,这是一艘双壳双底巴拿马型油船。过去单壳体油船如果触礁,原油就会泄漏污染大海。双层船壳是双重保护,一旦外壳破损,海水仅仅流入两层船壳之间,原油不会泄漏,油船也不会轻易沉没。"俞超的双目像清晨的罂粟花,我从没见他如此兴奋过,乃至有几分幸福。"我觉得爸爸没死,他隐藏在地球上某个角落,甚至藏在海底,就像'来自大西洋底的人'。现在他来救我了。"

他沿着一条狭窄的走廊冲去。在白雪和小犹太的帮助下,我重新背上阿健,穿过"巴比伦号"腐烂的骨盆内腔。所有管道滴着水或油,像钻入一条错综复杂的动物大肠。凶手如同大肠杆菌无所不在,每根管道都响彻《上海滩》的口哨声。阿健要我把他放下来,他就算断了一条腿,也要跟那狗娘养的决一死战。但我绝不会放下他,除非我的腿也断了。白雪说她看到头顶悬挂着几十条狗,全被金杯车司机上吊处死,腐烂生蛆。小犹太说脚下爬过无数只老鼠,像川流不息的江河,多到可以载起舢板,沿着长江顺流而下直到这座大岛。只有俞超胸有成竹,清清楚楚知道迷宫的每条线路,脑中自动生成一张油轮设计图纸,如有这艘大船的前主人萨达姆·侯赛因总统之神助,带着我们狼奔豕突,穿过大肠、死狗与老鼠们组成的地狱。

"我爸又告诉我,两层船壳之间,就是压载舱。你们玩过游戏《大航海时代》吗?所有船舶都有压舱物。巴拿马型油轮的压载舱,会被隔成不同的舱室,存储淡水、燃油与货物。"俞超站在一道舱门前,他跟小犹太、白雪一齐用力,扭开被污垢锈死的旋转把手。

从轮船内壳进入压载舱,我们避开了货油舱的积水。相比空旷的船舱内部,双层船壳之间逼仄狭长,手电照出牢房般的锈迹与油污,整个大海的肮脏货色都在此隐居。我猛烈呼吸这酸爽的气味,出乎意料地增添了力量。原本如同泰山般压在肩头的阿健,不能说轻于鸿毛,但也轻松了不少。

忽然,俞超问我一句:"今天是几号?"

"7月14日。"我看了一眼手腕上的斯沃琪,"快到清晨六点了。"

"1789年7月14日,法国大革命爆发,攻占巴士底狱。"俞超背出历史书上的日期。

"今天是法国的国庆日。"我想起床头柜上的石膏像,"我们该不该哼一遍《马赛曲》?"

"妈呀,求求你们了,这种要命的关头,不要再矫情了!"白雪在我背后帮忙托着阿健的屁股。

阿健也扒在我肩膀上说:"我同意!咱们还是节省点体力吧。"

我和俞超恢复了沉默。六个人穿过幽暗的压载舱,犹如六个努力要破壳而出的胎儿,正在穿过母亲分娩的产道,充满温热的羊水、血污,还有胎儿时不时探出的脑袋,随着阵痛而摇晃颤抖,我们都被挤压得七荤八素,肚皮上连着脐带。我们是六胞胎,四龙二凤。我们在闯过自己的鬼门关，也是妈妈的鬼门关。

光。

我看到了光。刹那的刺眼过后，变为柔软的宝蓝色的光，就像我的日记本封面，像海底二十米深的黎明，像盛夏夜飞满火流星的苍穹。光照到冲在第一个的俞超头上。接着是小犹太的小小身躯，然后是白雪的长头发，再是田小麦的水手服。最后是我自己，还有背在肩上的阿健。六胞胎沾满波斯湾原油的羊水，惊心动魄地娩出产道口。我们的妈妈是这艘死去的伊拉克原油大船，曾服务于巴比伦大城的主人。超强台风"白鲸"是产科医生，汹涌赤潮的大海是助产士，大半个中国泥沙堆积的滩涂是产房。我听到白雪和田小麦的哭声。今天是我们的生日。我们要尽情号哭。我不但看到了光，还看到了天。

清晨六点，台风覆盖的天空，雨点如密集的箭雨，将我们六个人插成刺猬。"巴比伦号"残骸被切开的边缘，像被腰斩者的骨盆横剖面。昏暗的晨曦，大海近在眼前，前方是被汪洋包裹的绿色海岛。我们站在两层船壳之间的裂缝，脚下数米便是赤色海水。我第一次相信，俞超真的有超能力。

俞超正要爬下去，我的背后却遭到重重一击。我和阿健一同倒地。白雪和田小麦再度尖叫。凶手追上来了。二十年前誓死守卫围垦大堤的知青少年小金，二十年后开着金杯车夜巡猎杀女孩的老金。他是死神，他是病毒，他是计生器具。他要杀死六胞胎，不能让这些多余的生命进入拥挤不堪的人类世界。

老金没有任何武器，但只要一双孔武有力的胳膊，就足以扼杀六个鲜血淋漓的新生儿。我被阿健压得动弹不得，断了腿的阿健只能靠双手爬行。这次他再也抓不到凶手的双腿了。老金放过了我们，他知道一个断腿的小流氓，还有一个只会恶心呕吐的胆小鬼，无需浪费他的力气。他也不在乎两个女孩，她俩需要好好保护着，就像猎人要保护猎物皮毛的完整。他先要干掉俞超，这个漂亮的少年，才是六胞胎的大脑与眼睛。

俞超掏出瑞士军刀，虚张声势地狂吼，炭火般的嗓音紧张到变形。但他还没挥出第一击，便扑空摔倒在钢板上。凶手一脚踩住他的手腕，瑞士军刀不知飞到何处。俞超在惨叫，他在挣扎，但他无能为力。白雪冲了上来，她抱着凶手的胳膊，狠狠咬了一口。老金也惨叫了。除了口哨，我在这艘船上第一次听到他的叫声。老金用力一挥，白雪便飞了出去。接着是田小麦，她闭上眼睛要去拼命。但我拦住了她。我说，小麦，让我来吧。我没什么招数，只剩下同归于尽的决心，撒开双腿冲刺，一头顶向凶手的肚子。如果我的体力充足，加上肾上腺素的力量，说不定还能出奇制胜。只可惜啊，我把阿健从十几层楼的上层建筑，一路背到大船残骸出口，早已耗尽体力。我是强弩之末，顶到凶手的肚皮上，犹如挠痒痒，就被他的大手轻轻推开。我们的反抗都失败了。老金用膝盖顶住俞超的后脖子，右手抓着他的头发，他要把俞超的脖子扭断，还是将额头撞向钢板，直到颅骨破碎脑浆四溢？

倏忽间，老金的眼神一怔。除了眼珠子滴溜溜转，他不能动弹了。脖子梗在那儿，一边通红硬涨，就像洗干净褪了毛的鸡；另一边血流如注，像打开阀门的油井。一根螺纹钢筋，仿佛扭曲的蛇，钻进他的右边脖颈。张飞的丈八蛇矛，堂吉河德的骑士长枪。我被吓住了。凶手也被吓住了。他的表情是不可思议。我看到钢筋的另一端，握在小犹太的手里，那双老鼠般的手，布满油污与海水。小犹太无所畏惧地看着凶手。他的遗言是喜欢田小麦。他要为田小麦复仇。他还要为聂老师复仇。他要杀死凶手。他发过誓。他是小犹太，他是大卫王。

小犹太杀死大魔王。

此后漫长的一生当中，他再也无法像今天这样拉风和老卵。几秒钟后，小犹太感到了害怕，凶手的血顺着钢筋，流到他的手指头上。他松开了手，钢筋变成一根支柱，将凶手固定在原地。老金的脖子无法转动，也不能拔出钢筋，更不能说话，也许扎破了声带，任由鲜血和生命汩汩流淌。小犹太跟田小麦和白雪拥抱，成了女生们的白马王子。俞超从老金的脚下挣脱。我和白雪重新拽起阿健，将他放在我的后背。谁也不敢再给凶手补一刀，但他已成了钢筋的囚徒，将会慢慢失血而死。

六胞胎自己剪断了脐带。

俞超第一个爬下残骸，压载舱边缘有许多螺纹钢筋的铁条隔断，权作楼梯使用。小犹太的钢筋就是这样得来的。我们先把阿健放下去，俞超和小犹太在下面接着。阿健的双臂还有力气，他能依靠两只手与一只脚爬下去。

六个人告别"巴比伦号",来到被暴风雨淹没的滩涂上。赤色海水几乎没到胸口,对小犹太来说就是脖子,他必须仰头小心行走,否则就要吃苦水了。我仍然背着阿健前进,他的断腿不可避免地浸入水中。田小麦搀扶着小犹太,他一定如沐春风。俞超和白雪都会游泳,一个蛙泳,一个狗刨。暴雨倾泻在头顶,恰逢退潮,碰到涨潮必然是淹死了。

刚出去数十米远,身后传来吱吱呀呀的巨响。我惊恐地回头,将近七万吨的巴拿马型油轮即将颠覆。顽强抵抗了十二小时后,它像被斩断双腿的侏罗纪公园恐龙,像被射中脚踵的不死战士阿喀琉斯,像被奥特曼击倒的外星怪兽,山呼海啸地砸下来……

我看到白雪纵声尖叫,露出眼角灿烂的细纹;小犹太闭上双眼,仿佛即将被党卫队枪毙。我相信自己再也不会见到这样的奇观。大船残骸掀起铺天盖地的巨浪、泥沙与钢铁残渣。幸好它是向着侧面倒塌,而我们从大船正面往前跑,因而躲过一劫。

我和阿健在水中憋气几秒钟,仿佛水面上发生过一场大爆炸。滩涂上的"巴比伦号"残骸依然巍峨,只是从仰卧变成侧卧。一侧是平直的甲板,另一侧是巨大而锋利的龙骨。双层船壳之间的压载舱,再也看不清了。

老金肯定是死了,我想。

被赤潮污染的大海,仿佛变成摩西的红海。这边是埃及沙漠,那边是西奈半岛,赤色海水从中间分开,露出布满沉船、尸骨、珊瑚与沙砾的海底。小犹太带着他的子民,我带着我的兄弟阿健,俞超带着他爸爸的灵魂，白雪带着她的东北、上海和香港，田小麦带着我，一齐穿过这条海水中的道路。我们无所不能。荷尔蒙在燃烧在尖叫在飞。海水从胸口下降到腰部，赤潮渐渐消退。肉眼可辨一层红色的微生物尸体。俞超说台风会消灭赤潮。塞翁失马，福祸相倚。

经过摩西般的漫长跋涉，我们爬上围垦大堤。六个人躺在大石头上，任由冰冷雨点刺入眼睛与皮肤。阿健紧紧抓着我的右手。天上是滚滚浓云，不可捉摸的狂风，还有"巴比伦号"倾覆后的油污与金属气味，好像燃烧的科威特油田。可我仍然没能看到超强台风的脸，没有看到"白鲸"的真容。

田小麦向我伸出手。我抓住她站起来。我和她肩并肩，眺望围垦大堤内的崇明岛。拆船厂废墟已然消失，风暴潮摧毁了一切，芦苇、荒野和稻田全都呜呼哀哉。金杯面包车竟被吹翻了个，四个轮子和底盘朝天。俞超、小犹太也站起来了。阿健在白雪的搀扶下金鸡独立。当我们再回头眺望大海，有个黑色人影越来越近。

无需再掏出望远镜，一张面孔已近在眼前。他是凶手。他是老金。他是杀不死的怪兽。白雪和田小麦再次尖叫。小犹太不知所措，是他亲手用螺纹钢筋刺穿了凶手的脖子。凶手还活着。他的脖子上并没有钢筋，只有个深深的血洞子，想必是自己拔下来的。永远不要低估一个成年男人的生命力。老金躲过了"巴比伦号"的倾覆，没有跟残骸一起粉身碎骨。他跟着我们跳下滩涂。他依然是屁股后头的影子，钻进皮肉的吸血水蛭。他来向我们复仇。精确地说，他要向小犹太复仇。

清晨的大雨瓢泼，我们跳下大堤，向着岛上内陆而逃。阿健背在我的肩上。但我没有力气奔跑了，每走一步都那么艰难，何况在齐腰深的积水中。凶手的脖子还在飙血，跟跄地爬上大堤。他不会让我们逃走的。田小麦回到我身边，帮着我托住阿健沉重的身体。我叫她快点走，不要留下同归于尽。老金慢慢翻过大堤，抓起一块棱角分明的石头，想把我们六个人的脑壳依次砸开。

这时候，大雨中传来某种杂音。像几百头大象被猎杀时嚎叫，几万匹战马冲锋前喷鼻子。这是柴油发动机的轰鸣。它来了。他也来了。一辆鲜红的集卡车头，车后挂着个标准集装箱，印着五个字母"COSCO"。白雪和小犹太跳起来，向这辆红色集卡挥舞双手，因为酷似擎天柱啊。这是我爸的集装箱卡车，仿佛从赛博坦星球而来。我已看到驾驶室挡风玻璃背后的那个男人。集卡的十多个轮胎飞速旋转，溅起喷泉般的水花。若是一辆小轿车，发动机进水必然熄火。但这辆集卡底盘极高，竟像冲锋艇横冲直撞，碾轧过洪水肆虐的田野。

集卡车头鸣响刺耳的喇叭，冲到面前的刹那，我推开田小麦，跟阿健一起没入旁边的洪水，混合着赤潮、雨水以及海岸原本的沼泽。我吃了两口脏水。集卡轮胎从身边碾过的震动，仿佛一双大手将我们推开。我听到刹车的尖叫，就像撞向地球的小行星。集装箱卡车自然撞不到地球，但足以撞飞一个凶手。

当我把头探出水面呼吸，鲜红的集卡停在围垦大堤前。石头堆积的大堤顶上,躺着一个四肢扭曲污血横流的男人。他的双眼依然睁大,仰望铅灰色的浓云苍穹,至死都无法理解,在超强台风登陆的东海岸荒野,为何突然出现一辆红色集装箱卡车?难道是博派首领擎天柱下凡来与狂派首领威震天决战?

凶手死了。杀害了多名女孩的凶手,金杯面包车司机老金,带着这个莫大的疑问,离开了他所仇恨的人世间,变成一抹晃晃悠悠的离魂,飘上大雨如注的天空。他在俯瞰我们六个孩子,俯瞰从集卡驾驶室里跳出的两个男人和一个女人——开车的男人是我的爸爸,短袖警服的男人是田小麦的爸爸,白裙子的女人是小犹太的妈妈。

我爸看到了我,也看到了我胸口的古巴国旗和切·格瓦拉。他吼了一嗓子,确认我还活着,身体各部分尚属完整。他并未向我奔来,而是冲上围垦大堤,查看刚被他撞死的男人。我爸摸了摸老金的颈动脉,还想实施人工呼吸,徒劳无功。田跃进紧紧抱住女儿,田小麦拼命挣脱逃跑,涉水抓住我的胳膊,又帮着我拽起阿健。这家伙居然没事,还在水里金鸡独立,双臂搭在我和田小麦肩上。小犹太冲到他妈怀里。他又哭了。妈妈摸着儿子的后脑勺,雨水沾湿了她的白色衣裙,更显迷人。田跃进爬上围垦大堤,判断老金已经死亡,劝慰我爸不必悲伤。他说这纯粹是个意外,也是超强台风自然灾害的一部分,不能算是车祸。

一分钟前,我爸在集卡上看到了我们。他不知道老金就是凶手。但他不能打方向盘,一旦突然变向,轮胎可能碾到他的儿子,还有田跃进的女儿。我爸只能保持方向盘纹丝不动，同时猛踩刹车。凶猛的惯性使然，车头正面撞飞了凶手——在空中划出一个彩虹般的完美弧线，后脑勺撞到石头上，颅骨粉碎而亡。

我爸悲伤地跪在死者面前。他几乎要哭出来了。这一年，我爸命中注定流年不利，春天在南京长江大桥下撞死一个无名氏，夏天面临下岗和买断工龄，儿子多半是中考考砸了。超强台风来临的同时，他驾车来到崇明岛东海岸救儿子，竟又撞死另一个无名氏。我爸觉得自己是遭到命运诅咒的卡车司机……

两天前，田跃进接到崇明岛上派出所的电话。他要求我们留在派出所别动，他立即到崇明岛来接我们回家。但他只是派出所民警，无权调动警车，也不可能骑自行车上岛。田跃进想到了我爸，便打了个电话。我爸还以为我在太湖的学校夏令营。我爸还认识小犹太的妈妈，过去在街道医院被她打过针。我爸、小犹太妈妈和田跃进三个人碰头，叫了一辆出租车，赶到我爸的单位。我爸从调度室拿出他的车钥匙和驾驶证、行驶证，三个月没开过车，但一上驾驶座，发动机点火震动的刹那，驾着擎天柱气吞万里如虎的气势便又来了。出发时，这辆集卡背后还连着半挂车和集装箱。我爸给调度室塞了两根烟，说是接到紧急任务，要去常州送一个集装箱。如果集卡后面没有挂着箱子，根本不让开出大门。还好他拉的是个空箱子，并不占用多少油耗。我爸给车加满了油，掌着方向盘开上马路。驾驶室有三个座位，背后有一层卧铺，可供司机跑长途时休息。田跃进在副驾驶座，小犹太妈妈身材娇小，自然在中间的小座位上。田跃进问我爸，那个东西就在你的驾驶座下边？"那个东西"就是被我爸撞死的无名氏的骨灰。我爸点头但不敢直说，怕吓到小犹太的妈妈。集卡带着一小罐不明身份者的骨灰，开到吴淞码头。没想到码头封锁了，超强台风将在明晚登陆，长江风浪超过警戒线，所有渡轮停航。对岸已是孤岛。田跃进打电话给岛上派出所，才知我们六个人溜走了，不知所踪。岛上警力全部投入预防台风，分不出人力来寻找六个孩子。田跃进与小犹太妈妈并不担心我们会碰到凶手，而是害怕横扫一切的超强台风。我爸却是出奇地冷静。他也打了个电话，却是打给海门老家的亲戚。我家祖籍江苏海门，跟崇明岛隔江相望，说话方言都相同。崇明与海门之间江面极为狭窄，据说吼一嗓子对岸就能听到。老家亲戚回电，跨越长江的轮渡也停了，唯独海门与崇明之间轮渡正常，因为距离太近。我爸、田跃进和小犹太妈妈决定连夜驱车到海门。红色集卡驶上沪宁高速，出了上海，经过昆山、苏州、无锡、常州、丹阳、镇江到南京，天早已黑了。江阴长江大桥尚未通车，苏通大桥、润扬大桥更是遥远，从上海到江北各地，若不能坐轮渡，便只能绕道南京长江大桥。经过几个月前撞死人的那条小路，突起一阵凄风苦雨。无名氏有感应了。擎天柱开上我爸走过一百多遍的南京长江大桥。他们穿过长江北岸的黑夜，在国道上走走停停，从江北浦口到二十四桥明月夜的扬州，跨过泰州与南通的大平原，直达海门青龙港码头，已是后半夜了。他们找了家小旅馆，开了两间房，小犹太妈妈一间，我爸和田跃进一间。与此同时，我们六个孩子，正露宿在崇明岛东海岸荒野中的瓜田。7月13日上午九点，红色集卡开上青龙港的滚装船，渡过台风前颠簸的长江。前脚刚登上崇明岛，后脚青龙港的轮渡也停航了。我爸驾车走遍了中国，却从未跑过近在咫尺又远在天边的中国第三大岛。他从大岛最西端出发，横穿全岛公路。庞大的集卡在坑坑洼洼的公路上走得颇为艰难，下午才开到我们六个人待过的镇上派出所。民警老王和小张惊讶地接待了他们，没想到在轮渡停航之时，田跃进依然来到岛上。小张判断我们六人，最有可能前往东海岸的知青农场。但那里是超强台风"白鲸"的登陆点，已经下达了疏散令。我爸最后一次加油，不顾民警劝阻，连夜赶往知青农场。他们在公路上遇到警方路障，我爸踩油门撞飞隔离栏，咆哮着冲向大海，冲向正在登陆的"白鲸"，就像诺曼底登陆的最漫长的一天，守卫奥马哈滩头的德军将士。暴风雨和赤潮淹没了东海岸，我爸下车试探水深，纵然擎天柱也会被淹没。他被迫将车停在高处，开着远光灯，不停地按喇叭，度过与台风面对面的一夜。幸好这集卡高大结实，他们三个人躲在驾驶室里，就像躲在虎式坦克的炮塔内。黎明时分，超强台风冲向崇明岛内陆，恰好长江口退潮，知青农场的积水下降。我爸果断前往海边滩涂。他们穿过最后一片荒野，天亮时看到了围垦大堤，也看到了我们六个孩子，看到了杀人凶手。

我爸不知道，他救了我们六个孩子的命。我已没有力气解释这一切。俞超、白雪、小犹太搀扶着我和阿健。白雪欣喜若狂地说我们赢了。她将我们六个人搂在一起,依次亲吻四个男生的脸颊,最后亲吻了田小麦的嘴唇。

我爸放下老金的尸体,眺望滩涂上倒塌的"巴比伦号"残骸,犹如美索不达米亚平原上倒塌的巴比伦通天塔。他爬下围垦大堤,先将我抱进驾驶室,又将阿健抱上卧铺。小犹太妈妈检查了阿健右腿的夹板,她夸儿子处理得不错。小犹太的话又多了,但是嗓音突变,不再是小孩般的田鸡嗓子,变成更难听的公鸭嗓。小犹太颇为尴尬,倒是他妈妈又惊又喜。

现在我们要去崇明县城,从地图上鲸鱼的嘴巴前往卵蛋,把阿健送到医院去打石膏。我倒在副驾驶座上。田小麦抓着我的胳膊,坐在正副驾驶之间。阿健躺在后边的卧铺,他已累得睡着了。驾驶室坐不下其他人,我爸去后边打开集装箱。

突然,田跃进拉开我这边的车门。我看着他布满血丝的双眼。我说你揍我吧。田跃进伸出又大又热的手,使劲揉了揉我的脑袋说:"谢谢你!小子!"

他已大致知道了怎么回事,知道死去的凶手正躺在大堤上。必是小犹太这个话痨,他看到警察就给自己表功呢,顺便也为我们六个人见义勇为力斗歹徒宣扬一番。

田跃进摸了摸女儿的头发,帮她拨开两绺垂到眼前的发丝。田小麦在他耳边说,爸爸,我长大了。这个男人却根本没听懂女儿话里的意思。

我爸翻开驾驶座,掏出一个铁皮的茶叶罐头,里面装着一小捧骨灰。我爸将茶叶罐头捧在怀中，再次爬上围垦大堤。他打开罐头的铁皮盖，将全部灰色粉末撒入退潮中的大海，仿佛一把洋洋洒洒的头皮屑，被白色泡沫与赤色微生物尸体的潮水吞没。他吁出一口气，吁出一个无处安放的死灵魂。

田跃进和小犹太妈妈，还有俞超、白雪和小犹太都钻进后面的集装箱。这个空箱子是透气的。我们在一起。我爸回到驾驶座，关照我和田小麦绑上安全带。

7月14日，清晨七点，擎天柱般的红色集卡在围垦大堤前掉头，开过被台风蹂躏过的海岸荒野，车轮两边溅起高高的水花，仿佛乘风破浪的钢铁之舟。雨刷如摇头风扇模糊了全世界。超强台风跑到前面去了，现在我们追着"白鲸"的屁股撵呢。

经过知青农场，建筑都还坚固，只有一栋房子倒塌，并被洪水浸泡，好像是七叔的家啊，他还活着吗？我们没法再救他了。我爸加大挡位和油门，驶过这片危险的水乡泽国。他打开电台，还是超级台风"白鲸"的消息，大体是全市干部群众严防死守，有效维持了人民生命财产安全与社会秩序。

我才想起一个人——聂倩呢？

扑簌扑簌落下眼泪，我的任务还是失败了。田小麦问，怎么了？我无法回答。1997年夏天，我注定只能拯救一个人。救了田小麦，便救不了聂倩，很抱歉。一宿未眠，我的眼皮犹如灌满赤色微生物的海水。我靠在田小麦的肩上，耳朵贴着她的发丝，仿佛不是置身于集装箱卡车的驾驶室，而是七万吨级油轮"巴比伦号"的驾驶台,穿过印度洋赤道的黑夜,深海粼光拖曳着无穷尾迹,在真正的无尽之夏……

当我沉入梦乡之前,电台音乐节目的女主播说,有位上海市民为坚守在崇明岛海岸线上的人们点歌,约翰·列侬版本的 STAND BY ME——

> When the night has come
> And the land is dark
> And the moon is the only light we'll see
> No I won't be afraid, oh I won't be afraid
> Just as long as you stand, stand by me
> And darlin', darlin', stand by me, oh stand by me
> Oh stand, stand by me, stand by me
> If the sky that we look upon
> Should tumble and fall
> Or the mountains should crumble to the sea
> I won't cry, I won't cry, no I won't shed a tear
> Just as long as you stand, stand by me
> And darlin', darlin', stand by me, oh stand by me
> Oh stand now, stand by me, stand by me
> Darlin', darlin', stand by me, oh stand by me
> Oh stand now, stand by me, stand by me

Whenever you're in trouble won't you stand by me, oh stand by me

Oh stand now, oh stand, stand by me.

## 尾 声

  1997年，地球上发生过许多大事。我总结为亚洲人的斯大林格勒与滑铁卢，中国人的伊利亚特与奥德修斯，上海人的吉尔伽美什与罗摩衍那，我们六个人的萨迦与尼伯龙根之歌。

  7月的超强台风"白鲸"，因为防灾得力，大堤坚固，并未造成太大损失。唯一的死者是拒绝撤退的残疾人七叔。台风过后，中考成绩公布，我的分数差强人意。"巴比伦号"油船依然倒在滩涂上。田跃进跟着专案组搜查了大船残骸的每个角落，找到大量证据，足以证明被我爸撞死的老金，就是连续绑架杀害了三名女孩的凶手。我爸非但没有受罚，反而得到公安局的表彰和奖励。但他依然买断工龄，告别了他的擎天柱。聂倩不知所踪，大船残骸里没发现她的任何遗物。也许她已死于水下，被废弃的渔网勾住，又被来自三峡的淤泥掩盖，长眠于她最爱的春江花月夜下。但我觉得，她从未远离过我们，如影随形。

  暑期的最后一日，戴安娜王妃在巴黎香消玉殒。我的初中母校被拆成平地，多年后造起一座超级豪华的夜总会。我升入新的学校，每天路上来回两个钟头。我的宝蓝色丝绸封面的日记本浸泡过海水，再也不能写字了。我换了个小本子，开始写新诗和散文。秋天，张雨生在台北出车祸走了。田跃进从派出所调回刑侦支队，重新成为专破杀人案的刑警。田小麦再没给我打过电话。圣诞节，天寒地冻，白雪约我在黄浦江边见面，但我没去。隔了几天，飘起雪籽，我才想起白雪，但再也找不到她了。12月31日，我接到俞超电话，他刚通过托福考试，过完春节就要去美国。他的爷爷在冬至夜里死了，睡梦中坐在躺椅上走的。我的1997结束了。这一年，许多国家破产，烟消云散，血流成河。我想余下的一辈子里，再不会有这样的一年，这样的一个夏天。

　　后来，我走过了很多路，从长江头走到长江尾，从极地走到赤道。一不留神，我成了作家，并为这称呼而汗颜。七年前，我接到田小麦的电话。她说她爸牺牲了，为解救一个小男孩人质，淹死在冰冷的吴淞口，黄浦江与长江交界的三夹水。田跃进到底还是死于水中。我去参加了追悼会，代表我和我爸送上两个花圈。时隔十三年，我才见到田小麦。她穿着黑色套装，没有妆容，跟我浅浅地握手。她在一家外企做HR经理，尚未结婚。田小麦看了她爸生前留下的工作笔记，有一页写到1997年7月1日，我到派出所报案，田跃进跟我去看了聂老师的宿舍。他以刑警的经验判断现场是伪造的，所谓绑架案并未发生。他觉得伪造现场的人，要么是聂倩，要么是我。尽管如此，他还是把出租车司机夏海送到专案组排除了嫌疑。田跃进故意回避我，不给我回电，烧掉我给"凶手"画的素描肖像，都是在保护我，让我不要一错再错。告别时，我问了田小麦一个问题：瑞克到底喜欢明美还是丽萨？这些年，我看了无数遍《太空堡垒》，从三部曲的第1集看到第85集，始终困惑不解，就像宇宙万物如何起源，资本主义经济危机周期究竟是几年，希特勒隐居在南美洲的哪个城市。田小麦回答，她并不在乎瑞克到底喜欢谁。当年在"巴比伦号"油船中，她在乎的是我们六个人的生命，她让我回家再看一遍《太空堡垒》，就是命令我一定要逃出去。可我十六岁时的脑壳，就像双层船壳一样坚硬愚蠢。

参加完田跃进葬礼的第二年，我参加了小犹太的婚礼。我很少出去吃喜酒。新郎穿着一身阿玛尼西装，啤酒瓶底般的镜片下藏着大眼睛。新娘子跟小犹太差不多高，也跟他一样聒噪。小犹太喝了很多酒，喉咙里发出抽水马桶般的声响。他说老房子拆迁，拿到几百万补偿款，买了结婚的新房。我问他家的仓鼠还在吗？小犹太眉飞色舞地说，努尔哈赤和叶赫那拉是他家的第一代仓鼠，1998年就老死了。但它们有很多儿子和女儿啊。第二代是皇太极，第三代是顺治，第四代是康熙，第五代是雍正……现在养到第十二代，就是宣统皇帝。我说都到末代皇帝溥仪了，你可知大清在他手里亡了？连个子嗣都没留下。他说仓鼠不会断子绝孙的，他家的溥仪有八十多个儿子，几千个孙子，重孙子都有几窝了。小犹太抱怨经常看公司财务报表，眼睛不行了，再也没法给仓鼠造房子，只能从网上买现成的，比自己做的差远了呢。小犹太妈妈还记得我，拉着我的手敬了一杯酒，但我只喝饮料。我还认出了小犹太的小舅舅，依然是个老光棍。轮到新人来敬酒，新娘子一定要我喝一杯，否则就是我不给面子。我难得愠怒，小犹太说算了吧，却被新娘子推开。场面有些尴尬，新郎的妈妈过来代替我喝下那杯酒，新娘子的面色极为难看。我听说，小犹太家的婆媳关系，后来变得越发糟糕。

2012 年，玛雅人的世界末日。夏天，波兰乌克兰欧洲杯决赛的凌晨，我接到公安局电话，有个赌球庄家被捕，那家伙报了我的名字。公安的朋友说还是打电话通知我比较好。我去了趟局里，隔着铁窗，阿健已长成一米八五的彪形大汉，一条大花臂文着樱木花道与流川枫，另一条文着《共产党宣言》英文版的开篇"A spectre is haunting Europe–the spectre of communism"，我打赌他看不懂自己胳膊上的字。我劈头盖脸骂他一顿。他说对不起，给你添麻烦了，以后不会再提你的名字。阿健被法院判了五年。2017 年，他刚从山上下来，发誓洗手不干。当年跟他混的小兄弟做小额贷款发财了，给了他一百万本金做生意。他开了个网店，经营蟋蟀用品，从蟋蟀罐头到小笼子甚至蟋蟀草。阿健组织了一场同学聚会，硬把我拖出来了。餐厅飘满浓烈的麻辣鱼头气味，仿佛几十尾身首异处的大鱼在身边游荡。相隔二十年，有人大风起兮云飞扬，威加海内兮归故乡；也有人狂风落尽深红色，绿叶成荫子满枝。女同学们从妈妈经谈起，打开手机互相晒娃，聊到在三亚或巴厘岛度假，忙着用美图秀秀合影发朋友圈；男同学们从房价聊起，哀叹股票又折了多少，谈及美元汇率石油走势叙利亚内战，免不了绕回川普与普京。说来惭愧，我的变化竟最小。有人说在书店里买过我的书，看过我的小说改编的电影。我本想说那都是狗屎，包括我自己。很可惜，俞超和白雪都不知踪影。小犹太倒是来了。他说女儿刚读托班，他爸刚做手术拿掉半个胃，今晚自己还要陪夜。他妈挺好的，跳广场舞，跟邮轮团去日本玩。有人提起聂老师，她已失踪了二十年，至今没有任何消息。阿健说，最近聂老师给他托梦，她死了。

2015年冬天，我去哈尔滨签售。当我走过中央大街的雪夜，嘴里叼着马迭尔冰棍，突然想起白雪。我听说她回了东北，就在中俄边境上的小城。我坐了五个钟头的大巴，来到冰封的黑龙江边。一片白雪之中，我见到了白雪。她还带上了女儿，大概是为掐断我的念想。我觉得她自作多情。出乎意料，她的女儿那么大了，仿佛白雪十六岁时的复制品。零下三十度，白雪陪我在黑龙江的冰面上行走。我穿得像头熊，而她裹着一层貂，脸上搽了太多粉，掩盖了天然的白皙肤色。她抽了一支烟，姿态像个老娘们，不可名状的风尘气。1997年的冬天，上海冷得异常，白雪刚从商业职校退学，逃出寄居的姑姑家。圣诞节，她约我在黄浦江边碰头。但我没来，她在轮渡上认识了一个长得颇像陈浩南的男人。他带她吃涮羊肉，请她喝白酒，又带她过夜。他们一起去了南方，在广州、深圳。她在海南岛发现自己怀孕，男人消失了。十八岁，白雪大着肚子过了长江,又过了黄河,出了山海关,回到故乡。她怕被爸爸打死,孤身在哈尔滨生下女儿。娘俩渡过黑龙江,有个叫哈巴罗夫斯克的城市。白雪操持起皮肉生意,这才养大了女儿,三年前金盆洗手。她咬着我的耳朵问,那年圣诞节,你为什么不来找我?我转身离去,却在冰面上滑了一跤。我的额头磕在坚硬的冰上,听到冰面下湍急的流水声。

曾经有人告诉我,俞超在美国自杀了。他消失了,不仅肉体,还有名字,就像一枚被吸入电蚊拍的萤火虫。偶尔,我还会想他。去年夏天,我有本书在美国翻译出版,有个活动在旧金山。我在酒店接到俞超的电话。他就住在旧金山。我们相约在金门大桥见面。这座大桥有八十年了,橘色油漆让它看起来更像一座现代建筑,过去经常出现在我家的挂历上。风吹乱了我的头发,也吹出我的几滴眼泪水。但我没有和俞超拥抱,连握手都没有。两个人并排扒在栏杆上,眺望夕阳下金色的旧金山湾。俞超谢顶了,一脸胡须,挺出啤酒肚,更像四十岁的李奥纳多·迪卡普里奥。但我听出了他炭火般的嗓音,犹如一颗青涩的果子成熟再被人吃成果核,我依然认得它。我问俞超,你和艾娃见过面了吗?我还记得1997年夏天,在"巴比伦号"的船长室里每个人的遗言。俞超笑笑说,见过了,就在1998年暑期,西雅图的华盛顿湖畔。但他的"艾娃"不是女高中生,而是个体重两百斤的男人,三十来岁,满脸胡须,大腹便便。"艾娃"是个程序员,确实是东德人,在德累斯顿读的大学。柏林墙倒塌后,他到美国读计算机硕士，毕业后留在硅谷上班。"艾娃"从圣何塞开了七小时的车来到西雅图，他不介意跟男性交朋友，他是同性恋。但俞超不是，他拒绝了"艾娃"。俞超在西雅图读完高中，又去纽约读大学，"9·11"那天在曼哈顿岛。毕业后，他去了硅谷。"艾娃"不知何故自杀，半个脑袋被双管猎枪削掉。俞超在加州结婚，妻子是中国留学生，一起受洗入了基督教。俞超有了儿子，起名俞小超。2008年，他们离婚，孩子跟了前妻。俞超改行做投资，接触过各种各样的人。2011年，俞超和史蒂夫·乔布斯共进过一次午餐。那时乔布斯已瘦骨嶙峋，说了半个钟头禅宗，以及从未见过的来自叙利亚的生父。半年后，乔布斯死于胰腺癌。忽然，大桥上响起许多人的尖叫，我还以为发生恐怖袭击或来了枪手。金门大桥另一侧，有个西装革履的中年白人攀越栏杆，纵身跃向六十米下的地狱。那人就像一枚炮弹，又像薄薄的二维纸片，消失在夕阳滚滚的海湾波涛中。俞超说，金门大桥是全美的自杀圣地，平均每两个星期就有一人跳桥自杀，绝无生还可能。说罢，他给自己点了一支烟，烟雾腾腾地如同魂魄，被风卷上橘色的金门大桥上空。

以上，是我这辈子最亲爱的朋友们的故事。以下，是我这辈子最亲爱的老师的故事。

2017年7月14日，我们的故事在二十年前的今天达到高潮，却远远没有结束。记忆像摇摇欲坠的摩天轮，迟早会被自己推倒，轰然崩塌，化作尘埃上天。今早六点，我就醒了。我起床打开电脑，有一搭没一搭地修改小说。日暮时分，我驾车出门，驶上晚高峰的高架，此起彼伏的刹车灯，宛如等待升空的孔明灯。深夜，我开到西宫门口。一年前，沪西工人文化宫被拆除，将被改造为一个新世界。我停在废墟前，敞开全景天窗，仰望旋转的深蓝星空。近乡情怯，我和引擎盖一同忐忑振动。

手机响了。陌生来电。我选择接听。一个年轻女声。口音极其古怪，像来自很南很南的南方。

她说她是聂倩的女儿。

我顿了顿，也许是恶作剧，但我回答，你好。

她说so sorry，那么晚打电话，她刚下飞机到酒店。她住在国际饭店，问我哪天有空见面？有些事情想要告诉我。

我说现在可以吗？从十六岁到三十六岁，我都在等这个电话。

她说可以，她刚在飞机上睡了五个钟头。

我如坐针毡地打开转向灯，没心没肺地变道超车。二十分钟后，我来到南京路。国际饭店的大堂吧。她是穿着牛仔裤的少女。她叫宁青青，比聂倩的倩少了一个人，又多了一个青。灯光有些昏暗，她的鼻子和眼睛跟聂倩颇为相像。她的普通话带着广东与闽南口音，夹杂的英文极不标准，仿佛从嘴巴里喷出无数根马来沙爹烤串与一大盆海南鸡饭。她是新加坡人，从小在那座赤道城市长大。

她说，两周前，7月1日，聂倩死了，死于乳腺癌，在新加坡的医院。宁青青整理了妈妈的遗物，看到一份压在抽屉最底下的日记本。她快要去英国读大学了，决定先来上海寻找妈妈的痕迹。而这个痕迹就是我。

我问她，1997年7月1日，香港回归的那天，你妈妈为什么离开上海？

宁青青说，秘密都在妈妈的日记里——那一年，聂倩跟男朋友订婚，订好了酒席，准备在暑假领证。六月，她临时改变了主意，不想就这样嫁作人妇，也不想再做中学语文老师。但她不知怎样告诉未婚夫和亲戚朋友。她对上海的最后一点点眷恋，就是五个学生，尤其是我。聂倩决定逃离上海，在中考之后，带完我们这届毕业班。她提前一周买好了7月1日的火车票，目的地深圳。香港回归当晚，她请我们五个人在南京路吃了美式牛排，这是最后的晚餐。她跟男朋友在大光明看了《侏罗纪公园2》，又像往常一样去国际饭店开房，但聂倩拒绝了。她没想到，我突然出现了。我带着她上了一辆红色出租车。那个司机有些古怪，开到苏州河边，我又带她逃离出租车，护送她回宿舍。等我走后，她收拾行装，准备出门远行。趁着还有时间，她打开VCD，重看了一遍《沉默的羔羊》。聂倩想起当晚我说过的话，她从外边打碎窗玻璃，把房间弄得一团糟，砸破热水瓶，伪造了犯罪现场。凌晨五点，聂倩独自出门。她没带多少行李，只拎了随身的包，带上身份证和存折。去火车站的路上，她看到警察和联防队员在巡逻。清晨六点，她坐上火车。那时没有实名制，也不检查身份证，没人知道她去了哪里。聂倩在深圳更换了身份，找了做外贸的工作。就像在 DOS 系统里对自己输入一条 format 格式化指令，她删除和切断了自己全部过去，唯一幸存的是记忆。1998 年圣诞节，她去了新加坡。她很幸运，在赤道的霏霏细雨中，遇上了喜欢的男人。她闪电般结婚，闪电般生了女儿。她在新加坡度过十九年的无尽之夏，直到死于乳腺癌，跟她早逝的妈妈一样。

聂倩并不知道，二十年前的那一夜，她并非毫无危险。我拖着她逃下红色出租车，实际上救了她的命。金杯面包车出现在我们身后，绝非偶然，她已经被凶手盯上了。她的红色连衣裙，她的容颜和气质，就像灯泡厂女工婉仪，完全符合老金猎杀的口味。他的作案手段，就是在苏州河附近开着不起眼的面包车，跟踪载着年轻女性的出租车。待到女孩下车独行，凶手从背后袭击让她昏迷，塞进后车厢前往崇明岛东海岸，"巴比伦号"的地狱。当我护送聂老师回到宿舍，凶手被迫放弃了当晚的计划。如果不是我，聂倩将会在二十年前的夏天，死在长江入海口的崇明岛。她多活了二十年，最终死在另一座岛上——赤道边缘的新加坡岛，马六甲海峡的出口，太平洋与印度洋的十字路口。

从崇明岛到新加坡岛，从北纬三十一度到赤道零度，这是聂倩的命运。

如果不是我，眼前的十八岁新加坡少女，也将不复存在。宁青青并不知道，某种程度来说，她的生命，是我在二十年前的莽撞所赐予的。

七年前，我去过一次新加坡，参加华文图书展。那次赤道之行,也许在车水马龙的乌节路,喧嚣燥热的芽笼小巷,静谧的苏丹清真寺外,我曾经与聂倩擦肩而过。她会回头多看我一眼吗?

"我妈妈见过你,我也见过你。"

宁青青说,2010年12月,新加坡书展现场,聂倩来听了我的讲座。我没能注意到混在人群中的聂倩。彼时她已三十八岁,带着十一岁的女儿。我记得那次主题演讲,有个白发苍苍的老华人,问我什么时候开始写作?我回答是十六岁,在我的日记本上。我又抱怨现在的新加坡小孩子,彼此用新加坡式英语交流,不再以优美的华语作为母语。我说如果我的初中语文老师还在的话,肯定会为之而难过的。

凌晨一点,国际饭店大堂吧,我的眼眶又发红了。宁青青代替妈妈对我说声很抱歉。我说不必了,我不介意。她说最后一件事,妈妈临终前留下遗嘱,要把一部分骨灰撒入长江口。我问她知道张若虚的《春江花月夜》吗?宁青青茫然摇头。我说谢谢你,今晚就这样吧。

我很累,不能再开车了。我把车扔在停车场,走出国际饭店的旋转门。我准备打车回家,一辆红色的桑塔纳3000出租车停在面前。我上了车,闻到淡淡的栀子花腐烂的气味。司机是个中年男人,操着崇明口音,问我去哪里。

我想了想说,去崇明,我给三百块,不比打表少。

司机说别开玩笑了,大半夜去崇明?我说不开玩笑,去东海岸的滩涂,我要看日出。

我们出发。司机很健谈，他说开了二十五年的出租车，几乎每天深夜到凌晨，都会跑到国际饭店门口揽生意，经常会拉到奇奇怪怪的客人。我一声不吭，司机便也自觉无趣。红色的桑塔纳3000，从南北高架转到中环线，经过翔殷路隧道到浦东。后半夜，道路空旷无阻，我们在外高桥钻入长江隧道，穿过布满造船厂与港机厂的长兴岛，开入上海长江大桥。司机打开车载音响，听张国荣的专辑。仪表盘转到时速八十公里。我放下车窗，一轮很大的月亮，倒映在缓缓涨潮的江海之间。

回到崇明岛。出租车经过寂静的公路开往东海岸。凌晨三点，北纬三十一度，中国海岸线中间点。我登上乱石穿空的大堤，不知是不是1997年的夏天，我们六个孩子所到之处？银色月光下，一望无际的滩涂，依然向大海奋力奔跑。这是江河、大陆与海洋的自然规律，浩浩汤汤，势不可当。我站在一条不再落落寡欢的大岛上。这是一个燥热的夜。我的夏天远未结束。我在等待日出。

# 后记

## 创作谈：无尽的夏天、青春与上海

今年夏天，上海台风特别多。

从"安比""云雀""摩羯"到"温比亚"，仿佛台风无穷无尽，夏天也无穷无尽。就在"安比"登陆崇明岛的那一夜，我自然想起了1997年的"白鲸"。

1997年，登陆崇明岛的台风"白鲸"是我在《无尽之夏》中的虚构，但1997年的"我"和我那一代人所经历的少年与青春，却是非虚构的。

《无尽之夏》的缘起，是2014年我写《最漫长的那一夜》系列小说。我开始构思1990年的夏天，我家住在曹家渡，苏州河南岸的三官堂桥旁。为寻找失踪的女老师，十二岁的我沿着苏州河顺流而下，走遍了沿途的工厂、商店、学校、民居，最终拯救了她。故事结尾在四川路桥，我和老师一起坠入河中，落到一艘运沙船上，便从苏州河出黄浦江到长江口——现在想来，按照这个路径，我们当被潮水推上了崇明岛的海岸线。

2017年深秋，我重读了斯蒂芬·金的《死光》（英文原名*IT*），这个发生在五十到八十年代的美国东北小镇的故事，让我从抽屉里翻出了三年前的故事。

我知道，这一回，我不是一个人去寻找老师，而要带上我的伙伴们。这些孩子各有各的烦恼，各有各的秘密，也各有各的拯救。小时候，我总觉得我是孤独的，有些古怪，极度独特。但写完《无尽之夏》，我发觉自己从不孤独，我的身边充满着真挚的朋友，跟我极度相似又极度反差。我的力量一半来自于自己，一般来自于他们。

而小说中"我"要走过的路，也不只是一条苏州河，而应跨越整个九十年代的上海，远远超出城市的边界线，甚至渡过茫茫的长江口，前往一座无比陌生的大岛，位于长江与东海之间，中国南北海岸线的中心点。

若说上海是一个城市的中国，崇明岛就是一个乡村的中国。两个中国如此截然不同，却同处于一个上海之内，被长江一分为二。九十年代以前，这两个中国在上海内部是被黄浦江一分为二，幸好有1990年浦东的开天辟地。

我是在城市中长大的孩子，我的成长记忆是外滩背后的古老大厦、蜿蜒略带黑臭的苏州河、父母单位分配的六层楼新工房，还有沪西工人文化宫与长寿路沿线的几大工厂——我爸爸的工厂也在其中（他并非《无尽之夏》中气吞万里如虎的集卡司机，而是生产石油机械设备的普通工人）。作为上海工人阶级的子弟，我目睹了那些工厂一一消亡，连同我读过的小学和中学都被夷为平地，如今成了高档楼盘与夜总会的大门。虽然遗憾，但也不必惋惜。

但我渴望去另一个中国，哪怕只是一次短暂冒险。我选择了距离上海最近的那座大岛。我们这些孩子的旅程，便是从一个中国跨越到另一个中国。在现实逻辑之中，这样的巨大跨越，绝非一个夏天所能完成，但在小说逻辑之中，便浓缩成了一个"无尽之夏"。

为何要选择海岛？选择长江与东海之间？因为这是上海的命运。上海因水而生，有了港口，才有了城市。我在《无尽之夏》里有意识地写了长江口的潮汐、海岸线的滩涂、废弃的拆船厂、入港的"马士基"集装箱轮船，还有"我爸"驾驶的集装箱卡车……以上，才是上海这座城市的生命线。

崇明岛不是一座"自古以来"的岛屿，它是由长江泥沙在一千多年间冲刷堆积而成的岛屿，放在宇宙时间来看不过弹指一挥间。整个上海也几乎都是泥沙堆积的结果，造就上海的原材料来自整个长江流域——四川盆地、江汉平原、洞庭湖与鄱阳湖，甚至由淮入江的中原大地。今天上海人生活的大地，便是长江与大海的恩赐，整个中国历史的恩赐。我相信上海永远是新的，因为它永远在生长，永不停歇地向大海挺进。

《无尽之夏》的高潮，落在崇明岛东部海岸线，这个历史与地理的尾闾，万里长江的天尽头。小说中的这个地点，既是历史的选择，也是人力战胜自然的选择——填海造地，伟大如《浮士德》的象征，一如七叔的坚守与牺牲，甚至是难能可贵的信仰。

地点确定后，便是时间。香港导演陈果有过一部电影《去年烟花特别多》，"去年"便是1997年，"烟花"是庆祝香港回归的烟花表演。1997年，对香港人来说是一种复杂怀旧的记忆，对包括上海在内的中国大陆的孩子们，则是向前大踏步跨越的记忆。对韩国人、泰国人、马来西亚人与印度尼西亚人来说，却是亚洲金融风暴的累累伤疤。

相比2018年的夏天，1997年的夏天更为绵长。在我眼中，整个九十年代几乎全是夏天，热情、澎湃、粗糙而野蛮……城市如同脱缰野马般发展，上海的天际线像热带雨林般茁壮生长，郊野仍然有大片尚未开发的稻田，以及喷射着浓烟的工厂——即便其中许多人正为下岗而烦恼。

那时互联网刚刚萌芽，人们谈论的不是QQ与微信，而是刚刚装上的电话机。书信和电报尚未完全退出，电视仍是第一媒体，电影已被认定行将就木，韩剧还没开始流行，我们看的是野岛伸司脚本、江口洋介或织田裕二主演的日剧，以及星矢、紫龙、冰河、一辉与阿瞬们的星辰大海。

那时流行"美国梦"与"日本梦"。我们羡慕美国、日本甚至港台的孩子们，羡慕《成长的烦恼》里迈克的生日礼物居然是一辆小轿车——当时谁都无从预料，二十年后的中国也将如此天翻地覆。我想，这就是我们"最好的时代"，远远多于"最坏的时代"。这个时代永远不会再回来,草莽英雄们已退隐江湖,或者战死沙场。

虽然,岁月蹂躏了每个人的肉体与灵魂,我们都变成了各自厌恶的那种人,面目可憎,甚至比面目可憎更可憎的是面目模糊……但我有幸记得,在我们的"无尽之夏",曾经不为人知地做过一回英雄,就像梅尔维尔笔下征服白鲸的水手。那也确乎是美国"最好的时代",而这个时代正在我们的身上延续。

《无尽之夏》的结尾,当我连夜驱车前往崇明岛的东部海岸线,看着银色月光洒在潮水上,我是多么欣慰和自豪,这是我们这一代人值得向孩子们夸耀的传奇——

"我的夏天远未结束,我在等待日出。"

蔡骏

2018 年 8 月 30 日

(夏天尚未结束,台风刚刚远去)

图书在版编目（CIP）数据

无尽之夏 / 蔡骏著. -- 北京：北京十月文艺出版社，2019.1
ISBN 978-7-5302-1894-5

Ⅰ. ①无… Ⅱ. ①蔡… Ⅲ. ①长篇小说-中国-当代 Ⅳ. ①I247.5

中国版本图书馆CIP数据核字（2018）第252168号

无尽之夏
WUJINZHIXIA
蔡骏 著

| | | |
|---|---|---|
| 出　　版 | 北京出版集团公司 | |
| | 北京十月文艺出版社 | |
| 地　　址 | 北京北三环中路6号 | |
| 邮　　编 | 100120 | |
| 网　　址 | www.bph.com.cn | |
| 发　　行 | 新经典发行有限公司 | |
| | 电话（010）68423599 | |
| 经　　销 | 新华书店 | |
| 印　　刷 | 北京中科印刷有限公司 | |
| 版　　次 | 2019年1月第1版 | |
| | 2019年1月第1次印刷 | |
| 开　　本 | 850毫米×1168毫米　1/32 | |
| 印　　张 | 8.75 | |
| 字　　数 | 138千字 | |
| 书　　号 | ISBN 978-7-5302-1894-5 | |
| 定　　价 | 45.00元 | |

质量监督电话　010-58572393
如有印装质量问题，由本社负责调换。

版权所有，未经书面许可，不得转载、复制、翻印，违者必究。